夜と少女

ギヨーム・ミュッソ
吉田恒雄 訳

集英社文庫

目次

主な登場人物

トマ・ドゥガレ……………………人気小説家
ヴィンカ・ロックウェル…………トマの高校時代の同級生
マキシム・ビアンカルディーニ……政治家、トマの親友
ファニー・ブラヒミ…………………心臓外科医、トマの幼馴染み
ステファン・ピアネッリ……………『ニース・マタン』紙の記者
リシャール・ドゥガレ………………トマの父、リセ・サン＝テグジュペリの元校長
アナベル・ドゥガレ…………………トマの母、リセ・サン＝テグジュペリの元学監
フランシス・ビアンカルディーニ……マキシムの父、建設会社社長
アフメッド・ガズアニ………………フランシスの会社の現場監督
アレクシス・クレマン………………哲学教師
ジャン＝クリストフ・グラフ………国語教師
ドゥヴィル……………………………英米文学教師

エリーヌ・ボークマン……………………図書館司書
ポリーヌ・ドラトゥール………………図書館司書
ヴァンサン・ドゥブリュイヌ…………アンティーブ警察署の警視正
ラファエル・バルトレッティ…………ファッション・カメラマン
クロード・アンジュヴァン……………『ニース・マタン』紙の元編集長
イヴ・ダラネグラ…………………………写真家
ティエリー・セネカ………………………ファニーの恋人
オリヴィエ・モンス………………………マキシムの夫
フレデリック・リュベンス……………カンヌの開業医
コランタン・メリユー……………………ステファンの助手
アラステア・ロックウェル……………ヴィンカの祖父
パヴェル・ファビアンスキ……………守衛

夜と少女

フローラへ
この冬、午前四時に
哺乳瓶を温めながら話したことを
思いだしつつ……。

夜の問題は残ったままだ。
どうやってよこぎろうか？
アンリ・ミショー

闇《やみ》商人の抜け道

乙女
近寄らないで！　ああ、近寄らないで！
消えてしまえ、気味の悪い骸骨！
死ぬにはわたしはまだ若すぎる、だから消えて！
触らないで。

死神
優しくてきれいな乙女よ、手を出しなさい。
わたしはおまえの友だから
何も怖がることはない。落ち着くのだ！
怖がらずに
わたしの腕のなかで静かに眠りなさい。

『死と乙女』
マティアス・クラウディウス（一七四〇―一八一五年）

二〇一七年
五月十三日、アンティーブ岬の南端。
マノン・アゴスティーニはパトカーをガループ小路《こうじ》の突き当たりに停めた。自治体警察官のマノンは、ここまで来なければならなくなった事の成り行きに舌打ちしながら古いルノー・カングーのドアをバタンと閉めた。

午後九時ごろ、岬の最も豪華な邸《やしき》のひとつに数えられる別荘の管理人からアンティーブ警察署に電話で通報があり、邸の敷地に沿った小道から爆竹もしくは銃声のような、ともかく異様な音が響いてきたとのことだった。警察署はとくに重要とは判断せずに自治体警察署へと回し、そこから当たりまえのように非番の彼女に連絡が入った。

上司からの電話で、海沿いの小道を一応見に行くよう指示された。マノンはもうパーティーに行くための着替えもすんで、出かけるところだった。「冗談じゃない、何だと思ってるの！」と言いたかったが、上司の指示を拒むわけにはいかなかった。ちょうどその朝、上司はマノンが勤務のあとカングーを使うのを許可してくれたのだった。自分の車はついに寿命が尽きたばかりで、とても気になるその土曜の夜の集まりに出かけるには何としても車が必要だった。

彼女が通っていた高校《リセ》、サン＝テグジュペリは創立五十周年を迎え、それに合わせて同窓会のパーティーが開かれることになっていた。かつて気になっていた男子生徒に会えるかもしれないと密かに期待もしていた。ほかの子とは違う男子で、当時の彼女は愚かにもそんな彼ではなく、じつはどれも救いようのないバカばかりの年上の男たちを好んでいたのだった。期待には何の根拠もなかったけれど――目当ての同窓生がパーティーにやって来るかもはっきりしないうえに、彼女がいたことすら忘れているに違いない――ようやく自分の人生にも何かが起こってくれるかもしれないと思いたかった。マニキュア、美容院、ショッピングと、マノンの午後は支度に費やされた。濃紺のレースとシルクジャージーのシフトドレスに三百ユーロも使ってしまったし、姉からは真珠のネックレスを借りた。それはそうと、親友が貸してくれた〈スチュアート・ワイツマン〉のスエードの靴で足が痛む。

マノンは高いヒールに乗っかっているような感覚を覚えつつ、スマートフォンのライトを点《っ》けると、海沿いに二キロ以上も続くエイレンロック邸までの細道に足を踏み入れた。土地鑑はあった。子供のころ、父親が岩場での釣りに連れてきてくれた。当時、住民はこの辺りを〝税関吏の小道〟あるいは〝闇商人の抜け道〟と呼んでいたものだ。その後、旅行ガイドブックでは〝髪を乱す潮風《テイール＝ポワル》の小道〟という趣ある名で呼ばれるようになっていた。そして今は単に海沿いの散歩道と、もっと無味乾燥な呼び方になっているようだ。

五十メートルほど先で〝この先は危険につき進入禁止〟と書かれた柵《さく》にぶつかった。実際、週の中ごろまで暴風雨が猛威を振るっていた。荒波で洗われた散歩道の数か所が土砂崩れで通行止めとなっていたのだ。

マノンは一瞬ためらったあと、柵をまたぐ。

一九九二年

アンティーブ岬の南端。十月一日。

陽気な気分のヴィンカ・ロックウェルは、ジョリエット浜辺の波打ち際を跳ねるような軽い足取りで進んだ。時刻は午後十時。そこまでやって来るのに、ヴィンカはスクーターで通学している高等師範受験準備クラス一年《イポカーニュ》の同級生の女子に頼んでガループ小路まで乗せてもらった。

〝闇商人の抜け道〟に入ったとたん、下腹に蝶《ちょう》たちが舞うような感覚を覚えた。アレクシスに会える。恋しい人に会える！

牛の角すら吹き飛ばさんばかりの風があっても澄みきった美しい夜で、まるで昼間のように空が見えていた。野性味が残るこの辺りは、夏季のフレンチリビエラ（南フランス地中海沿岸のリゾート地コート・ダジュールの英名）が与える退廃的なイメージとはかけ離れていた。太陽の下では、石灰岩が白と黄土色《オークル》に輝き、際限なく変化する紺碧《こんぺき》の波が打ち寄せる幾多の小さな入江に人々は魅了される。いつだったか、レラン諸島のほうを眺めていたヴィンカはイルカの群れを見ることすらあった。

だが、たとえば風が吹き荒れる今晩のような天気には、まったく異なる景色が現れる。切り立った岩場は危険になり、オリーブやマツの木々が地面から身をふりほどこうと苦痛によじれる。でもヴィンカは、そんなことは気にもかけない。アレクシスに会えるのだから。最愛の人にすぐ会える！

二〇一七年

何でこうなっちゃうの！

靴のヒールが完全に折れてしまったのだ。くそっ！　パーティーへ行く前に家に寄らなければならないし、明日は明日で、親友にこっぴどく怒られるだろう。靴を脱いでハンドバッグに入れると、裸足《はだし》で先へと進む。

狭いながらも舗装《ほそう》された海沿いの断崖《だんがい》を見下ろす遊歩道を行く。澄みきった空気、生き返るように感じる。南仏名物の冷たく乾燥した北風《ミストラル》が空を透明にして星々をちりばめた。

アンティーブ旧市街の城壁から内陸の山並みを望みながら、息を飲むような光景がニース湾へと広がる。松林の向こうに隠れて、コート・ダジュールでも抜きん出て美しい大邸宅が点在する。飛沫《ひまつ》を上げる波の音が聞こえ、そのとてつもない力が伝わってくるのを感じる。

かつては痛ましい事故がくり返される場所だった。釣り人や旅行者、あるいは二人きりになりたいカップルがこの荒磯まで来て大波にさらわれてしまうのだった。非難の矛先を向けられた市当局は、断崖に階段を、遊歩道に標識を、そしてハイカーがスリルを求めて突端まで行かぬよう柵まで設けた。それでも強い風がほんの数時間吹くだけで、辺りは極めて危険な場所に様変わりする。

まさにマノンは、なぎ倒されたアレッポ松が上り坂の柵を壊し、遊歩道を塞いでいる箇所まで来ていた。それ以上先には進めなかった。彼女は引き返そうと思った。もちろん人っ子ひとりいない。猛烈なミストラルのなかを散歩する者などいないのだ。

マノン、早いとこ逃げるが勝ちよ。

立ち止まり、風音に神経を集中させる。風に運ばれて、近くと遠くで同時に呻《うめ》き声が聞こえたように思った。漠然とした脅威。

裸足だったけれど障害物を避けて岩場に出ると、スマートフォンのライトだけを頼りに先に進んだ。

崖下の黒い塊が目に入った。マノンは目を細める。だが、あまりに遠すぎて何だか分からない。足元に注意しながら慎重に下りようとする。バリッ。レース編みのドレスの折り返しが破れたけれど、もう気にしなかった。目の前に怪しい塊が見えていた。死体だった。岩場の上に横たわる女の死体。近づくにつれ、恐怖も膨れあがる。これは事故ではない。女の顔は破壊され、血まみれの肉塊でしかなかった。ああ、神様。足がふらつき、マノンはその場でくずおれてしまいそうに感じた。スマートフォンで応援を呼ぼうとしたけれど、電波の届かないエリアだった。それでも、画面に〝緊急通報のみ〟との表示が出ている。通報しようとしたマノンは、自分がひとりではないことに気づいた。少し離れたところに涙を流す男がうずくまっていた。打ちひしがれたような男は、顔に両手を当てて慟哭《どうこく》している。

マノンは震えあがる。その瞬間、自分が武装してこなかったことを悔やんだ。慎重な動きで男に近づく。男が身を起こして顔を上げた。マノンの知っている顔だった。

「これは、わたしがやったんだ」死体を指さして男は言った。

一九九二年
優雅に軽やかに、ヴィンカ・ロックウェルは岩場を渡って進む。ますます風は勢いを増していた。ヴィンカはそれが好きだった。大波、危険、酔うほど強烈な沖からの風、目もくらむ絶壁のすべてが。今までの人生でアレクシスとの出会いほど彼女を陶然とさせるものはなかった。そのまばゆさに身も心も捧げていた。肉体と精神の融合。もし百年生きられたとしても、この記憶に太刀打《たちう》ちできるものなんか絶対に出てこない。人目に隠れてアレクシスと会い、岩場の窪みで愛を交わすという予感に彼女は心を震わせる。

生温かい風が全身を包むように両脚の辺りに吹きかかり、二つの身体がもつれ合う前触れ《プレリュード》のようにワンピースの裾《すそ》を巻きあげた。暴走する心臓、熱波が彼女を鷲《わし》づかみにして揺さぶると、隅々にまで激しく血が巡り、全身が鼓動に合わせて震えだす。

すぐにアレクシスと会える。愛しい人にすぐ会える！

アレクシスは嵐で、夜で、刹那《せつな》だった。ヴィンカは自分がばかなことをやっている、それが不幸を招くだろうと知っていた。心の奥底で、どんなことがあろうと絶対に諦《あきら》めようとは思わなかった、この興奮を。待ち焦《こ》がれることを、死に物狂いで愛する、夜にさらわれるという苦しい恍惚《こうこつ》を。

「ヴィンカ！」

ふいにアレクシスのシルエットがまぶしい満月に照らされ、明るい夜空のなかに浮かびあがった。ヴィンカは数歩進んで影に寄り添う。ほんの瞬きする間に、すぐに襲ってくる欲望をもう予感できるくらいだった。濃密で、燃えるような、まるで制御できない欲望。肉体が交じり合って、波と風のなかに消えるまで溶けていく。カモメたちの鳴き声のなかに響く叫び。痙攣《けいれん》と、身体ごと吹き飛ばされそうな爆発、白い閃光《せんこう》に目がくらみ、自分の存在のすべてが四散《しさん》してしまったように感じる。

「アレクシス！」

やっと自分の愛の対象を抱きしめたとき、ふたたび頭のなかの声がヴィンカに不幸な結末を迎えると囁《ささや》く。だが、ヴィンカは未来のことなんかどうでもいい。愛がすべて、ほかに何も要らない。

今この瞬間のみに意味があった。

夜の、燃えるような有毒な誘惑。

昨日と今日

（『ニース・マタン』紙、二〇一七年五月八日、月曜日）

リセ・サン＝テグジュペリ創立五十周年の記念祭

高度技術集積都市《テクノポリス》ソフィア・アンティポリスを代表する学校が今週末、創立五十周年を迎える。

在外駐在員の子女を修学させるためにフランス公立教育施設協会が一九六七年に創立した、外コート・ダジュールでは特異な国際高等学校である。学力レベルの高さで知られており、外国語による授業を中心に教育課程が編成されている。バイリンガル課程を選択すると国際バカロレアの取得が可能となるため、今日ではほぼ一千名のフランス人および外国人生徒を受け入れている。記念祭の行事は五月十二日の金曜日から始まり、一般公開される当日には、生徒ならびに教職員がその日のために準備をしてきた創作活動——写真、映画、舞台芸術など——を発表する予定。

翌日の正午にも、同窓生や元教職員たちが集まるカクテルパーティーが予定されている。その機会に、現在の体育館を解体して新たに建設予定の〈グラスタワー〉《CPGE》と呼ばれる五階建て校舎の着工式が行われる。超モダンな校舎にはグランゼコール準備クラス（社会的エリート養成機関グランゼコールへの入学希望者がリセ卒業後に籍を置く二年制の準備学級）が設置される。そして、現体育館を最後に利用するのが一九九〇年から一九九五年度入学の卒業生たちで、その晩に行われる卒業生パーティーの会場として用いられることになる。

なるべく多くの人々が五十周年記念祭に参加してくれることを願っていると、フロランス・ギラール校長は述べる。「卒業生と教職員の方々が打ち解けた雰囲気で参加されるよう温かくお迎えしたいと思っています。再会や意見の交換、当時の記憶というのは、自分がどこからやって来たかを思いださせ、どこに向かうのかを知るためには不可欠なものです」と、現在の校長はいくらか時代がかった言い回しで続け、記念祭のためにフェイスブックのグループを作成したことも明かした。

ステファン・ピアネッリ

フォーエバー・ヤング

1　チェリーコーク

墜落する飛行機に乗り合わせたら、シートベルトをいくらしっかり締めていたところで、役には立ちませんよ。

村上春樹

1

ソフィア・アンティポリス
二〇一七年五月十三日、土曜日
わたしは高校《リセ》から三百メートルほど離れたガソリンスタンドの近く、マツの木陰にレンタカーを停めた。一睡もできなかったニューヨーク－ニース間のフライトで到着したあと、空港からそのままここに来た。
　昨日、わたしの母校であるリセの五十周年記念祭についての記事をメールで受けとり、大急ぎでマンハッタンから飛んできたのだった。メールはわたしの本を扱う出版社のメールボックスを通じて、かつての親友、だがもう二十五年前から会っていないマキシム・ビアンカルディーニから送られてきた。彼の携帯電話の番号が記されており、わたしは電話するのを躊躇《ちゅうちょ》したものの、ほかに方法はなかった。

「トマ、記事は読んだか？」彼はほとんど前置きなしに聞いてきた。

「だから電話したんだ」

「それなら、これが何を意味するのか分かっているよね？」

昔から聞きなれている口調だが、それが極度の興奮と焦《あせ》り、恐怖のせいでどこか別人の声のように聞こえた。

彼の質問にすぐには答えなかった。ああ、何を意味するか分かっているよ。それが、これまでのわたしたちの暮らしの終わりを意味するということを。今後の人生を鉄格子のなかで過ごすことになるということを。

「トマ、きみにはコート・ダジュールまで来てもらわなくてはならない」数秒の沈黙の後、マキシムはわたしに言った。「これを回避するための作戦を練る必要があるんだ。何かを試みなければいけない」

わたしはこれから起こることの結果を予測してみようと目をつぶった。スキャンダルの規模、法的な帰結、わたしたちの家族に及ぶ衝撃の度合い。

わたしは心の底で、この日が訪れる可能性はあるだろうといつも思っていた。二十五年ものあいだダモクレスの剣（常に身に迫る危険の喩え）を頭上に感じながら生きてきた、というか、生きているかのようにふるまってきた。夜中、あの当時に起こったことを思いだしたり、だれかがある日それを発見するだろうと予想したりして、汗まみれになって目を覚ますのが当たりまえになっていた。そんな夜は抗不安薬の〈レグゾミル〉をウイスキー〈軽井沢〉といっしょに飲みこむのだが、ふたたび眠れることはあまりなかった。

「何か試みる必要がある」友人はくり返した。

彼が幻想を抱いているのは分かっていた。なぜなら、わたしたち二人の人生を破滅させる爆弾を、一九九二年十二月のある晩に仕掛けたのは、わたしたち自身にほかならないからだ。そして二人とも、その爆弾の雷管を外すことなどけっしてできないことは分かっていた。

2

車のドアをロックしてから、ガソリンスタンドに向かって歩いた。近所の者が〈ディーノの店〉と呼ぶ、アメリカの地方に行くとよく見られる雑貨店《ジェネラル・ストア》の類いだった。燃料ポンプが並ぶ背後には、コロニアル調のペンキ塗り木造建築の小さな雑貨店と、大きなひさしの下に広がるテラス付きの雰囲気の良いカフェがあった。

わたしはスイングドアを押した。内部は当時とそれほど変わりはなく、時代がかった雰囲気をそのままに維持していた。店の奥のスツールに囲まれたカウンターはアンティーク仕上げを施《ほどこ》した無垢《むく》材で、その端には色とりどりのケーキを入れた釣鐘型のガラスカバーが並んでいた。ホールに配置されたボックスシートとテーブルは外のテラスにも並んでいる。店内の壁には、今では見られない昔の商品宣伝用のホーロー看板や、〝狂騒の二〇年代〟のリビエラを宣伝するポスターが飾ってあった。テーブル数を増やすためだろう、当時わたしの小遣いをむしり取ったビリヤード台、そして〈アウトラン〉や〈アルカノイド〉、〈ストリートファイターⅡ〉のアーケードゲームは撤去されていた。唯一まだ生き延びているのは、使い古されたボンジーニ社のテーブル・サッカー台だけだった。

　わたしはブナの無垢材で作られたサッカー台を両手で撫《な》でずにはいられなかった。この場所で時を忘れ、マキシムとオリンピック《O》・マルセイユ《M》の有名な試合を再現しようと夢中になって遊んだ。そんな光景が断片となって目に浮かぶ。一九八九年〈フランス杯〉のパパンがやってのけた三ゴール、ＳＬベンフィカとの対戦でのヴァータによるハンド、対ＡＣミラン戦でクリス・ワドルが放った右足のボレー、その記念すべき試合の夜、マルセイユのスタジアム〈スタッド・ヴェロドローム〉の夜間照明が落ちてしまった。だが結局、あの待ちに待っていた勝利――一九九三年のＵＥＦＡチャンピオンズリーグ優勝――を、わたしはマキシムといっしょに祝うことはなかった。せっかくの日、わたしはすでにコート・ダジュールを離れ、パリのビジネススクールに入っていたのだった。

　わたしはカフェの雰囲気に浸っている。授業のあとここへ来るのが、いつもマキシムといっしょとは限らなかった。最も鮮明に残っているのはヴィンカ・ロックウェルについての思い出で、当時のわたしは彼女に夢中だった。男子全員が彼女に恋をしていた。昨日のことのようにも、また永遠の時が経ったようにも思えた。

カウンターのほうに向かいながら、記憶のなかで一瞬一瞬の光景が鮮明になるにつれ、毛が逆立つように感じた。あの澄んだ笑い声、あのすきっ歯、あの薄手のワンピース、あの矛盾した美しさ、自分がいつも醒《さ》めた目で物事を見ていると思わせたがっていたヴィンカ、彼女の面影が蘇《よみがえ》る。ヴィンカはここ〈ディーノの店〉で、夏はチェリーコークを、冬にはマシュマロを浮かせたホットココアを飲んでいた。

「何にします？」

自分の目を疑った。カフェは以前と変わりなくイタリア人とポーランド人のヴァレンティーニ夫妻が営んでおり、姿を見るなり彼らの名前を思いだした。エスプレッソマシンを磨《みが》いていたディーノ（店名を考えれば当たりまえか……）が、それを中断してわたしの注文をとり、妻のアンナはローカル新聞をめくっているところだった。ディーノは一回り太って髪がなくなり、アンナの金髪は白くなり、しわも増えた。とはいえ、二人は歳をとって以前よりもっと似合いの夫婦となったように見えた。歳を重ねることで輝くような美しさが色あせ、ときとして平凡な肉体に、ある種の古びた光沢を与える。それが老いというものの正常な作用なのかもしれない。

「コーヒーをください、ダブル・エスプレッソで」

数秒おいてから、わたしは幻のヴィンカを呼び出すための挑発を試みる。

「それとチェリーコークも、氷を入れて、ストローもつけてもらいたい」

一瞬、ヴァレンティーニ夫妻のどちらかがわたしに気づくだろうと思った。わたしの父と母は一九九〇年から一九九八年までサンテクス（リセ・サン＝テグジュペリの愛称）の代表を務めていた。父が校長で、母も付属プレパ（グランゼコール準備クラスの略称）の学監《がっかん》だったから、学校構内の官舎に住んでいたのだ。だからこのカフェに、しょっちゅうわたしは出入りしていたのだった。〈ストリートファイター〉をただでやらせてもらう代わりに、ときどきわたしは、ディーノが地下の酒蔵を片づけたり、あるいは彼がうちの父から教わった当店名物の〝フローズンカスタード〟を作ったりするのを手伝ったものだ。妻のアンナがまだ新聞を読んでいるあいだ、老イタリア人は飲み物を置いて金を受けとったが、その疲れた目に、記憶が火花を飛ばすような兆候は窺《うかが》えなかった。

　店の四分の三が空席で、それは土曜日の朝とはいえ意外なことだった。サンテクスには寮生が多くいて、わたしの在校当時、そのほとんどが週末も寮に残っていた。立ちあがったわたしは、いつもヴィンカといっしょに座っていたテラスのいちばん奥、いい香りが漂うマツの枝の下にあるテーブルへと向かった。星たちが互いの位置を分かっているように、ヴィンカは必ず太陽を正面に見る椅子《いす》を選んだ。トレイを持ったわたしは、いつもの場所、マツの木を背にする椅子に座った。自分のエスプレッソを手にとると、チェリーコークのグラスを向かいの空席に置いた。

　スピーカーからはＲＥＭの古いヒットナンバー「ルージング・マイ・レリジョン」が流れていて、多くの人はそれが信仰についての歌詞だと思っているが、じつは辛い片思いの苦悩を歌っているだけなのだ。ある女性に恋をして、〝ねえ、見てよ、ぼくはここだよ！　どうしてぼくを見てくれないの？〟と叫ぶ青年の絶望である。それはまるでわたしの人生の縮図だ。

一陣の風にマツの枝が揺れると、床に陽光が跳ね返った。ほんの数秒間、わたしは魔法をかけられたように一九九〇年代初頭の時期に放りだされる。春の木漏れ日のなか、目の前でヴィンカの幻が生き生きと動きだし、議論で夢中になっているわたしたち二人の声が反響《エコー》のように聞こえてきた。彼女が『愛人／ラマン』と『危険な関係』について夢中で話しているのが聞こえる。それに答えて、わたしは『マーティン・イーデン』と『選ばれた女』について語る。まさにこのテーブルで水曜の午後、カンヌの映画館〈スター〉やアンティーブの〈カジノ〉で観た映画について語りあうのが常だった。彼女は『ピアノ・レッスン』や『テルマ＆ルイーズ』に夢中になり、わたしは『愛を弾く女』とか『ふたりのベロニカ』のほうを好んだ。

音楽が終わった。ヴィンカは〈レイバン〉のサングラスをかけてチェリーコークを一口飲むと、レンズ越しに、わたしにウインクを送ってきた。彼女のイメージが霞《かす》んで完全に消えてしまうと同時に、魔法のようなおしゃべりの時間も過ぎ去った。

わたしたちはもはや、あの一九九二年の気楽な夏の暑さのなかにはいない。わたしは失われた青春時代の夢想を追って走りまわり息を切らし、孤独で悲しかった。ヴィンカと会わなくなってから二十五年も経っていた。

いや、この二十五年間、だれひとりとしてヴィンカと再会した者はいない。

3

一九九二年十二月二十日の日曜日、十九歳のヴィンカ・ロックウェルは、秘密の関係にあった二十七歳の哲学教師アレクシス・クレマンとパリに出奔《しゅっぽん》した。最後に二人の姿が見られたのはその翌日で、パリ七区のサント゠クロチルド聖堂に近いホテルでのことだった。そのあと二人のパリでの足取りはまったくの不明となった。二人がだれかに消息を伝えることも、また家族や友人に連絡をとることもなかった。彼らは文字どおり蒸発してしまった。

以上が公式の経過説明である。

わたしはポケットからもう百回は読んだ『ニース・マタン』紙の記事を取りだす。その記事は、何気ない体裁ながら、伝えている重大な事実により、この事件に関してだれもが知っていることを見直さざるをえない情報を秘めていた。やたらと〝真実〟や〝透明性〟が求められるご時世ではあるが、その真実がありのままに受けとられることはめったにないし、この件に限って言うならば、真実が事態を鎮静化することも、大切なものを失った悲しみを癒やすことも、真の正義をもたらすこともない。それは災いをもたらし、犯人捜しと中傷に人を駆り立てるだけなのだ。

「ああ、すいません！」

テーブルのあいだを走っていた高校生のバックパックがチェリーコークのグラスに触れた。反射的に手が動き、わたしはグラスが落ちて割れるのを防いだ。紙ナプキンを何枚か使ってテーブルを拭《ふ》いたがズボンにコーラがかかってしまった。わたしは化粧室に向かう。染みをとって、ある程度乾かすのに五分はかかったように思う。卒業生の集まりに出かけるのだから、小便を漏らしたと思われたくなかった。

それから、椅子の背に掛けたままのジャケットをとりに席へと戻った。テーブルに目を向けたとたん、鼓動が速まった。席を外しているあいだに、何者かが新聞記事のコピーを二つに折って、その上にサングラスを置いたようだ。カラーレンズをはめた〈レイバン クラブマスター〉だった。だれがこんな悪い冗談を？ 周囲に視線を向けた。ディーノはガソリンポンプのそばでひとりの男と話をしている。アンナのほうは、テラスの反対側でゼラニウムに水をやっていた。休憩中らしい三人の清掃作業員を除けば、少ない客の大部分は高校生で、ＭａｃＢｏｏｋに向かって勉強中かスマートフォンでのチャットに神経を集中していた。

「くそっ……」

それが妄想の産物でないと実感するには自分の手でサングラスに触れてみるほかない。手にとってみると、その下のコピー用紙に何か書きつけてあるのが見えた。丸みを帯びた丁寧な文字。

〝復讐〟

2　優等生と悪童たち

過去を制御する者が未来を制御する。

ジョージ・オーウェル

1

「ペイント・イット・ブラック」、「ノー・サプライゼズ」、「ワン」……。

校内に足を踏み入れたとたん、生徒たちのバンドがローリングストーンズやレディオヘッド、U2のリフレインで訪問者を迎えた。すさまじい音量で演奏される、かつて聴きなれた音楽に伴われ、午前中の祝賀行事が行われるリセの中心部、マロニエ広場へと向かう。

複数の自治体（主にアンティーブ市とヴァルボンヌ市）にまたがって広がり、フランスのシリコンバレーと呼ばれることの多いソフィア・アンティポリスは、コンクリートに埋め尽くされつつあるコート・ダジュールの緑豊かな宝石箱となっていた。数千ものスタートアップ企業や先端技術の企業が二千ヘクタールの松林内の開発区にその拠点を設けていた。ここには世界中の企業の幹部たちを引きつける切り札がある。年間の四分の三は太陽が燦々《さんさん》と輝き、すぐそばには地中海《グランド・ブルー》とアルプスのスキー場、また多種多様なスポーツ施設があるし、複数のハイレベルなインターナショナルスクール、なかでもその先駆けで、アルプ゠マリティーム県における最高の教育機関と言われるリセ・サン゠テグジュペリを擁している。当校のモットーである「知識は力である《シエンティア・ポテスタス・エスト》」を信じて、親たちは何としても子女を当リセに入れようと望むのだった。

わたしは門の守衛詰所の前を通りすぎ、教務課および職員室がある建物伝いに進んだ。一九六〇年代半ばに建てられた校舎は、もはや年代を感じさせるようになっていたが、今でも抜きん出た建造物であることに変わりはない。建築家がヴァルボンヌ台地の類を見ない自然を活かし、あらゆる知見を駆使して構想を練ったからだろう。この土曜の朝、深い青に染まった空の下を心地よい風が流れる。松林と石灰岩の荒れ地、そして岸壁と険しい起伏のあいだに挟まれて、金属とコンクリートとガラスからなる立方体や平行六面体の建物が、縦横に谷が走る景色のなかにうまく調和して溶けこんでいる。下方には、大きな湖を囲むように、半ば木々に隠れて色とりどりの二階建ての小さな建物が散在する。寮生の宿舎で、それぞれがコート・ダジュールに暮らしたことのある芸術家の名を与えられていた。パブロ・ピカソ、マルク・シャガール、ニコラ・ド・スタール、フランシス・スコット・フィッツジェラルド、シドニー・ベシェ、グレアム・グリーン……。

十六歳から十九歳まで、わたしは両親といっしょに構内の官舎で暮らしていた。当時の記憶はまだ鮮明に残っている。とくに、毎朝目を覚まして目にする松林に強烈な感動を覚えた。思春期を過ごした自室からは、今眺めているのと同じ、とてつもない絶景が見えていた。キラキラとまばゆい湖、そこに浮かぶ木造の浮き橋、ボートの格納庫など。わたしはニューヨークに二十年間も住んでみて、ミストラルの調べやセミの鳴き声よりマンハッタンのしびれるような青空を、ユーカリやラベンダーの香りよりブルックリンとハーレムのエネルギーのほうを好むと思うようになっていた。「でも結局のところ、それは本音だろうか?」と、〃アゴラ〃(一九九〇年代初期に図書館の横に建てられたガラス張りの建物で、なかには複数の階段教室と映画室がある)を迂回《うかい》しながら自問した。それから歴史的校舎の前まで来ていた。これは赤レンガのゴシック風の建物で、アメリカのいくつかの大学校舎を思わせる。徹底した時代錯誤《アナクロ》な建物であり、学校全体の建築様式とは調和がとれていないにもかかわらず、当初からサンテクスが誇りにしてきたものだ。それは、キャンパスに一種アイビーリーグの趣を与えるからで、親たちはわが子が地元のハーバードに行っているという誇り高い気分を味わうことができる。

「これはこれは、大小説家のトマ・ドゥガレ先生、次作のためのインスピレーションでも探索中か?」

2

背後から声をかけられて驚いたが、ふり返るとステファン・ピアネッリの顔があった。長髪に三銃士のような口髭《くちひげ》、ジョン・レノンの丸メガネ、トートバッグを肩から斜めに掛けた『ニース・マタン』の記者は、学生当時そのままの変わった身なりだった。今の時代に合わせた唯一のものは、カメラマン用ベストの下に着たティーシャツに極左政党〝不服従のフランス《フランス・アンスミーズ》〟のシンボル〝φ《ファイ》〟がプリントされている点だった。

「やあ、ステファン」わたしたちは握手をした。

しばらく肩を並べて歩く。ピアネッリはわたしと同い年で、この土地の生まれなのも同じだった。高校の最終学年までいっしょだったが、彼のことは、口ばかり威勢のいい男として覚えており、空論を滔々《とうとう》と述べては教師を窮地《きゅうち》に追いこむことがよくあった。校内では政治意識を持つ数少ない生徒のひとりだった。バカロレアを取得したあと、サンテクス内の政治学院《シアンス・ポ》準備クラスに入れるほどの成績だったにもかかわらず、ニース大学文学部に進学することを選択した。わたしの父に言わせれば「失業者養成工場」であり、母はもっと過激に「ろくでなし左翼の吹きだまり」と呼ぶ学部ではあった。だがピアネッリは、反抗者であることをずっと自任してきた。カルローヌ――文学部の所在地――の社会党系組織内で活動していた一九九四年、テレビ局〈フランス2〉で放送されたミシェル・フィールド司会の

「明日の若者《ドウマン・レ・ジュンヌ》」のなかで、彼は最初の脚光を浴びる。二時間を超える生放送でCIP法案（学業修了者の最低賃金を定める労働契約）に反対する数十人の学生たちに発言の機会が与えられたのだ。わたしは最近になってフランス国立視聴覚研究所のサイトでその放送を見たのだが、ピアネッリの堂々とした態度に感心した。二度ほどマイクを向けられたピアネッリは、歴戦の政治家たちを相手に説明を要求し、リングサイドまで追い詰めた。相手がだれであろうとひるむことのない、まったくもって強靭《きょうじん》な石頭の頑固者だった。

「マクロンの当選について、きみの意見は？」出し抜けに質問してきた（つまり政治論議に浸かったままで、変わっていないということだ）。「きみみたいな人間にとっては良いニュースだった、そうだろう？」

「作家だから、ということか？」

「いや違う、薄汚い金持ちだからさ！」彼は目を光らせて言った。

ピアネッリは人をからかうのが好きで、悪意をこめていることも多いが、わたしはそれでも彼を嫌いになれなかった。サンテクスの卒業生のなかでも彼とだけは定期的に会うことにしていた。というのも、わたしが新作を出すたびに、彼はわたしへのインタビューを新聞記事にしていたからである。わたしが知るかぎり、彼は全国紙でのキャリアを積むつもりはなく、現場の記者に留まるほうを好んだようだ。『ニース・マタン』では好きなこと――政治、文化、地域の身近なニュース――を記事に書けたし、何よりもその自由を尊重していた。スクープの狩人《かりうど》として恐れられることを受け入れながら、彼はそれなりの公平さも守る。わたしは自分の小説に関する彼の批評をいつも興味深く読むが、それは彼に行間を読みとる才能があるからだ。ピアネッリの書評は賞賛ばかりでなく、慎重な態度を見せる場合でも、ひとつの小説の背後には——同じことは映画や演劇についても言えるのだが——たいていは何年もかかる仕事や迷いや問い直しというものがあって、それを批判することはできるにせよ、ほんの数行の批評で葬ってしまうのは残酷かつ僭越《せんえつ》だということを忘れていなかった。「最も凡庸な小説ですら、それを明らかにする批評よりも価値がある」と、彼はある日のこと、映画『レミーのおいしいレストラン』に登場する料理批評家アントン・イーゴの台詞《せりふ》を文学に応用してわたしに打ち明けたものだ。

「冗談はさておき、気まぐれ先生は何をしにここまでやって来たんだ？」

記者は何食わぬ顔をしていたが、何かを嗅《か》ぎつけ、ちょっかいを出し、当たりがあればわたしにつきまとうつもりなのだ。断片的にせよ、彼はわたしの過去を知っていた。わたしがポケットのなかでヴィンカのものと同じサングラスをいじくり回し、十五分前には自分宛の脅迫も受けとって神経質になっていることを感づいたのかもしれなかった。

「自分のルーツに戻ってきて悪い気はしないよ、そう思わないか？　人は歳をとると……」

「出任《でまか》せを言うのはよせ」ピアネッリはニヤニヤしながらわたしの言葉を遮《さえぎ》った。「トマ、同窓生の集まりなんて、最もきみが嫌悪するものでしかないだろう。自分を見てみろよ、〈シャルヴェ〉のシャツに〈パテック・フィリップ〉の腕時計。きみがニューヨークから飛んできて、ばかな連中といっしょに〈マラバー〉のチューインガム（一九五八年から販売されているフランスでポピュラーな風船ガム）を噛《か》みながら、『ＵＦＯロボ グレンダイザー』のテーマソングを歌う？　そんなことを信じろと言うのか？」

「いや、きみは間違ってる。ぼくはだれのこともばかだと思ってはいない」

それは事実だった。

ピアネッリはわたしの顔を見る、疑っていた。かすかに、彼の目つきが変化した。目が輝きだしたのは、何かの手応えを感じたからだと思われる。

「やっと理解したよ」彼は肯《うなず》きながらわたしに言う。「きみがやって来たのは、おれの記事を読んだからだろう、そうに決まってる！」

図星を指され、一瞬わたしはボディーブローを食らったかのように息が止まった。なぜ彼には分かってしまうのか？

「何の話だ？　ステファン」

「とぼけるな」

わたしは軽くいなそうとした。

「ぼくが住んでいるのはマンハッタンのトライベッカ地区だ。コーヒーを飲みながら読むのは『ニューヨーク・タイムズ』。きみのところのローカル新聞は読めないよ。何の記事のことを言ってるんだ？　うちの学校の五十周年祭に関する記事か？」

彼は顔をしかめ、眉《まゆ》をひそめる。どうやら、わたしたちは同じことを話題にしているわけではないようだ。だが、ほっとしたのも束の間で、というのも、彼はつぎのようなことを言い放ったからだ。

「おれが言いたかったのはヴィンカ・ロックウェルについての記事だが」

こんどこそ、わたしは硬直してしまった。

「そうか、きみが何も知らないっていうのはほんとなんだな!」彼は言った。

「知らないって、いったい何のことだ?」

ピアネッリは大きく肯くと、トートバッグからメモ帳を取りだす。

「もう仕事に戻らないと」マロニエ広場まで来たとき、メモ帳を振りながら彼は言った。

「きみの言う、ローカル新聞に記事を書かなきゃならないんでね、このおれは」

自分の芝居の効果に満足し、ピアネッリはわたしに手を振ると離れていく。

「ちょっと待てよ、ステファン!」

「またあとで話そう」

わたしの胸が早鐘のように鳴りだした。ひとつ確実なこと、それはわたしの知らないことがまだまだあるということだ。

3

マロニエ広場は楽団が演奏する音楽に合わせて震え、あちらこちらで小さなグループになった参加者たちも楽しそうに騒ぎたてる。かつては堂々たるマロニエの木が立ち並んでいたのだが、そのすべてが病原菌に倒されてしまっていた。だが広場の名は変わることなく、今は代わりに植えられたカナリーヤシの優雅なシルエットがバカンスと無為《むい》の喜びへと誘う。いくつもの大きな帆布《はんぷ》テントはガーランドで飾られ、ビュッフェから少し離れた場所に椅子も並べてあった。人で埋まった感のある広場中央のテラスでは、カンカン帽に白と青の横縞《ボーダー》のマリンセーターという格好のウェイター、ウェイトレスが客のグラスに飲み物をサービスするのに忙しい。

わたしはグラスを受けとって味見をし、すぐに植木鉢に空けてしまった。実際、この特製カクテルはひどく不味《まず》いココナッツジュースにショウガ味のアイスティーを混ぜたという代物だった。ビュッフェに行ってみたが、そこでも低カロリー志向の食べ物ばかりだった。まるでカリフォルニアか、あるいは健康食が君臨するブルックリンのどこかにいるような気分になった。ニース風ファルシ（ピーマン、ズッキーニ、ナス、トマトなどの肉詰め。ニースの郷土料理）よ、ズッキーニの花のフライよ、ピサラディエール（タマネギ、アンチョビ、オリーブなどを用いた南仏の白ピザ）よ、さようなら。貧相な輪切りの野菜や小さなガラス容器に入った低カロリーのクリーム、グルテンフリーのチーズトーストしかなかった。

わたしはビュッフェから離れ、公会堂風に広場の一部を囲むように作られたコンクリートの階段席を上がって腰かける。サングラスをかけたわたしは、邪魔者のいないその監視所から強い関心を持って同窓生たちを見つめた。

彼らは互いに褒《ほ》めあい、ハグして背中を叩《たた》き、頬《ほお》にキスをして、自分の赤ちゃん、あるいは思春期の子供のいちばん良い写真を見せ、メールアドレスと携帯番号を交換し、ＳＮＳのともだちリストに追加する。ピアネッリは間違っていない、わたしはそうした世界の外側にいた。ふりをすることすらできなかったろう。まず、わたしは自分の高校時代に少しもノスタルジーを感じていない。つぎに、自分は基本的に孤独を好む人間であり、ポケットにはいつも本が入っているけれど、フェイスブックのアカウントは持っていないので、いいねボタンを押しまくる時代の要請にあまりそぐわない陰気で興ざめな存在だと思っている。最後に、わたしは時の流れに不安を感じたことはいちどもない。四十歳の誕生日を迎えたとき、そして額の生え際に白いものが交じりはじめたときも、とくに焦りはしなかった。正直に言うなら、わたしは早く老いたいと思っている。なぜなら、歳を重ねれば重ねるほど、わたしが逃れようとしてきた悲劇の震源である過去から、遠ざかることになるからだ。

4

卒業生たちを注意深く観察した結果、確認できたこと。第一にそれは、わざわざここまで出向いてきた者たちは、あまり体重が増えぬよう気を配ることのできる、いわば余裕ある境遇にて暮らしてきたという点だ。とはいえ、禿《は》げることは男性にとって最も厄介《やっかい》な災禍なのだ。違うかな、ニコラ・デュボワ？　おそらく彼は植毛に失敗したのだった。アレクサンドル・ミュスカは、髪のない頭頂部を長く伸ばした側頭部の髪で隠そうとしていた。ロマン・ルセルはというと、頭全体をさっぱり剃《そ》ってしまうという選択をしていた。

記憶が確かなことにわれながら満足だった。同窓生については、ほとんどその名前を覚えていた。遠くから見ていると面白い。ある者にとってこの行事は、あまり芳しくなかった過去のイメージを挽回《ばんかい》する機会のようだった。たとえばマノン・アゴスティーニである。見栄えのしなかった女子高生は今や美しい女性となって優雅な口ぶりで談笑していた。クリストフ・ミルコヴィッチも同様の変身を遂げていた。当時まだ「ナード」（コンピューターやインターネットなど特定の分野に関する知識が豊富で内向的な人のこと）とは言わなかったが、わたしの記憶にあるニキビ面でいつもぼんやりしていたクラスのいじめられっ子の面影はすっかりなくなっている。彼のために喜びたい気持ちだ。アメリカ風に気後れすることなく自分の成功ストーリーをまくし立て、自分が乗っているテスラがいかに優れた車であるかを語り、周囲の視線を集める二十歳ほど若い連れの女性と英語でやりとりをしている。

エリック・ラフィット、彼はかなりひどくなっていた。わたしの記憶には、ほとんど神々しいまでの若者の姿が残っている。黒い髪の天使、『太陽がいっぱい』のアラン・ドロンのような。今日、〝エリック・ザ・キング〟は腹の出た見栄えのしない中年男になっており、もはや『若者のすべて』の主演俳優というより、アニメ「ザ・シンプソンズ」の主人公ホーマー・シンプソンに近かった。

キャシーとエルヴェのルサージュ夫妻は手に手をとって姿を見せた。二人とも数理系クラスから大学に進み、卒業を待って結婚した。彼女をキャシーと呼んだのは夫のエルヴェで、本名はカトリーヌ・ラノーといった。わたしは彼女のすばらしい脚線美――以前のようなタータンチェックのミニスカートではなく、今日はパンツスーツ姿なので見えないが、変わっていないはずだ――と、格調高い英会話をよく覚えている。なぜあれだけの女性がエルヴェ・ルサージュなどに恋したのだろうかとよく思ったものだ。レジスというあだ名――当時、コメディアン・グループの〈役立たず《レ・ニュル》〉が出演していたテレビ番組「レジスはばか」がすごい人気だった――をつけられたエルヴェの容姿はそこそこで、脳みそは豆一粒程度、場違いの意見を述べたり教師に無関係な質問をしたりしていたが、より深刻だったのは、彼女のほうが自分より百倍も格が上だということを分かっていない点だった。二十五年を経た今日、すべてに満ち足りたようすの〝レジス〟は、スエードのブルゾンを着て、以前と同じばかに見えた。しかも、それを強調するかのように、彼はパリ・サンジェルマンのイニシャル〈PSG〉入りのキャップを被っている（フランスを代表するサッカーの強豪クラブ、パリ・サンジェルマンとオリンピック・マルセイユの両サポーターは互いに強烈なライヴァル意識と激しい嫌悪の感情を抱いている）。処置なし。

しかし、服装の面で言うと、最優秀賞はファブリス・フォコニエに贈呈されるだろう。〈エールフランス〉のパイロットであるフォコニエは機長の制服で現れた。ブロンドの髪にハイヒール、胸を整形した女性たちのあいだを縫って歩く彼の姿をわたしは見ていた。元美少年の〝はやぶさ《フォコン》〟君は体型の維持に抜かりがなかったと見える。アスリートのような体格、それでいて銀髪とぶしつけな視線、見え見えの虚栄心のせいで、すでに〝美中年〟のレッテルを貼られたようだ。数年前、中距離フライトで彼と会う機会があった。五歳の男児を喜ばせるかのように、彼は着陸時にわたしをコックピットに招いてくれて……。

5

「ああ、たいへんだった、フォコンにはほんと疲れる！」

ファニー・ブラヒミは目配せをし、優しくわたしの頬にキスをした。彼女も変わった。明るい色の目にブロンドの髪を短くしたカビル系（アルジェリアの先住民ベルベル人の主要民族グループ）の小柄な女性で、今日はしゃれたパンプスにスリムジーンズという格好だった。ボタンを二つ外したブラウスの襟《えり》元から胸元が覗《のぞ》いており、タイトなトレンチコートがすらりとしたシルエットを見せていた。人生のべつの舞台では、グランジ・ロックに凝って、くたびれた〈ドクターマーチン〉のブーツを引きずり、ぶかぶかのカナディアンシャツとつぎはぎのカーディガン、破れた〈リーバイス〉の５０１という格好をしていた彼女をわたしは知っている。

わたしより要領のいいファニーはシャンパングラスを手にしていた。

「でもポップコーンはどうしてもみつからなかった」と言いながら、これから映画でも観るかのように、ファニーはわたしと並んで階段席に座った。

リセ時代と同じように、首に掛けたカメラ〈ライカＭ〉で下の集団を撮りはじめる。

ずっと以前から、わたしは彼女のことを知っている。マキシムと彼女とわたしの三人は、フォントンヌ区の小学校——後にアンティーブ市が建てたプレハブ建築のルネ・カサン小学校ではなく——、町の人たちが「旧校」と呼んでいた第三共和政時代の美しい校舎でいっしょに学んだのだ。少年時代を通じてファニーはわたしの親友だった。第三学級（日本の中学三年に相当）のころ最初に付き合った女の子でもあった。ある土曜日の午後、二人は映画『レインマン』を観に行った帰り、フォントンヌに向かうバスのなかで、わたしの〈ウォークマン〉のイヤホンを片方ずつ二人で聴きながら何度か不器用なキスを交わした。ジャン＝ジャック・ゴールドマンの「きみが去ってしまうから《ピュイスク・テュ・パール》」とミレーヌ・ファルメールの「優しくやってくれるなら《プルヴュ・ケル・ソワ・ドゥース》」の二曲が流れるあいだに四回か五回のディープキス。付き合いは第一学級（日本の高校二年に相当）まで続き、そのあと少し遠のいたけれど、友だち同士ではいた。彼女は早熟で、特定の相手以外ともこだわらずにセックスをするような、いわゆる解放された女性グループに属していた。サンテクスではまれな例であり、非難する者も多かった。わたしは、それが彼女にとって自由のひとつの表現方法であるならと、いつでも彼女の意見を尊重していた。ファニーはヴィンカの友だちで、生徒としても優秀、優しい子であり、その三つの要素がわたしにはとても重要だった。医学部を出たあと、軍医になるか人道支援の方面に進むか相当に悩んだらしい。今から数年前、ベイルートで開催されたフランス語書籍のブックフェアに参加していたわたしは、たまたまホテルで彼女と鉢合わせになり、そのとき彼女からフランスに戻る気持ちがあることを聞かされた。

「昔の教師たち、もう見た？」ファニーがわたしに聞いた。

わたしは顎《あご》で順番に、二人の男性教師と一人の女性教師、数学のンドン、物理のレーマン、自然科学のフォンタナを示した。

「サディスト軍団が勢揃《せいぞろ》いってところね」ファニーは吐きだすように言いながら写真を撮った。

「その点に関しては異議なし。ところで今、仕事はアンティーブなのか？」

彼女は肯いた。

「二年前から、〈フォントンヌ病院〉の心臓外科にいる。あなたのお母さんを診《み》ているんだけど、聞いてない？」

わたしが黙ったままなので、彼女はわたしが知らされていないことを悟ったようだ。

「軽い心筋梗塞《しんきんこうそく》、だけどだいじょうぶ、経過は順調」ファニーは請け合う。

その話に愕然《がくぜん》とした。

「母とぼくは、なかなか難しくてね」わたしは話題を変えようとした。

「世の息子たちはみんなそう言うよね、でしょ？」彼女はそれ以上追及せずに言った。

そして、もうひとりの教師を指さす。

「あの先生、ほんとうに最高《クール》だった！」彼女は興奮して言う。

だれのことか分かるまで時間がかかった。マドモワゼル・ドゥヴィル、文系グランゼコール準備クラス〝プレパ〟で英米文学を教えていたアメリカ人女性だ。

「それに、今でもすごくセクシー！　まるでキャサリン・ゼタ＝ジョーンズみたい！」

マドモワゼル・ドゥヴィルの背は一メートル八十はあるだろう。ハイヒールとレザーパンツで、上はノーカラージャケット、硬く長い髪がまっすぐ肩まで垂れている。すらりとした体型なので、マドモワゼル・ドゥヴィルは一部の教え子たちよりも若く見えた。彼女は何歳のときサンテクスに来たのだろう？　二十五？　三十歳にはなっていなかっただろう。数理系のプレパにいたわたしは教わったことがないが、クラスの生徒たちのあいだではたいへんな評判で、ことに男子の一部などは一種の崇拝の念を寄せていたのを覚えている。

　こうして数分のあいだファニーと思い出話をしながら同窓生の観察を続けた。彼女と話をしていて、なぜわたしが昔からファニーのことを気に入っているのか思いだした。ポジティブで力強い何かを放っているからだ。それに、彼女には相手を包んでしまう独特なユーモアのセンスがあった。それでも、彼女の人生への門出はけっして楽なものではなかった。母親は肌の色が濃いブロンドの美人で、カンヌのクロワゼット通りにある服飾店で店員として働いていた。わたしたちが小学一年生のとき、母親は夫と三人の子供を残し、店主の後を追って南米に行ってしまった。サンテクスに合格するまでのほぼ十年間、ファニーは父親に育てられたが、その間に父親が労働災害で身体が麻痺《まひ》して動けなくなるという事故もあった。二人の兄――正直なところ、とても聡明とは言いがたい――といっしょに彼女が暮らしていたのは、アンティーブとジュアン＝レ＝パンの観光ガイドが触れることのない地区の、老朽化した公団住宅だった。

「それにしても、あそこにいるエティエンヌ・ラビット（ラ・ビットは陰茎のこと）って、相変わらずどんぐり（亀頭、間抜けの意味）頭よね」。心臓外科医のファニーは下らないが笑える駄洒落《だじゃれ》のミサイルを何発か発射したあと、口元に奇妙な笑みを浮かべてわたしの顔をしげしげと見つめた。

「人生は何人かの配役を変えたみたいだけど、あなたは、昔のままね」

彼女は〈ライカ〉をわたしに向けてシャッターを押しながら、持論を展開する。

「優等生で、お坊ちゃま風《ベーセーベージエー》、フラノ地のジャケットに空色のシャツ、いつも身ぎれいにしてる」

「きみのことだから、それは褒め言葉じゃないな」

「思い過ごしよ」

「女性は不良っぽい男しか好きじゃない、そうだろ？」

「十六歳だったら確かにそうだけど、四十になったら違う！」

わたしは肩をすくめると、手で日差しを避けて目を細めた。

「だれを探してるの？」

「マキシム」

「未来の代議士ね？　彼とはさっきいっしょにタバコを吸ったところ。わたしたちの年度の同窓会が開かれる体育館のそばで。選挙運動の準備に追われているようには見えなかったけど。ほら、すごい、オード・パラディの顔を見た？　ひどいやつれよう、かわいそう！　ねえトマ、ほんとうにポップコーンなかった？　ここに何時間でも座っていられそう。『ゲーム・オブ・スローンズ』と同じくらい面白いもの！」

せっかく盛りあがっていたファニーの気分が一瞬でしぼんでしまう。係員が二人がかりで演壇《えんだん》とマイクの設置を始めるのを見たからだ。

「ごめん《ソーリー》、わたしお偉方の演説は遠慮させてもらう」と言って、彼女は立ちあがった。階段席の向こうの端で、ステファン・ピアネッリが副知事から話を聞きながらメモをとっていた。わたしと視線が合うなり、『ニース・マタン』の記者はわたしに手で「動くな、今そっちに行くから」という意味らしい合図を送ってきた。

ファニーはジーンズの埃《ほこり》を払うと、彼女ならではの流儀で最後の矢をわたしめがけて射ってくる。

「知ってる？　わたし思うんだけど、あなたはこの広場にいる男たちのなかで、わたしと寝なかった数少ないひとりよ」

わたしは気の利いた反応がしたいと思ったが、彼女の言葉が面白さを狙《ねら》ったものではないので適当な答えが頭に浮かばなかった。ファニーの言葉は悲しく、あまりに大げさだった。

「あのころ、あなたはヴィンカに夢中だったものね」ファニーは過去を思いだす。

「確かに」わたしは認める。「彼女が好きだった。ここにいる連中だってほとんどがそうだった、違う？」

「そうね、でもあなたは、彼女を理想化していた」

わたしはため息をつく。ヴィンカが姿を消し、リセの教師のひとりと相思相愛の関係にあったことが発覚すると、少女をコート・ダジュールのローラ・パーマー（テレビドラマ「ツイン・ピークス」に登場する女子高生。他殺体で発見される）にしてしまうような噂《うわさ》と陰口の嵐が吹き荒れた。マルセル・パニョル（二十世紀のフランスを代表する劇作家、映画人、小説家。故郷プロヴァンス地方を舞台にした数々の名作を残す）が描くところの南仏版「ツイン・ピークス」。

「ファニー、きみまでそんな言い分に加担するのか？」

「好きにすればいい。現実を直視しないほうが楽だもの。目を閉じれば生きるのは簡単ってだれかが歌ったよね」

彼女はカメラをバッグにしまうと、時計を見て、まだ半分ほど残っているシャンパングラスをわたしに手渡す。

「ちょっと急がないと。こんなもの飲まなけりゃよかった。午後はわたしが当直なの。じゃあトマ、またね」

6

校長が演説を続けていたが、その空疎さときたら国民教育省の役人たちも顔負けの内容だった。パリ育ちだという女性校長のギラールは着任してまだ日が浅い。サンテクスについては資料を読んだ程度の知識しかなく、用意された文章を読みあげているだけだった。演説を聴いているうち、わたしはどうして両親が来ていないのかと思った。元校長と元学監として招待されていたはずである。集まった人々のなかにはみつからず、いぶかしく思った。

「創設以来、本校は変わることなく寛容および機会均等、異文化間の対話の普遍的価値に重きをおいてきました」という紋切型の言い回しを述べたあと、新校長はサンテクスに在籍したなかでも「傑出した卒業生」の名を挙げていく。十人ほどのなかにわたしも含まれていて、名前が呼ばれて拍手が起きると、わたしに視線を向けてくる者たちもいた。多少の気詰まりを感じつつ、わたしは笑みを浮かべて「ありがとう」とつぶやきながら会釈をくり返した。

「やれやれ、有名人だと皆にばれちまったな」と言いながら、ステファン・ピアネッリがわたしの隣に腰かける。「見てろ、本にサインしてくれって、今に人が集まってくるから。ミシェル・ドリュッケール（一九四二年生まれの大御所的人気キャスター。番組の収録スタジオに愛犬を連れてくるほどの犬好き）の愛犬は撮影の合間に吠《ほ》えるのかとか、アンヌ＝ソフィー・ラピクス（ニュース番組の女性キャスター。美しい笑みを浮かべながら政治家たちに痛烈な質問を放つことで有名）はカメラが回っていなくても愛想がいいのかと聞かれるんだ」

あまりつきまとわれないよう用心したが、ピアネッリは勝手にしゃべりつづける。

「なぜ『数日をきみとともに』の終わりで主人公を死なせてしまったのかと詰問されるだろうし、どうやってインスピレーションを得ているのかも聞かれる、あとは……」

「ちょっと待ってくれ、ステファン。ぼくに何を話したいんだ？　きみの言っていた記事だけど、あれはいったい何のことだ？」

記者は咳《せき》払いをする。

「先月はコート・ダジュールにいなかったのか？」

「ああ、着いたのは今朝だ」

「オーケー。きみは〝五月の騎手たち《カヴァリエ・ド・メ》〟という言葉を聞いたことがあるか？」

「ないけど、カーニュ＝シュル＝メールの競馬場にいるジョッキーたちのことではなさそうだな」

「うん、悪くない。まあ実際は、春のさなかに寒さがぶり返して、遅い時期に霜が降りる現象のことで……」

話しながら彼はブルゾンのポケットから電子タバコを取りだした。

「今年の春、この沿岸地域《コート》はひどい悪天候に見舞われたんだ。最初に寒波が来て、そのあと豪雨が何日も続いた……」

わたしは彼の言葉を遮った。

「ステファン、手短にしてくれないか。ここ数週間の気象報告を続けるつもりか！」

彼は顎で、太陽が反射してキラキラと輝いている遠くの寮生宿舎をわたしに示した。

「いくつかの生徒寮の地下室に水が流れこんだ」

「それは初めてのことじゃない。ここの地形を見てみろよ！　われわれの時代だって、二年にいちどは地下室への浸水があった」

「そうだな。だが四月八日の週末は一階の玄関ロビーまで水に浸かるような状態だった。それで、学校当局は大急ぎで業者に頼んで地下室にある物品をぜんぶ運び出してもらう必要に迫られた」

ピアネッリが何度かタバコをふかすと、グレープフルーツとクマツヅラの香りが漂った。革命家気取りの彼が、チェ・ゲバラの愛した葉巻ではなく煎《せん》じ薬《ぐすり》のようなものを吸っているのは滑稽《こっけい》だった。

「運び出した物のなかに、一九九〇年代半ばに放り込まれたまま錆《さ》びついた数十の金属製のロッカーもあった。総務課はガラクタの処分を業者に委託したんだが、搬出される前に生徒たちが面白半分でロッカーをこじ開けた。すると、きみですら想像のつかないものが出てきたんだ」

「何だった？」

記者はわたしを焦《じ》らすつもりか、できるだけ間をおいてから返事をする。

「百フラン札と二百フラン札の札束で合計十万フラン（約二百万円）入った革製のスポーツバッグさ！　ちょっとした財産が二十年ものあいだ埋もれていたわけだ……」

「つまり、警察がサンテクスに来たと？」

地方警察《ジャンダルム》（憲兵、フランスの地域圏における警察活動を任務とする）が出動して学校構内になだれ込む、たいへんな騒ぎになったことが想像できた。

「そういうこと。これに関してはおれも記事にしているが、連中はかなり興奮していたぞ。大昔の事件で舞台が名門リセ、しかも大金が絡んでいるから、彼らが徹底した捜査の開始を決めるまでそう時間はかからなかった」

「それで、どういう結果になったんだ？」

「まだ情報は漏れてきてないが、スポーツバッグから二種類の極めて保存状態のいい指紋が採取されたことはおれも知っている」

「それで？」

「うちひとつは、警察のデータベースにあったものと一致した」

　ピアネッリがつぎの闘牛の銛《バンデリリャ》を突き刺してくる前に、わたしは深く息を吸う。彼の目に炎が揺れるのを見て、わたしは激痛を味わわされるのだろうと予感する。

「それは、ヴィンカ・ロックウェルの指紋だった」

　わたしは何度も瞬きをしてその情報を受けとめた。それらのすべてが何を意味するのか考えようとしても頭は空転するばかりだった。

「ステファン、きみの結論は？」

「おれの結論？　最初から、おれが正しかったってことじゃないか」記者は怒りで興奮していた。

　政治以外で言えば、ヴィンカ・ロックウェル事件はステファンにとって固定観念になっているテーマだった。すでに十五年前、彼は『死と乙女』というシューーベルト風のタイトルの本を書いていた。まじめで詳細な取材に基づいていたが、ヴィンカとその愛人の失踪《しっそう》に関して捜査を左右するような新事実は示されなかった。

「もしほんとうにヴィンカがアレクシス・クレマンと駆け落ちしたのなら、その金を持って行ったはずじゃないか！」彼は続ける。「あるいは、少なくとも金を取りに戻ってきただろう！」

　その結論は短絡的だとわたしには思えた。

「金が彼女のものだという証拠は何もない」わたしは反論する。「スポーツバッグに指紋が残されていたからといって、その金が彼女のものだとは限らないだろう」

彼は一応譲ってみせたが、すぐ反撃に移る。

「だが、とんでもない話だってことは認めるだろう。じゃあ、その金はどこから出てきた？十万フランだぞ！　当時これは大金だった」

ヴィンカ・ロックウェル事件に関する彼の主張がどういったものか、わたしにはよく理解できなかったけれど、彼は駆け落ち説に納得ができないようだった。明確な証拠はないものの、ヴィンカが自分の消息を伝えてこないということは、とっくの昔に死んでいるからだとピアネッリは固く信じていた。そして、アレクシス・クレマンがおそらく殺害犯だろうと。

「警察のほうはそれをどう見ているんだ？」

「ちょっと分からない」彼は顔をしかめた。

「ヴィンカ失踪の捜査が打ち切られてから、もう何年にもなるだろう。今さら何かが出てきたところで、すでに時効じゃないのか？」

彼は考えこみ、手の甲で髭をさする。

「そうと決まってはいない。複雑な法例があるんだ。現在ではいくつかの事件で、時効が犯行時からではなく、死体発見時から数えられるようになっている」

そう言うと、彼はわたしに視線を合わせ、わたしも彼の目を見返した。確かにピアネッリは特ダネを追いかける記者ではあったが、この古い事件に彼がこれほどこだわる理由が何なのかわたしには不可解だった。わたしの記憶では、彼はヴィンカとは親しくなかった。二人には付き合いもなかったし、波長も合わなかったようだ。

ヴィンカは、アンティーブ生まれの女優ポリーヌ・ランベールの娘だった。母親ポリーヌは赤毛をショートカットにした美しい女性で、一九七〇年代にイヴ・ボワセやアンリ・ヴェルヌイユなどが監督した映画に端役《はやく》として出演していた。女優としての頂点は、『ラ・スクムーン』のなかで胸も露《あら》わにジャン゠ポール・ベルモンドといっしょに映る二十秒のシーンだった。一九七三年、ポリーヌはアンティーブの隣町ジュアン゠レ゠パンのナイトクラブでマーク・ロックウェルに出会う。彼は、ほんの一時期〈チーム・ロータス〉の一員としてフォーミュラ1に、また〈インディアナポリス500〉にも複数回出場したアメリカ人ドライバーだった。何よりロックウェルはマサチューセッツの有力な一族で、アメリカ北東部にスーパーマーケット・チェーンを展開する筆頭株主の末っ子だった。女優としての将来がぱっとしないと分かっていたポリーヌは恋人を追ってアメリカへと向かい、そこで結婚する。ボストンではすぐに一人娘となるヴィンカが誕生、娘は十五年間をその地で過ごし、悲痛な事故で両親を亡くしたあとサンテクスに入学した。ロックウェル夫妻は一九八九年夏に起きた飛行機事故の被害者だった。ハワイの空港を飛び立ってすぐに搭乗機が急減圧を起こした。人々に強烈な印象を与える事故だった。というのも、不具合により貨物室が開いた結果、ビジネスクラスの席六列が破断、機外に放りだされてしまったのだ。事故で十二人が死亡したが、全員がビジネスクラスの客だった。ピアネッリなら、不幸中の幸いと言いたいところだろう。

その生い立ちから行動様式まで含め、ヴィンカはピアネッリが嫌悪するすべて——アメリカ資本家階級のわがまま娘で、しかもギリシア哲学とタルコフスキーの映画、ロートレアモンの詩に夢中だった知的なエリート――を体現していた。少し気取っていて、非現実的なくらいの美貌《びぼう》に恵まれ、この世ではなく自分の世界に生きていた少女だった。つまるところ、無意識ながら彼のようなタイプの若者に対し、いくらか見下すような態度をとる娘。

「きみの反応はそれだけか、冗談だろう？」突然ピアネッリは声を荒らげた。

わたしはため息をつき、肩をすくめて無関心を装う。

「もう古い話じゃないか、ステファン」

「古い話？　だが、ヴィンカはきみとても仲が良かった。ほとんどきみは彼女を崇《あが》めていた、きみは……」

「ぼくは十八歳、子供だったんだ。かなり昔にそのページはめくってしまったよ」

「大先生、おちょくるのはよせ。きみはページをめくってなどいない。きみの小説を読んだんだぞ、おれは。ヴィンカがそこいら中にいるじゃないか。きみが書く女性の主人公のほとんどが彼女じゃないか！」

ピアネッリはわたしの神経に障りはじめていた。

「愚にもつかない心理学、まさにきみの新聞の星占いだ！」

議論が熱気を帯び、ピアネッリも夢中になっていた。彼の目にそれが表われていた。ヴィンカが彼をおかしくさせていた、同じ理由でなかったにせよ、彼以前にもほかの男子たちをおかしくさせたように。

「トマ、きみは好きなことを言っていればいいさ。おれは調査をやり直す、こんどは本腰を入れてな」

「きみは十五年前にも調査を試みて挫折《ざせつ》しているね」わたしは指摘した。

「あの金が発見されたことですべてが変わるんだ！　あれだけの額だ、きみは何が隠されていると思うんだ？　おれはだね、三つの可能性しかないと見ている。麻薬密売、贈収賄《ぞうしゅうわい》、そして大がかりな脅迫だ」

わたしはまぶたを揉《も》む。

「映画じゃないんだ、ピアネッリ」

「きみにとっては、ヴィンカ・ロックウェル事件というものは存在しないのか？」

「まあそうだな、ひとりの女が愛する男と駆け落ちをしたという月並みな話に要約できる」

ピアネッリは顔をしかめた。

「きみ自身、そんな可能性をこれっぽっちも信じてやいないのさ、大先生。これからおれが言うことをよく覚えておくんだな。ヴィンカの失踪は毛糸の玉と同じだよ。ある日、だれかが糸口をみつけて引っぱると、玉の全体がほどけていくんだ」

「それで何が発見できるんだ？」

「人がそれまで想像したこともないほど巨大な真実さ」

わたしは話を打ち切るため立ちあがった。

「その物語を書くのはきみだ。もし出版社をみつけたいなら力になろう」

わたしは腕時計を見る。急いでマキシムをみつける必要があった。ふいに興奮が冷めたようすのピアネッリも立ちあがり、わたしの肩を叩く。

「大先生、また後ほど。そんな予感がする」

まるで勾留《こうりゅう》期間明けのわたしに帰宅を許す警官の口ぶりだった。ジャケットのボタンをはめ、しばらくためらってからふり返った。今までのところわたしはミスを犯していない。この記者にいかなる材料も与えてはならないが、ひとつの疑問がどうしても頭から消えずにいた。それを確かめるために、あくまでも無関心を装う。

「例の金だが、きみは古いロッカーのなかにあったと言ったな？」

「そうだ」

「具体的には、どんなロッカーだった？」

「黄色だよ、カナリア色に塗られたロッカーだ。ということは、アンリ・マティス寮の色ということになる」

「だったらヴィンカのいた寮じゃないぞ！」わたしは勝ち誇って言った。「彼女の部屋は青色のニコラ・ド・スタール寮にあった」

ピアネッリは認める。

「そのとおり、それはおれも確かめた。ページをめくったと言うわりには、ものすごい記憶力だな、おい」

またしても、わたしを罠《わな》にはめたかのように彼は光る目で視線を合わせてきたが、わたしは視線をそらすどころか、もうひとつ駒を進める。

「ロッカーに名前のカードがあったんじゃないのか？」

　彼は首を横に振った。

「何年もほったらかしになっていたんだ、名前はなかった」

「ロッカーの割り当てを記録したようなものは？」

「当時はそんな面倒なことはしなかったよ」彼は苦笑を浮かべた。「新学期の初めに生徒は自分の好きなロッカーを選んだ、早い者勝ちだったな」

「だから、それがどのロッカーだったのかと聞いているんだ」

「なぜそれを知りたがる？」

「好奇心かな。きみもご承知だろうが、記者にも共通するあの好奇心だ」

「記事には写真も載せた。手元にないが、あれはA1のロッカーだった。左端の最上段。分かるか？」

「いや、まったく分からない。じゃあまたな《ソー・ロング》、ステファン」

　わたしはきびすを返し、演説が終わる前に広場から離れようと足を速める。

　演壇上の校長は演説の締めくくりに入っており、現体育館の解体と「本校創設以来の野心的な改築工事」の礎石を据える着工式についての報告を行い、三十年来の懸案であった「グランゼコール準備クラスの校舎および自然景観を重視する大庭園の造築、そしてオリンピック・プールを備えた新しいスポーツ総合施設」の建設計画に日の目を見る機会を与えてくれた、高邁《こうまい》な後援者の多大なる援助に感謝を述べはじめた。

自分を何が待ち受けているのか、これまで確信が持てなかったが、今やそれが明らかになったのだ。ピアネッリには嘘《うそ》をついた。大金が隠されていたロッカーがだれのものだったか、わたしにはよく分かっている。

あれはわたしのロッカーだった。

3　わたしたちがやってしまったこと

真実を話しだすときなんです、人が弁護士をいちばん必要だと思うのは。

P・D・ジェイムズ

1

体育館は平行六面体の建物で、松林に沿った斜面に建っていた。そこまで行くには、陽光の照り返しがまぶしい乳白色の巨大な石灰岩に挟まれた坂道を下りなければならなかった。駐車場まで来ると、プレハブの仮設事務所のそばに待機するダンプカーやブルドーザーが目に入り、わたしの不安は募った。建設機械置き場には、削岩機やコンクリート圧砕機、金属破断用の電動ノコギリ、解体用鉄球とシャベルが置かれている。校長の演説を裏づけるように、体育館の解体は間近に迫っていた。つまり、わたしたちの転落も間近ということである。

体育館を迂回して進み、マキシムを捜す。彼とはずっと連絡をとっていなかったけれど、絶えず消息は追っていて、わたしはマキシムに感嘆《かんたん》すると同時にある種の誇らしさも感じていた。ヴィンカ・ロックウェル事件が彼の人生に与えた影響は、わたしにとってのそれとは異なっていた。あの出来事でわたしは打ちのめされ、すべてにやる気を失ってしまったのだが、マキシムの場合は、彼が閉じこめられていた殻を破壊し、以降は、自分自身の人生を自由に描きはじめた。

わたしたちがあれをやってしまった後、わたしはもはや以前の自分ではなかった。恐ろしさに震え、精神的にも混乱を来した結果、見事プレパ高等数学クラスの進級に失敗してしまった。一九九三年の夏にはコート・ダジュールを離れ、両親の絶望を尻目《しりめ》に進路を変更、パリの二流ビジネススクールに入ることにした。パリに落ち着くと、そこで四年間も燻《くすぶ》るような生活を送った。講義の半分はさぼって、サン゠ジェルマン゠デ゠プレ界隈《かいわい》のカフェや書店、あるいは映画館で時を過ごした。

四年生になると、学校は学生たちに対して六か月の海外研修を課した。同期の学生のほとんどが大企業での研修をみつけている一方で、わたしはニューヨークのフェミニスト知識人イヴリン・ウォレンの助手という地味な実務研修で満足するほかなかった。当時のウォレンはもう八十歳になっていたが、アメリカ全土の大学からの講演依頼をつぎつぎにこなしていた。才気に満ちた人物だったが、横暴で気まぐれ、絶えず周囲の人間に腹を立てていた。わたしが気に入られた理由は、神のみぞ知る。おそらくわたしが彼女のむら気に無反応で、まったく怖《お》じ気《け》づかなかったからだと思う。祖母の代わりというわけではないが、ウォレンはわたしが卒業後も助手を続けるように要求し、また、わたしのグリーンカード取得でも尽力してくれた。そういう成り行きから、わたしは彼女が亡くなるまでアッパー・イーストサイドにある彼女のアパート内の一角に住みつづけたのだ。

充分すぎるほどあった自由な時間は、わたしの心を癒やしてくれるただひとつの事柄、すなわち物語の執筆に費やした。実人生を制御できなかったわたしは、自分を苛《さいな》む不安から解き放たれた光り輝く世界を創りあげていた。魔法の杖《つえ》は存在する。わたしにとってのそれは〈Bic〉のクリスタルボールペンにほかならない。一・五フラン（約三十円弱）を払えば、現実を変形させ、修復し、場合によっては訂正できる道具を手に入れられる。

二〇〇〇年になってわたしは最初の小説を出版し、口コミのお陰でそれがベストセラーのひとつとなった。以来、わたしは十冊ほどの本を書いてきた。執筆と販売プロモーションとで毎日が埋まることになった。成功を得たのは事実だが、わたしの家族にとって、フィクションを書くというのはまじめな職業とはみなされない。「おまえがエンジニアになると思っていた時期もあったな」とある日、父がいつもながらのデリカシーをもって漏らしたことがある。次第にフランスに帰る日数が少なくなり、今では年一回のプロモーションとサイン会を兼ねた一週間のみとなっている。姉と兄がひとりずついるが、もうほとんど会うこともない。姉のマリーは国立高等鉱業学校《エコール・デ・ミーヌ》を出たあと、対外貿易統計局の重要な職に就いている。彼女の仕事の実際がどういうものか細かくは知らないが、あまり楽しいものではないだろう。兄のジェロームのほうは、わが家の星である。小児外科医で、二〇一〇年のハイチ地震以来ずっと現地に留まり、〈国境なき医師団〉の活動をコーディネートしている。

2

それから、マキシムがいた。

かつての親友で、その後わたしに彼ほどの親友はいない。心の兄弟である。生まれてからずっと知っている。彼の父親の家族とわたしの母の家族は、イタリアのピエモンテ州の村モンタルディチオの出身だった。わたしの両親にサンテクスの官舎が貸与されるまで、両家はアンティーブのシュケット通りに隣同士で住んでいた。二軒の家は地中海の一部を見下ろせる場所に並んで建っていた。両家の芝生は石を積んだ低い塀に仕切られているだけで、子供たちは芝生の上でサッカーをやり、親たちはバーベキューパーティーを開いていた。

リセでは、マキシムはわたしと違って優等生ではなかった。できが悪いのではなく、いつまでも子供っぽくて、微妙すぎる『感情教育』とか『マノン・レスコー』よりも、スポーツや超大作《ブロックバスター》映画のほうを好んだということだ。夏、マキシムはアンティーブ岬、グライヨン砲台下の浜辺でアルバイトをした。まばゆいほど均整のとれた肢体、彫刻のような上半身、髪はサーファー風に長く、〈リップカール〉の海水パンツ、〈ヴァンズ〉のスリッポン。彼には、ガス・ヴァン・サント監督が描く夢見がちで早熟な金髪の若者の無邪気さがあった。

マキシムは一人息子だった。彼の父親フランシス・ビアンカルディーニは、この地域一帯では知らぬ者のいない人物で、まだ公共事業の入札基準が緩かった時代に地元の一大建設業者としての地位を築いた。わたしはフランシスのことをよく知っているので、彼が一筋縄ではいかない謎めいた複雑な人間であることも知っているが、人々の目に映るフランシスは、左官職のごつい手をした、太り気味の田舎者で、カフェのカウンターで耳にするような右翼的な言辞《げんじ》を弄《ろう》するがさつな男だった。しかも些細《ささい》なきっかけさえあれば、もっと過激なことまで口にする。この地方が衰退したのは「アラブ人、社会党員《ソシャロ》、女、同性愛者」のせいということになる。白人の男が君臨する、そんな幻想が消滅していることにすら気づかない典型的なばかオヤジ《ボフ》というわけだ。

　父親を崇拝しつつも恥ずかしく感じていたマキシムは、長いあいだ自分の居場所をみつけられずにいた。だが例の事件のあと、ようやく彼は父親の影響下から抜け出した。その変身は二十歳のときから始まり、段階的に進んでいった。かつての劣等生が猛勉強をするようになり、公共建築土木事業技術者の資格試験に通った。そして父親の建設業を引き継ぐと、それを環境保護建築の先端企業に変えた。その後、南フランスにおける最大のスタートアップ企業支援組織〈77マニフェスト〉の提唱者となる。同じ時期、自分の同性愛を公表。〈みんなのための結婚法〉（二〇一三年五月十七日にフランスで制定された同性婚を認める法律）が制定された二〇一三年の夏、アンティーブ市役所で、パートナーである市営メディアテックの館長オリヴィエ・モンス——やはりサンテクスのOB——と結婚した。現在、二人にはアメリカにて代理母が産んだ二人の娘がいる。

　これらすべての情報は、『ニース・マタン』、経済誌の『シャランジュ』、そして『ル・モンド』紙の別冊「マクロン世代」特集の記事から拾ったものである。それまでただの市会議員だったマキシムは、将来の共和国大統領の党となる〈前進！〉《アン・マルシュ》（エマニュエル・マクロンが二〇一六年四月に結成したフランスの政党。二〇一七年五月に彼が大統領に当選した直後に党名は〈共和国前進〉に変更された）の結党時からの党員となり、党にとっては地方における初の大統領選挙の運動員になった。今日、彼はアルプ＝マリティーム県の第七選挙区にて〈共和国前進〉公認の国民議会議員に立候補していた。伝統的に保守党の地盤であり、二十年前から人道主義穏健派の共和党員を選んできた土地である。ほんの三か月前まで、選挙区の政治色が変わろうなどとはだれも思わなかったが、二〇一七年の春、この地にも新たなエネルギーが注がれた。マクロン旋風はすべてを根こそぎにしつつあった。しのぎを削る選挙になることは必至だろうが、ここにきて、マキシムが現職候補を破る公算は強まっていた。

3

マキシムの姿をみつけたとき、彼は体育館の前でデュプレ姉妹と何やら熱心に会話をしているところだった。サージのズボンに白いワイシャツ、麻の上着という格好だった。日焼けした顔にはいくらかしわが刻まれ、以前と同じで髪は太陽に漂白されている。ミス・ヘアバンドことレオポルディーヌとミス・おばか《ビンボ》さんことジェシカの二人は、彼の言葉をまるで悲劇「ル・シッド」のロドリーグの独白であるかのように聞き入っていたが、マキシムはただ、社会保障制度の赤字を補塡《ほてん》するための社会保障貢献税《CSG》は増税を伴うが、実際は全賃金労働者の購買力を引きあげるのだという説明を試みているだけだった。

「ねえ見て！　だれだか分かる？」ジェシカがわたしを見て声を張りあげた。

今晩この場所で開かれるダンスパーティーの実行委員をしていると説明しはじめた双子姉妹の頬にキスをしてから、わたしはマキシムとハグを交わす。昔から彼が使っている整髪料のココナツの香りがした。

それからなおも五分ほど、わたしたちはデュプレ姉妹との会話を続けなければならなかった。そのなかで、レオポルディーヌがわたしの小説「とくに『悪の三部作』が大好きだ」と言った。

「ぼくもあの小説は大好きだ」わたしは言った。「書いたのはぼくではないけどね。でも、きみの賞賛の言葉は友人のシャタン（マキシム・シャタンは警察小説で知られるフランスの人気作家）に伝えておくよ」

ユーモアを利かせた口調で言ったつもりだったのに、レオポルディーヌは穴があったら入りたいような表情になった。しらけた一瞬のあと、電飾を掛ける作業の途中だと理由をつけて、彼女はジェシカを引っぱるようにして飾り付けがしまってある材料置き場のほうに消えた。

ようやくマキシムと二人きりになれた。デュプレ姉妹から解放された彼は、わたしが元気でやっているかと尋ねる前に、早くもやつれた表情を見せた。

「ほんとに参っている」

彼の不安は、わたしが〈ディーノの店〉で化粧室から戻ってきたときにみつけたサングラスと〝復讐〟と書かれたメッセージを見せるとさらに募ったようだ。

「ぼくも一昨日、同じものを選挙事務所でみつけたよ。電話できみに伝えるべきだった。すまない、そんなこと言ったらきみが旅行を取りやめると思ったんだ」

「だれがこんなものを送ってきたのか見当はつくのか？」

「いやまったく、だけど、それが分かったところで結果はあまり変わらない」

マキシムは顎でブルドーザーと工具類の置かれたプレハブを示す。

「工事が始まるのは月曜日だ。今さら何をやっても、これでぼくらは終わりだよ」

彼はスマートフォンを取りだし、わたしに娘たちの写真を見せる。四歳のルイーズと二歳の妹エマ。とてもそんな状況ではなかったけれど、わたしは祝福した。マキシムは家庭を築き、意味のある軌跡を描きながら共同体の役に立つという、わたしができなかったことに成功していた。

「でも、このすべてを失ってしまうんだ、分かるだろ？」彼は取り乱していた。

「ちょっと待てよ、痛みを感じる前から泣くのはよそう」わたしは言ったものの、それで彼が安心するはずもなかった。

わたしはしばらく迷ったあと、聞いてみる。

「見に行ったのか？」

「いや」彼は首を振りながら言った。「きみが来るのを待っていた」

4

わたしたちは体育館に入って行く。

記憶と変わらずそこは巨大だった。広さは二千平方メートル以上で、そこにインドアクライミングの壁を備えた総合スポーツ用の空間と、階段席に囲まれた板張りのバスケットボールのコートがある。新聞記事が触れていた今晩行われる卒業生パーティーの準備のために、柔道の畳や体操用のマット、ゴールやネットなどが端に寄せて積み上げられ、ダンス用のフロアと楽団のための舞台が用意してあった。卓球台は紙のテーブルカバーで覆われている。ほかにも、手作りらしき紙製ガーランドなどの飾りがあちこちに見えた。わたしは合成樹脂のカバーが敷かれた中央通路を進みながら、今宵《こよい》、バンドが演奏するINXS《インエクセス》やレッド・ホット・チリ・ペッパーズのヒット曲に合わせて数十組の男女が死体のそばで踊るのだと考えるのをやめられなかった。

マキシムは総合スポーツ場とバスケットボールコートを仕切る壁の近くまでわたしについてきた。彼はこめかみ辺りに汗を浮かべ、麻のジャケットの脇《わき》の下にも染みが広がりはじめていた。壁へと近づいていくマキシムの足取りは危なっかしく、もうこれ以上は進めないとでもいうようにその場で足が止まってしまった。コンクリート壁が、彼と同じ極の磁石になってしまったかのように近寄れずにいた。わたしは心の動揺を抑えるため壁に手を当てた。

それは単なる仕切り壁ではない。ほぼ一メートルもの厚さのあるコンクリート製で、体育館の横幅二十メートルにわたって全体を支えている壁である。頭のなかにふたたびフラッシュのような情景が現れて、わたしの心を乱れさせる。二十五年も前から、この壁のなかに死体が閉じこめられているとも知らずに、運動で汗を流しにやって来る男女の若者たちの映像である。

「ぼくは自治体委員だから、体育館の解体作業を請け負った業者と話すことができた」マキシムが告げた。

「具体的には、どう進んでいくんだ？」

「月曜日には破砕機とかパワーショベルといった解体用の重機が動きだす。慣れたプロの業者で、作業員も機械類も揃ってる。建物の完全な解体を一週間でやると言っていた」

「つまり、連中が死体を発見するのは明後日ということか？」

マキシムは「そういうこと」と囁くように言うと、手振りでわたしにもっと小さな声で話すよう促した。

「彼らが気づかずに工事が進められる可能性は？」

「冗談だろう？　そんな可能性はありえない」彼はため息とともに言った。

マキシムはまぶたを揉む。

「あの死体は工事現場用の二重シートに包んであったんだぞ。二十五年経っても、相当量の骨がみつかるだろうな。その場で工事が中断されて、ほかの手がかりを探すための調査が始まるはずだ」

「死体の身元が確定するには、どのくらい時間が必要かな？」

マキシムは肩をすくめた。

「刑事じゃないから分からないけど、ＤＮＡ鑑定から歯型までと、たっぷり一週間ってところじゃないかな。でも問題は、その間に警察がぼくのナイフときみのバールを押収するってことだよ！　ほかの物もおそらく発見される。ぼくらは慌てて始末をしなければならなかったからね。くそっ！　今の新しい捜査手法でＤＮＡと指紋だってみつけるに決まってる。たとえデータベースにぼくらの情報がなくても、ナイフの柄《え》にはぼくの名が彫ってあるし……」

「あれは、きみの親父さんからの贈り物だったな……」わたしも思いだした。

「そう、スイスの軍用ナイフだった」

マキシムが神経質に手で首をこすりはじめた。

「ぼくは先手を打っておかないといけない！」彼は嘆く。「今日の午後にも、立候補を諦めると発表しないと！　選挙運動の組織の人間に代わりの人を公認する時間を与えなければならないからね。ぼくはマクロン時代最初のスキャンダルのタネにはなりたくない」

わたしは彼を落ち着かせようとする。

「少しでもいいから時間を稼いでくれ。この週末ですべてを丸く収めようとまでは言えないけど、われわれの身に何が起こりつつあるのか理解する必要はある」

「われわれの身に何が起こりつつあるか？　ふざけるなよ、男を殺したんじゃないか！　ぼくらはひとりの男を殺して、体育館のこの壁のなかに埋め込んだんだ」

4　不幸の扉

それで、ぼくは動かなくなった身体めがけてまた四発撃ちこんだ。(……)そして銃声は、ぼくが不幸の扉を叩く四つの乾いた音に聞こえた。

アルベール・カミュ

1

今から二十五年前
一九九二年十二月十九日、土曜日

朝から雪が降っていた。クリスマス休暇が前触れなしの異常気象に見舞われ、いたるところで混乱を来していた。「未曽有《みぞう》の大混乱」と大げさに、地元の者たちは言いたてる。ここコート・ダジュールでは、白い羽毛のようなものがちょっと降るだけで、すべての活動が停止してしまう。ところが今回は、ほんのいくつかの雪片ではなく、本物の雪嵐に襲われた。一九八五年一月、あるいは一九八六年二月を除けば、確かに未曽有だった。コルシカ島のアジャクシオで十五センチ、ここアンティーブで十センチ、そしてニースでも八センチの雪が積もった。離陸できる飛行機は数えるほどで、列車もほとんどが運休、道路にしても運転は至難の業だった。時ならぬ停電のせいで、地域一帯の生活も完全に停止してしまったことは言うまでもない。

自分の部屋の窓から、わたしは凍《い》てついた景色を眺めていた。非現実的な光景だった。石灰質の高原が雪に覆われ、ただの広大な白の広がりとなっていた。オリーブや柑橘《かんきつ》類の木が雪の重みにたわんでいる。この地でパラソル松と呼ばれるカラカサマツは、まるでアンデルセン童話の背景のなかに移植されてしまったかのようだ。

ほとんどの寮生は運よく昨日の晩にもう帰省していた。伝統的に、年間を通じてクリスマス休暇中のみサンテクスはほぼ無人となる。キャンパスに留まっているのは寮生がほんの幾人かで、学校事務局から休校中も寮を使用するための事前許可を得ていた。それは厳しい進級試験の準備をするプレパの生徒で、あとは、飛行機や列車に乗り損なったために教員宿舎に残る数人の教師だった。わたしは三十分ほど前から、机に座ったまま絶望的な気分で代数の問題にうつろな視線を向けていた。

練習問題（1）

a と b は実数であり，$0<a<b$ とする．$u_0=a$, $v_0=b$, すべての自然数 n に対し，

$$u_{n+1}=\frac{u_n+v_n}{2} \text{ かつ } v_{n+1}=\sqrt{u_{n+1}v_n} \text{ とおく.}$$

このとき, 数列 (u_n) と (v_n) が隣接していること, およびその共通の極限値が以下に等しいことを示せ.

$$\frac{b\sin\left(\mathrm{Arccos}\left(\frac{a}{b}\right)\right)}{\mathrm{Arccos}\left(\frac{a}{b}\right)}$$

わたしは十八歳になったばかりで、数理系プレパに在籍していた。九月の新学期以来、水面から顔を出せないような気分が続き、まさに地獄の苦しみで夜も四時間程度しか眠れない日々を送っていた。プレパの進行速度に疲れきって意気消沈していたのだ。四十人いたうちの十五人がもう断念していた。なんとかわたしもついていこうとしていたが、むだな抵抗のように感じた。数学と物理が大嫌いだったけれど、自分が選んだ進路のせいでその主要二科目に全力を注がなければならない毎日だったのだ。わたしの関心が芸術や文学に向けられていたのに反し、両親にとっての王道とは、工学技術者学校もしくは医学部に進むこと——わたしの前に兄と姉がその道を辿《たど》った——であった。

プレパに悩まされてはいたけれど、わたしの苦悩の原因はそればかりでなかった。ほんとうにわたしを苦しめ、胸のなかを焼け跡のように荒れさせていたのは、ある少女の、わたしに対する無関心だった。

2

夜となく昼となく、ヴィンカ・ロックウェルのことで頭がいっぱいだった。わたしたちは二年前に知りあった。彼女の両親が亡くなり、孫娘をボストンから遠ざけてフランスに留学させようと、祖父のアラステア・ロックウェルが決断して以来のことだった。知性と弾けるような快活さがあり、髪は赤毛で、両目の色が異なるという特異な個性の少女だった。サンテクスでいちばんの美少女ではないが、人を惹《ひ》きつけるオーラと神秘的な雰囲気、それでだれもがたちまち夢中になり、彼女の虜《とりこ》になってしまうのだった。その形容しがたい何かに捉《とら》えられると、ヴィンカを自分の彼女にできるなら天下が自分のものになるというような妄想を植えつけられる。

長いあいだわたしたちは親しい友人同士だったから、いつもいっしょに行動していた。アンティーブ近辺のわたしが好きな場所、マントンの公園や庭園、ケリロス邸、マーグ財団美術館の庭園、トゥレット＝シュル＝ルー……に連れて行った。いろんな場所を歩き回り、何時間も話しこんだ。二人でラ・コルミアーヌの登山コースを登攀《とうはん》し、市内のプロヴァンス市場でソッカ（ヒヨコマメの粉、オリーブオイル、塩、水だけで作るクレープ。ニースの郷土料理）にかぶりつき、波の浜辺《プラージュ・デ・ソンド》ではジェノヴァの塔の前で尽きない議論を続けた。

二人は互いに相手の思考を読むことができ、そのように分かりあえることにわたし自身が絶えず驚かされていた。わたしがだれかを待ち望む年齢になってからずっと空しく待ちつづけていた人物、それがヴィンカだった。

思いだすかぎりわたしは、騒々しさや凡庸さでだれしもが毒されてしまう外界と何となく距離を置いていたので、いつも独りだと感じていた。ある時期、本がそういった孤独感を癒やし、無気力な状態からわたしを立ち直らせてくれるのではないかと思ったこともあったが、あまり過剰な期待を寄せるべきではなかった。本は物語を語ってくれるし、自分の代わりに束の間の人生を体験させてはくれるけれど、仮に恐怖を感じるような目に遭っても、本がわたしを腕に抱いて慰めてくれるようなことはけっしてない。

わたしの人生に星をちりばめてくれたヴィンカは、わたしに不安感も与えた――彼女を失うかもしれないという。そして、それが実際に起こってしまった。

新学期になってから――彼女は文系プレパ一年級に、わたしは高等数学クラスに進んだのだが――、二人の会う機会がまるでなくなっていた。何よりも、ヴィンカがわたしを避けている感じがした。電話にも出ないし、わたしが残したメッセージにも答えない、出かけようというわたしの提案はことごとく無視された。彼女のクラスにいる友だちが、文系プレパ一年級の哲学教師アレクシス・クレマンにヴィンカが魅了されていると知らせてくれた。もうひとつの噂によれば、彼女と教師の戯れはいい羽目《はめ》を外し、今や愛人関係になっているという。

当初わたしはそれを信じないようにしたが、嫉妬《しっと》に苦しめられ、どうしても事実を知りたくなった。

3

十日前の水曜日午後、文系プレパ一年級生たちが模擬試験を受けているあいだ、わたしは一時間の休みを利用して学校の守衛パヴェル・ファビアンスキに会いに行った。パヴェルはわたしのことを気に入ってくれていた。毎週、わたしは自分が読み終えた『フランス・フットボール』誌を彼に届けていたのだ。その日、彼が冷蔵庫にソーダの瓶を取りに行っているあいだに、わたしは寮生の部屋の鍵束《かぎたば》をかすめ取った。

マスターキーを手に、わたしはヴィンカの部屋のある青塗りのニコラ・ド・スタール寮に駆けつけ、彼女の部屋をくまなく探しまわった。恋は人の理性を奪うものだからといって、すべてが許されるとはわたしも思っていない。自分がどうしようもない人間、何と言われても仕方のない男であることは分かっている。けれども、初恋を経験した大多数の者と同じように、わたしも、今抱いているものと同じ愛をだれかほかの相手に寄せることは絶対にないと信じていた。それについて言うなら、残念ながら未来がそれを証明することになった。

もうひとつ情状酌量の余地があるとするなら、それはわたしが小説をたくさん読んでいたので恋を知っていると思いこんでいたことである。しかし、人は頬を叩かれて初めて人生を実際に知るようになるのだ。あの一九九二年の十二月、わたしはとっくに単なる恋心という岸辺から離れ、情熱の領域へと向かっていた。そして情熱は恋心とはまったく無関係なものだ。情熱とは、いわば爆撃される戦場であり、苦悩と、狂気と死の狭間のどこかにある無人地帯《ノーマンズランド》なのである。

ヴィンカとアレクシス・クレマンの関係の証拠となる何かを探して、ぼくは彼女の小さな本棚に置かれた本のページをめくった。ヘンリー・ジェイムズのある小説のなかから、四つ折りにした二枚の紙が床板に滑り落ちた。震える手でそれを拾いあげると、そこから立ち昇る香りに驚かされた。粘り気とみずみずしさが交互に放たれる、香木のような、香辛料のようなにおい。紙を開いてみる。クレマンからの手紙だった。証拠をみつけたかったわたしは、反論の余地のないそれをみつけたところだった。

十二月五日

ヴィンカ、愛するきみに

昨日の晩、あらゆるリスクを冒してわたしと夜を過ごしに来てくれたきみは、何という至福の驚きをわたしに与えてくれたことか！　部屋のドアを開けてその美しい顔が見えたとき、わたしは幸せのあまりその場で溶けてしまうかと思った。

愛しい人、あの数時間は、わたしの人生で最も強烈な瞬間だった。一晩中、わたしの心臓は疾走しつづけ、わたしのセックスがきみの口と結合し、わたしの血が血管を焼いていった。

今朝になって目を覚ますと、きみの口づけが肌に残した潮の香りがした。シーツがきみのバニラの香りを留めていたけれど、きみはもういない。泣きたかった。きみの腕のなかで目覚めたかった、きみの身体のなかに沈んだまま、きみの息をわたしの息のなかに感じたかった、きみの声のなかに欲望を感じとりたかった。わたしの肌のほんの一部ですらも、もういちどきみの柔らかな舌で触れつづけていてほしいと思った。

あの酔いから絶対に醒めたくない。絶えることなくきみに、きみの口づけに、きみの愛撫《あいぶ》に酔っていたい。

愛してる。

アレクシス

十二月八日

ヴィンカ、愛するきみに

今日という一日の一秒一秒、わたしの思考はひたすらきみの支配下にあった。今日のわたしは、授業をして、同僚と議論を交わし、生徒たちが演じた劇に関心を寄せて……といったすべてを見せかけだけでやっていた。それでも、すべての思いはきみといっしょに過ごした最後の夜の優しい燃えるような記憶に占められていた。

正午になって、それ以上は耐えられなかった。授業の合間に教室を移るとき、タバコを吸おうと職員室のテラスに出て、そこできみが遠くのベンチに座ってほかの生徒たちと話しているのが見えた。わたしに気づいたきみが目立たぬよう合図を送ってくれて、それで哀れなわたしの心はぬくもりを感じた。きみを見つめるたび、わたしの全存在は震え、きみの周りに見えていた世界が消え去ってしまう。一瞬のことだけれど、わたしは慎重さをかなぐり捨ててきみに近づき、両腕に抱きしめ、世界中にわたしの愛を宣言したいと思った。しかし、わたしたちの秘密はもう少しのあいだ守っておかなければいけない。幸いなことに解放は間近い。まもなくわたしたちを縛りつけている鎖を断《た》ち切って、自由になれるよ。ヴィンカ、わたしを取りまいていた闇をはらってくれたのはきみだ。光に満ちた未来を信じる自信をわたしに与えてくれたのはきみなんだ。愛しい人よ、わたしの永遠の口づけをひとつひとつ受けとってほしい。わたしの舌がきみに触れるたびに、それはきみの肌に愛の焼き印を押し、新たな領域の境界を刻みつける。自由で肥沃《ひよく》で、緑の溢《あふ》れる土地、そこに、わたしたち自身の家族を築こう。わたしたちの子供が二つの運命を確固たるものにするだろう、永遠に。その子はきみの天使の微笑《ほほえ》みと銀色の瞳を持っていることだろう。

愛してる。

アレクシス

4

二通の手紙の発見はわたしを打ちのめした。わたしは食べなくなり、もはや眠れなかった。

ズタズタに引き裂かれ、苦痛のあまり頭がどうにかなってしまいそうだった。成績は急降下し、教師と家族が心配しはじめた。母に問いただされ、わたしは苦しみの原因を打ち明けるほかなかった。ヴィンカへの思いと、発見した手紙について話したのだ。慰めの言葉はまったくなし、わたしの学業を台無しにするに値するような女友達など存在しないと言い放ち、可及的速やかに立ち直るようわたしに命じた。

　自分が転落した深みからほんとうに抜け出すことはないという予感はあった。もちろん、これから待ち受ける悪夢のような現実は、想像することさえできなかったのだが……。

　正直に言うと、わたしにはヴィンカがアレクシスに惹かれる気持ちが理解できた。前年、彼はわたしのリセ最終学年の担当教師だった。以前からうわべだけの人間だと思っていたが、彼は相手を眩惑《げんわく》することには長《た》けていた。当時の年齢のわたしでは、公平な闘いになりようがなかった。赤コーナーのアレクシス・クレマン二十七歳は、輝くばかりにハンサムなうえ、テニスはプロ予備軍の腕前、運転するのはスポーツカーのアルピーヌＡ３１０、さらに文章を書く際にはショーペンハウアーを引用する。対する青コーナー、このわたしトマ・ドゥガレ十八歳は、高等数学クラスでハアハア言っている身分で、母親から週に七十フラン（約千四百円）の小遣いをもらい、乗っているのはろくに整備すらしていないモビレット（五十ＣＣ程度のペダル式バイク）のプジョー１０３、わずかな余暇の時間は〈Ａｔａｒｉ・ＳＴ〉（アメリカのビデオゲーム会社アタリが一九八五年に販売したホビーパソコン）で「キックオフ」をやっている。

　自分はヴィンカがわたしのものなどと思ったことがない。でも、ヴィンカにとってわたしがそうであったように、彼女はわたしにとってぴったりの相手だった。今のところタイミングが悪すぎるけれど、わたしが彼女に最適な人間であるという事実は変わらない。形勢が入れ替わるにはまだ何年も待たなければならないが、アレクシス・クレマンのような類いの男に仕返しのできる日が必ず到来するという予感はあった。その日が来るのを待ちながらも、頭のなかで最愛の女友達があの男といっしょに寝ている光景がくり広げられる。とても耐えられるものではなかった。

あの日の午後、電話が鳴ったのはわたしがひとりで官舎にいるときだった。前日、つまり正式なクリスマス休暇の始まった日に、父は兄と姉といっしょにパペーテへ向けて発《た》っていた。わたしの父方の祖父母が十年前からタヒチ島に住んでいたので、わたしたち家族は二年ごとにクリスマスをそちらで過ごすようになっていた。でもその年、成績の下がったわたしは旅行を諦めるほかなかった。母はといえば、自分の姉ジオヴァーナが手術を受けたあと経過が思わしくないというので、年末年始を姉の住むランド地方で過ごすことに決めていた。母の出発は翌日の予定であり、それまで雪嵐に見舞われた学園の舵《かじ》取り役を務めるのは彼女だった。

朝から続く雪嵐のせいで電話が鳴りやまなかった。当時のソフィア・アンティポリスでは、積雪した道路を走ろうにも除雪車や融雪剤散布車の出動を期待することなどできなかったのだ。母は三十分ほど前に緊急電話を受けていた。配達のトラックが道路のアイスバーンで横滑りし、守衛詰所付近で学校構内への出入り口を塞いでしまったという。窮余の一策に、母はマキシムの父フランシス・ビアンカルディーニに救援を求め、至急駆けつけるとの回答を得ていた。

わたしはまた悪天候に関する数十回目の緊急電話か、もしくはマキシムからの待ち合わせを取り消す連絡だろうと思いつつ受話器をとった。土曜の午後といえば、わたしとマキシムは〈ディーノの店〉でテーブル・サッカーに興じるか、ＶＨＳで連続ドラマを観るか、ＣＤの交換をするか、〈マクドナルド〉の店先やアンティーブの大型スーパーの駐車場までモビレットで出向いて、そこでたむろするかして、そのあとは、サッカー番組「ジュール・ド・フット」でリーグ・アン（フランスのサッカー一部リーグ）の名シュートシーンを見るために帰宅する決まりになっていた。

「来てくれる？　トマ、お願い！」

胸のなかで心臓が縮んだように感じた。マキシムの声ではなかった。彼女の声、いくらかくぐもったようなヴィンカの声だった。家族のいるボストンに帰っているものとばかり思っていたが、彼女はまだサンテクスに残っていて、気分が悪くなったのでわたしに会いたいと言ってきた。

自分の態度に過剰な悲壮感が漂っているとの自覚はあったが、ヴィンカが電話をしてきたり話しかけてきたりすると、そのたびに希望を取りもどして彼女のもとへと駆けつけた。その日もわたしのとった行動はそれで、自分の弱さと自尊心の欠如を呪《のろ》い、また無関心を装うだけの精神的な強靭さも持ちあわせていないのが口惜しかった。

5

寒気が緩むと予想された夕方になっても何も変わらなかった。肌を突き刺す寒さに加え、ミストラルの突風が綿雪を吹きつける。慌てて出てきたものだから、ゴムの長靴やスノーブーツを履くのを忘れ、〈ナイキ〉のエアマックスが雪に埋もれた。ダウンジャケットの襟を立てて風に逆らい、まるで幻のグリズリーを追いかける映画『大いなる勇者』のロバート・レッドフォードのように前進を試みた。わたしは懸命に歩いたし、うちの家族が住む官舎からニコラ・ド・スタール寮までの距離はほんの百メートルしかないにもかかわらず、到着するまでに十分近くもかかってしまった。荒天の下、乳白色の帳《とばり》に覆われた女子寮はその青色を失い、幽霊屋敷のような巨大な灰色の塊と化していた。

玄関ホールは冷えきって閑散としていた。集会室に続く廊下の引き戸も閉まっていた。スニーカーに貼りついた雪を払い落とし、二段跳びで階段を駆け上がる。ヴィンカの部屋のドアを何度か叩いたが返事がないので、ドアを押して明るい部屋に入るとバニラと安息香《ベンゾイン》のにおいを感じた。紙の香《パピエ・ダルメニー》の、あの独特な香り。

ヴィンカは目を閉じてベッドに横たわっていた。その赤毛は、雪空の白い光を反射するシーツに隠れてほとんど見えなかった。わたしは近づいて、彼女の頬を撫で、額に手を置いた。ひどい熱。目を閉じたまま、ヴィンカは半ば眠っている声で何かつぶやいた。わたしはそのまま寝かせておくべきだと判断し、解熱剤をみつけようとシャワールームに入る。救急箱には睡眠薬や精神安定剤などの強い薬が溢れかえっていたけれど、肝心の解熱剤は見当たらなかった。

わたしは部屋を出て、廊下のいちばん奥のドアを叩いた。ドアが半開きになり、ファニー・ブラヒミの顔が現れる。彼女が信用できることは分かっていた。新学期からはどちらも試験勉強に追われて、頻繁に会うことはなくなっていたが、彼女は今でもわたしの大切な友だちだ。

「ああトマ、元気？」ファニーは鼻にかけたメガネを外しながら言った。

破れ目のあるジーンズに履き古した〈コンバース〉、XLサイズのモヘアのセーターという格好だった。魅力的な彼女の目の輝きは、その周りに塗られた黒いアイシャドウでほぼ消えてしまっていた。ターンテーブルに載っているザ・キュアーのレコードに釣り合った化粧なのだろう。

「やあファニー、ちょっと助けてほしい」

わたしは事情を説明し、解熱剤の持ち合わせがないか聞いてみた。ファニーが薬を探しているあいだ、わたしはガスレンジの火を点けて湯を沸かす。

「ドリプラン（処方箋なしで買えるフランスで一般的な解熱鎮痛剤）があった」彼女は戻ってきて告げた。

「助かる。ヴィンカに紅茶をいれてやってくれないか？」

「分かった、水分が不足しないようにお砂糖をいっぱい入れるね。用意しとくよ」

わたしがヴィンカの部屋に戻ると、彼女は目を開けて、ベッドの背もたれに枕を当てて上半身を起こした。

「これを飲んで」と言いながらわたしは解熱剤二錠を渡した。「すごい熱だぞ」

高熱でも、彼女の頭はしっかりしていた。なぜわたしに電話をかけたのか聞くと、ヴィンカは泣きだしてしまった。熱でやつれ涙に濡《ぬ》れていても、なんともいえぬ魅惑を、この上なく純粋な、夢幻のようなオーラを放っていた。澄みきった声、一九七〇年代のフォークソングのなかで聴いたことのあるチェレスタのような響き。

「トマ……」ヴィンカが口ごもる。

「どうした？」

「わたしは最低の人間よ」

「何だよ。なぜそんなこと言うんだ？」

彼女はサイドテーブルから何かをとった。最初わたしはペンかマーカーだと思ったが、それは妊娠検査薬だった。

「わたし妊娠してるの」

短い縦線が陽性の結果を示していた。わたしはアレクシスの手紙にあった「……わたしたち自身の家族を築こう。わたしたちの子供が二つの運命を確固たるものにするだろう、永遠に。その子はきみの天使の微笑みと銀色の瞳を持っていることだろう」という言葉に愕然とさせられたことを思いだした。

「トマ、わたしを助けて」

ヴィンカが自分にどんな慰めを望んでいるのか、あまりに動転していたわたしには理解する余裕などなかった。

「わたしはこんなこと望んでなかった、分かる？　わたしは嫌だったの」彼女がつぶやくように言った。

彼女の横に座ると、嗚咽《おえつ》の合間にヴィンカはつぎの告白をする。

「わたしのせいじゃない！　アレクシスが強要したの」

茫然《ぼうぜん》としつつも、わたしはヴィンカにもういちど言ってくれと頼んだ。

「アレクシスに強要された。わたしは彼となんか寝たくなかった！」

それが彼女の言ったことだ。わたしは彼となんか寝たくなかったと。あの薄汚いアレクシス・クレマンは、ヴィンカが望んでいなかったことを強制したのだった。

わたしはベッドから立ちあがる。行動に移ろうと決意していた。

「ぼくがすべて解決してやる」わたしはドアに向かいながら、そう言ってヴィンカを安心させる。「すぐに戻ってくるよ」

そして、部屋から出ようとしたわたしは、紅茶を持って入ってくるファニーとぶつかりそうになった。

その時点ではまだ知らなかったが、わたしが発した言葉には二つの嘘があった。まず、解決することなどまったくできずに正反対の結果を招いてしまう。つぎに、わたしはヴィンカのそばに戻ることはなかった。というか、わたしが戻ってきたとき、彼女は永遠に姿を消してしまっていたのだ。

6

外の雪はもうやんでいたが、金属のような雲が辺りを暗くしていた。すべてを押しつぶさんばかりの低い空が夜の到来を告げていた。

わたしは矛盾した感情の狭間にいた。ヴィンカから明かされたことで激しい怒りを覚えて思わず部屋を飛びだしたが、それは断固とした決意に基づく行動でもあった。突如として、物事の意味が見えてきたのである。アレクシスがとんでもない偽善者で、レイプ魔だったという事実だ。ヴィンカは以前と同じようにわたしを当てにしており、彼女が救いを求めたのは、このわたしだった。

教員が住む宿舎はそれほど離れていなかった。母親がドイツ人、父親がフランス人のアレクシス・クレマンは、ハンブルク大学を出たあとサンテクスに契約教員として雇われ、湖を見下ろす小さな宿舎内に部屋を与えられていた。

わたしは工事中の体育館用地を突っ切って教員宿舎に向かった。コンクリートの床も、基礎も、レンガ壁も無垢の白雪に厚く覆われてほとんど見えなくなっていた。

わたしは時間をかけて武器になる物を探した結果、砂山の近くに置かれた手押し車のなかに、おそらく工事人が片づけ忘れた鉄製のバールをみつけた。あとで計画性がなかったとは言えなくなるだろう。だが自分の内部で何かが覚醒《かくせい》していた。遠い祖先から伝わる原初的な凶暴さがわたしを興奮させていた。こんな精神状態になったのは、一生を通じてあのときだけだった。

今になっても、凍てついているくせに燃えるような、澄みきっていながら塩の味がする、わたしを酔わせたあの日の空気を思いだす。あの時点のわたしは、もはや代数の問題を前にため息をつく生彩を欠いた高校生ではなかった。わたしは闘士であり、臆することなく最前線に向かう戦士だった。

教員宿舎の建物前までやって来たとき、ほとんど夜になっていた。向こうに見える湖の銀色の反射が小刻みに震えていた。

夜間を除き、玄関ホールへは、呼び鈴を鳴らさなくても鍵がなくても自由に入ることができた。生徒寮と同じように冷えきって人影もなく、静まりかえっていた。わたしは決然とした足取りで階段を上がる。アレクシス・クレマンが部屋にいることは知っていた。その朝、彼は電話でわたしの母に、悪天候のせいでミュンヘン行きのフライトがキャンセルになったことを伝えていたのだった。

わたしは、なかからラジオの音が聞こえるドアを叩く。クレマンは少しもためらうことなくドアを開けた。

「ああ、トマか、こんばんは！」

彼はテニス選手のセドリック・ピオリーンにそっくりだった。背の高い男で、色の濃い巻き毛を首が隠れるくらいまで伸ばしていた。わたしより十センチは背が高く体格もよかったが、その時点で彼に気圧《けお》されることはなかった。

「しかし、どうしようもない天気だな！」彼は嘆いた。「ベルヒテスガーデンでスキーを楽しもうと思っていたのに、このざまだ。雪はこっちのほうが多いんじゃないかな！」

暖房が利きすぎた室内だった。ドアのそばに大きな旅行バッグが置かれている。ミニコンポのラジオからジャン＝ミシェル・ダミアン（クラシックとジャズを流すＦＭ局〈フランス・ミュージック〉の人気番組「想像界」の司会者。二〇一六年没）の甘い声が流れていた。「これにて本日の『想像界《イマジネール》』は終了いたしますが、引きつづき、当ラジオ局〈フランス・ミュージック〉がお届けするアラン・ジェルベのジャズ番組を……」

わたしをなかに招き入れた時点で、クレマンはわたしが手にしているバールに気がついた。

「きみはいったい何を……」目を大きく見開き、教師は何か言いかけた。

考えたり議論したりするときではなかった。

一発目が自然に放たれたが、それは、だれかほかの人間がやったかのようだった。バールが胸を直撃し、教師はふらついて息ができない。二発目が彼の膝《ひざ》に振りおろされると、悲鳴があがった。

「なぜ彼女を犯した、この変態野郎！」

クレマンは収納カウンターに摑《つか》まろうとして家具ごとひっくり返った。積んであった皿や炭酸水〈サンペレグリノ〉のボトルが床タイルに落ちて砕け散ったが、それでもわたしは攻撃の手を止めなかった。

わたしは完全に自制心を失っていた。教師が床に転がっても、わたしは一瞬の猶予も与えることなく殴りつづける。何か正体不明の力に支配されて、わたしは機械的に攻撃をくり返した。バールで殴ったあとは蹴りを入れた。この薄汚い野郎がヴィンカを襲った光景を頭に思い浮かべ、それがさらにわたしの怒りを煽《あお》った。もはやクレマンを見ていなかった。自分が自分ではなくなっていた。自分が取り返しのつかないことをしていると分かっていたのに、理性を取りもどせなかった。致命的な悪循環から抜け出せない囚人、破滅の神に操られた人形でしかなかった。

ぼくは殺人者じゃない。

かすかに頭のなかでその声が響いていた。まだ漠然と残された最後の逃げ道か？　二度と戻ることのできない地点に至る直前のラストチャンス。ふいに、わたしはバールを床に落として身動きを止めた。

すかさずクレマンがそのためらいを衝《つ》いてきた。ありったけの力で彼が足を摑んだので、滑りやすいスニーカーを履いていたわたしはふらついてしまった。こんどはわたしが床に転がる。教師はかなりの傷を負っていたが、電光石火のごとくわたしに馬乗りになり、獲物と狩人の立場が入れ替わった。わたしの身体に全体重をあずけ、両膝で万力のように締めつけて動きを封じた。

わたしが悲鳴をあげる間もなく、クレマンは割れた瓶を逆さに摑んだ。わたしはただ、なす術《すべ》もなく彼が割れた瓶を振りおろそうとするのを見ていた。すると、時が崩壊し、命がわたしのもとから離れていくのを感じた。それは一瞬の出来事であったが、何分間も続くように感じられた。多くの人々の命をひっくり返してしまう、あの数秒のなかの一秒。

そして突然、すべてが急展開する。生温かい濃い褐色の血がわたしの顔に降りかかった。クレマンの身体がくずおれる。手が自由になったので目を拭《ぬぐ》った。そして目を開けると、視界はぼやけていたが、影のように見えるクレマンの身体の向こうに、ぼんやりと霞んだマキシムらしき姿が見えた。金髪に、〈アディダス〉チャレンジャーのジャージー、グレーの生地に袖《そで》が赤い革製のテディーブルゾンを着ていた。

7

ナイフの一撃、それで充分だった。素早い動き、光る刃、カッター程度の長さしかないナイフは、ただアレクシス・クレマンの頸動脈《けいどうみゃく》をかすめただけのように見えた。

「救急車を呼ぼう！」わたしは立ちあがりながら叫んだ。

でも、もう間に合わないことは分かっていた。クレマンは死んだ。そしてわたしは血まみれになっていた。顔に、髪に、セーター、靴にも。唇に、さらには舌の先にも。

しばらくのあいだ、マキシムもわたしも、打ちひしがれて絶望のあまり跪《ひざまず》いていた。一言も発せられずにいる。

わたしたちが呼ばなければならないのは消防でも救急隊でもない、警察だった。

「ちょっと待て！　まだ親父がいるかもしれない」麻痺状態から醒めると同時にマキシムが叫んだ。

「どこに？」

「守衛詰所の辺りだ！」

マキシムはクレマンの部屋を飛びだし、わたしは自分たちが殺したばかりの死体とともに残され、友が階段を駆け下りる音を聞いていた。

どれくらいそのままでいたのだろう？　五分？　十五分？　静寂の帳に包まれたまま、ふたたびわたしは時が止まったように感じた。死体の顔を見たくなかったので、窓ガラスと鼻を突き合わせて外を見ていたことを思いだす。だれかが電灯のスイッチを切ったかのように、震える湖面が今は闇に沈んでいた。何かにすがりつきたかったが、わたしは雪の反射のなかに沈み込んでいた。

その底知れぬほど深い雪の白さだけが、それ以降のわたしたちの人生となるものを映し出していた。というのも、われわれの人生の均衡《バランス》が永久に崩れてしまったことを、わたしは知っていたからだ。人生のページが一枚めくられたわけではなく、ひとつの時代が終わったということですらなかった。雪の下に、突如として地獄の業火《ごうか》が開いたのだった。

ふいに階段から物音がして、ドアが勢いよく開いた。息子のマキシムと部下の現場監督を従えたフランシス・ビアンカルディーニが部屋のなかに入ってきた。建設会社社長はいつもどおり、ごま塩の乱れた髪に、ペンキの染みがついたレザーの防寒コートという出で立ちで太り気味の厚い胸を隠していた。

「ぼうず、だいじょうぶか？」わたしの目を覗きこんでフランシスが言った。

わたしは何と答えていいか分からなかった。

彼のどっしりした姿は、部屋を狭苦しく感じさせるほどだが、ネコ科の動物のような滑らかで断固たる動きは、その体格とは対照的な印象を与えた。

フランシスは部屋の中央に立ち、状況を判断するための時間をとった。決然とした表情からはいかなる感情も読みとれない。こんな日がいつかやって来ると知っていたかのようだ。まるで、こうした悲劇と向かい合うのが初めてではないような。

「今この瞬間から、おれがすべてを仕切る」フランシスはマキシムとわたしの顔を順番に見つめながら告げた。

その声を聞きながら、フランシス・ビアンカルディーニのがさつで極右《ファッショ》という表向きの仮面が、じつは彼の真の人間性ではなかったことをわたしは完璧に理解したのである。暗澹《あんたん》たるその時刻、わたしには眼前にいる男がむしろ容赦ないマフィア頭領のように見えた。ゴッドファザーのようなフランシスだったが、もしわたしたちを窮地から救ってくれるなら彼に忠誠を誓ってもいいと思った。

「片づけなければいかんな」フランシスは現場監督のアフメッドをふり返りながら言った。

「だがまず、トラックからシートを持ってきてくれ」

チュニジア人の顔は青ざめ、目には恐怖が浮かんでいた。行動へと移る前に、どうしてもアフメッドは聞かずにいられなかった。

「親方《パトロン》、どうするんです？」

「壁に埋め込んでしまおう」顎で死体を示しながらフランシスは言った。

「壁って、どの壁です？」アフメッドが聞いた。

「体育館の壁だ」

5　ヴィンカ・ロックウェルの最後の日々

においほど、それと結びついた昔のことをきちんと思いださせてくれるものはない。

ウラジーミル・ナボコフ

1

今日
二〇一七年五月十三日

「ぼくはあの事件に関して、親父と話したことはいちどもなかった」マキシムはタバコの火を点けながら断言した。

マキシムが手にした漆塗りの〈ジッポー〉に日差しが反射する。そこに描かれているのは、日本の浮世絵「神奈川沖浪裏《かながわおきなみうら》」の図だった。わたしたちは息が詰まる雰囲気の体育館を離れ、〈鷲の巣〉と呼ばれている、湖を望んで断崖に細く突き出た高台に来ていた。

「だから、親父が壁のどこに死体を隠したのかも知らない」マキシムは続けた。「そろそろ聞いておいたほうがいいんじゃないか？」

「トマ、親父はこの冬に亡くなったんだよ」

「くそっ、嘘だろ。いや、すまない」

わたしたちの会話の節々に、フランシス・ビアンカルディーニの影がはっきりと現れる。マキシムの父親は不滅である、なぜかわたしはそう思っていた。それを知らぬ者が闘いを挑《いど》み、粉砕されるような巨大な岩。けれども死は、ほかとは異なる特別な敵である。死という敵は必ず最後に勝利を収めるのだ。

「病気か？」

マキシムはタバコを深く吸いこみ何度か瞬きをした。

「辛い話なんだ」彼は予告するように言った。「ここ数年間、親父は多くの時間を〈オーレリア・パーク〉の家で暮らしていた。どこだか分かるか？」

わたしは肯く。ニース内陸部の高台にある、門と塀に囲まれたその豪華別荘群のことは、もちろんわたしも知っていた。

「昨年末に、その住宅地が一連の凶暴な強盗事件の標的とされたんだ。悪党どもは邸内に人がいても侵入するのをまったく厭《いと》わなかった。被害者を監禁したり、縛りあげたりする事件が頻発していた」

「フランシスも被害に遭ったのか？」

「ああ。クリスマスの当日だった。親父はいつも自宅に武器を置いていたけど、それを使う時間すらなかったみたいだ。強盗どもに殴られ縛りあげられて、危害を加えられたことが原因で心臓発作を起こしてしまった」

強盗事件。沿岸一帯の建設ブームと、恒常的になった交通渋滞、そしてマスツーリズムによる人口過多……といった問題を抱えるコート・ダジュールに大きく開いた傷口だ。

「犯人は捕まったのか？」

「捕まった、マケドニア人のグループだった。恐ろしいほど組織化された連中だ。警察はそのうちの二人か三人を逮捕している」

わたしは手すりに肘《ひじ》をつく。半月型になった岩の上の見晴台からは息を飲むような湖の眺望が開けていた。

「フランシス以外で、クレマン殺害の件を知っている人間は？」

「きみとぼく、それだけだ」マキシムは言明する。「それに、きみもうちの親父のことは知っているだろう？　噂話を触れ回るようなタイプじゃないし……」

「きみの夫は？」

彼は首を振った。

「冗談じゃない、オリヴィエにはいちばん知られたくないことだよ。今までの人生で、いちどもだれともその件は話したことがない」

「でも、アフメッド・ガズアニもいるじゃないか、あの現場監督だった」

　マキシムはうんざりしたような表情を見せた。

「あれほど無口な人間はいないよ。それに、自分も共犯とみなされる犯罪のことをしゃべったところで何の得にもならない」

「まだ生きているのか？」

「いや。ガンを患った。最後は故郷で死ぬんだと言ってチュニジアのビゼルトに帰った」

　わたしはサングラスをかけた。もう正午前になっていた。天高く昇った太陽が〈鷲の巣〉に照りつける。木製の手すりしかないので、この見晴台は魅力的だが危険な場所だった。開校以来、生徒たちは立ち入ることを禁じられていたが、校長の息子であるわたしはどこにでも行けたのだ。ヴィンカといっしょに湖面に月光が反射するのを見ながらタバコを吸い、〈マンダリネッロ〉（イタリア伝統の果実酒。ミカンの果皮を蒸留酒に漬けた後シロップを加えたもの）を飲んで過ごした夢のような晩のことを今でも思いだす。

「あのメッセージを送りつけてきた人間は、ぼくらがやったことを知っているに決まってるんだ！」マキシムが絶望的な口調で言った。

　彼はフィルターが焦げるまでタバコを吸いこむ。

「アレクシス・クレマン、彼には家族がいたんだろう？」

　わたしはクレマンの家系図を頭に描けるほど詳しく調べてあった。

「クレマンは一人息子で、両親は当時もう高齢だったから、すでに亡くなっているはずだ。ともかく脅迫に関して、その線は考えにくいな」

「じゃあ、だれなんだ？　ステファン・ピアネッリか？　あの男には何か月も前からつきまとわれている。親父についての古い資料を調べるとかね。それに、やつがヴィンカに関する本を書いていたことは、きみも知ってるだろう？」

わたしが能天気なのかもしれないが、われわれの秘密を暴くためにピアネッリがそこまでするとは思えなかった。

「あれは確かに詮索《せんさく》好きな男だ」わたしは認める。「しかし脅迫までしてくるとは思えないし、もしほんとうに疑っているなら、もっと正面切って聞いてくるはずだ。むしろ彼が言ったことで気になるのは、例の古いロッカーで発見されたという現金の話だ」

「いったい何の話だ？」

マキシムはその件を知らなかったので、わたしが手短に事情を説明する。バッグのなかにあった十万フランについて、そして同じバッグから採取された二種類の指紋のうち、ひとつがヴィンカのものだったという発見について。

「問題は、その大金が発見されたロッカーがぼくのものだったということだ」

面食らったように、マキシムは眉をひそめた。わたしは説明を加える。

「両親がサンテクスに就任する前、ぼくは寮の部屋を希望して、その部屋にリセの最初の一年間は住んでいた」

「それは覚えてる」

「サンテクスへの就任が決まって、官舎も与えられることになった時点で、両親はぼくに寮から出て、ほかの入寮希望者に部屋を譲れと言ったんだ」

「言われたとおりにしたんだろ？」

「そうなんだが、部屋を引き継いだやつはロッカーを使わないし、その鍵を取りに来ることもなかった。だからぼくはそのままにしていて、とくに必要も感じなかったけれど、ヴィンカが失踪する数週間前、それを自分が使いたいと言ってきた」

「そこに現金を隠すつもりだと、きみには言わなかったということ？」

「当たりまえだろう！　そのロッカーの件を、ぼくは完全に忘れていた。ヴィンカがいなくなったときも同じで、今の話と関連づけたことさえなかった」

「それにしても、あれから彼女の消息がまったく摑めないのは、やっぱりどう考えてもおかしいぞ」

2

岩の縁に座っていたマキシムがわたしのいる日差しの当たる場所にやって来た。彼もまた、わたしが朝から幾度か聞いた決まり文句を口にする。

「ヴィンカがどういう人間であったのか、じつはだれも知らないわけだ」

「いや、よく知っていたよ。だって、彼女はわれわれの友人だったじゃないか」

「彼女のことは知っていた、でも知らなかったんだ」マキシムは言い張った。

「何を考えているんだ？　はっきり言ってくれ」

「あらゆるものが、彼女がアレクシス・クレマンに恋していたことを裏づけている。きみのみつけた手紙とか、二人がいっしょに写っている写真とか……年末のパーティーで彼女がクレマンに見とれている写真を覚えてるだろう？」

「だからどうなんだ？」

「だから？　じゃあなぜその数日後に、彼女はあの男が自分を犯したなんて言いだしたのさ？」

「きみは、ぼくが嘘をついたと思っているのか？」

「違うけど……」

「マキシム、何が言いたいんだ？」

「だから、もしかしてヴィンカがまだ生きているとか？　だから、脅迫状なんかを送ってきたのが彼女かもしれないとか？」

「それはぼくも考えた」わたしは認めた。「でも理由は何だ？」

「復讐だよ。ぼくらは彼女が愛していた男を殺したんだから」

　わたしはもう我慢できなかった。

「ふざけるな、マキシム、彼女はクレマンを怖がっていたんだぞ！　誓ってもいい。ヴィンカはぼくに言ったんだ。それは、彼女がぼくに言った最後の言葉でもあった。アレ、ア、アレクシスに強要された。わたしは彼となんか寝たくなかった！　ってな」

「ヴィンカはいい加減なことを言ったのかもしれない。あの当時、彼女はしょっちゅうハイになっていたじゃないか。ＬＳＤのほかにも、手に入るものは何でもやっていたんだ」

　わたしは議論を打ち切る。

「それはない、彼女はぼくに二度も言った。あの男はレイプ魔だった」

　マキシムの顔がこわばった。しばらく湖を眺めながら何かを考えていたが、やがてわたしに視線を戻した。

「当時、彼女が妊娠していたときみは言ったね？」

「ああ、彼女がぼくにそう言ったんだ、証拠を見せながら」

「もしそれが事実で、彼女が出産したのなら、今その子は二十五歳になっている。息子か娘かが、父親の復讐をしたがっているのかもしれない」

　その点はわたしの頭をかすめたこともある。ひとつの可能性ではあるが、合理的というよりも小説じみていた。少し気の抜けた警察小説《ポラール》で使われるプロットのような。マキシムにそう言ってみたが、あまり納得できないようすだった。そこでわたしは、今後の数時間でより重要となることに触れておこうと決める。

「マキシム、きみに話しておかなければならないべつの問題がある。二〇一六年の初め、新作の宣伝をするため帰国した際に、ぼくはシャルル゠ド゠ゴール空港の入国審査官と口論になった。そいつは性転換した人をわざと『ムッシュー』と呼んで悦《えつ》に入るようなばかだったんだ。それで、すったもんだのあげく、ぼくは数時間の勾留となってしまい、そこで……」

「指紋を採られたんだね」彼はすぐに理解した。

「そう、ぼくは警察のデータベースに載っている。ということは、対抗手段を考える時間もないわけだ。死体とバールが発見されて、ひとつでも指紋がみつかればすぐに照合されるだろうから、ぼくは逮捕されて尋問される」

「それで何か状況が変わるのか？」

わたしは昨晩飛行機のなかで決意していたことをマキシムに伝える。

「きみを巻きこまない。きみも、きみの父親も。ぼくがぜんぶ責任を負う。クレマンはぼくがひとりで殺し、アフメッドに死体を隠すように頼んだと言うつもりだ」

「そんなことだれも信じやしないよ。それより、なぜそんなことをする？　どうして自分だけ人身御供《ひとみごくう》になろうとするんだ？」

「ぼくには子供も妻も家庭もない。失うものが何もないんだ」

「だめだ、まるで意味がない！」マキシムは目を細めて反論した。

灰色に染まったまぶた、やつれたマキシムの顔は丸二日間も眠らなかったようだった。わたしの提案は彼を安心させるどころか、逆に不安を募らせてしまった。何度か問いただしてみて、わたしはようやく、その理由を理解する。

「刑事たちはもう何かしら感づいているよ、トマ。ぼくはそう思う。きみはぼくの汚名をそそげない。昨夜だけど、アンティーブ警察署の幹部から電話をもらったんだ。管区警視正のヴァンサン・ドゥブリュイヌ本人からの電話で……」

「ドゥブリュイヌ？　昔、検事だった、あのドゥブリュイヌのことか？」

「というか、その息子だよ」

それは喜ぶべき情報とは言えなかった。一九九〇年代、社会党のジョスパン政権はニース大審裁判所付の共和国検事にイヴァン・ドゥブリュイヌを任命、コート・ダジュール地域にはびこる利権漁りの風潮を一掃するとの意気込みを明らかにした。〈イワン雷帝〉というあだ名で呼ばれるのを好むドゥブリュイヌは、白馬の騎士としてコート・ダジュールに颯爽《さっそう》と着任した。十五年間に及ぶ任期のあいだ、ドゥブリュイヌはフリーメーソンの地下組織網と議員による汚職との闘いに挑んだ。最近になって検事は退任し、一部の者は安堵《あんど》のため息を漏らした。実際のところこの地域では、あの*ダッラ・キエーザ将軍を演じるドゥブリュイヌを嫌う者が多かった一面、敵対者のあいだですら彼の相当な執拗《しつよう》さが畏怖《いふ》されていたのは事実である。その息子の気質が父親譲りならば、議員などのいわゆる名士の範疇《はんちゅう》に多少とも含まれる者たちは、敵対的で陰険な警察官にまとわりつかれることになるだろう。

「具体的にドゥブリュイヌはきみに何と言ったんだ？」

「至急ぼくに会いたいと、いくつか聞きたいことがあると言うんだ。ぼくは今日の午後にも会いに行くと答えたよ」

「できるかぎり早く行ったほうがいい、どう対処すべきか分かるだろうから」

「ぼくは怖いんだ」マキシムが正直に言った。

わたしは彼の肩に手を置き、彼を安心させようと最大限の努力をする。

「これは正式な出頭命令じゃない。おそらくドゥブリュイヌは何らかの情報に惑《まど》わされている。情報収集が目的に違いないよ。もし具体的な証拠を握っているなら、こんなやり方で事を進めるはずがないんだ」

マキシムのようすは全身の毛穴から恐怖が染み出しているかのようだった。彼はシャツのボタンをもうひとつ外すと、額の汗を拭った。

「ぼくはダモクレスの剣の真下にいるような状態では生きていけない。もし、すべてを話してしまったらどうなるだろう……」

「だめだ、マキシム！　なんとか持ちこたえるんだ、少なくともこの週末は。簡単じゃないのは分かるが、何者かがわれわれに恐怖を与えようと揺さぶりをかけている以上、その罠にはまってはいけない」

マキシムは息を深く吸いこみ、必死に不安を抑えた末に、いくらか落ち着きを取りもどした。

「ぼくのほうで調査するための猶予が欲しい。すべては動きだしているんだ、分かるだろう。ヴィンカに何が起こったのか、調べる時間が要る」

「分かった」マキシムは肯く。「ぼくは警察署に向かう。あとで連絡するよ」

友人がラベンダー畑を縫って延びる岩の階段を下りていくのをわたしは眺める。遠ざかるマキシムの姿は次第に小さくなり、そのぼんやりとしたシルエットは青紫色の絨毯《じゅうたん》のなかに消えた。

＊原注　ダッラ・キエーザ将軍はシチリア島のパレルモ県知事、マフィア掃討作戦を指揮したが、パレルモに着任の数か月後、妻および護衛官とともに暗殺された。映画『１００日の凶弾』では俳優のリノ・ヴァンチュラが彼の役を演じている。

3

校門に向かう途中、わたしは歴史的図書館となかで繋《つな》がっている受け皿《ソーサー》のような形をしたガラス張りの建築物〝アゴラ〟の前で立ち止まった（サンテクスでは、学校のシンボルでもあるその建物を資料情報センターという正式名で呼ぶ者はだれもいなかった）。

正午を告げる鐘が鳴り、ふだんなら大部分の生徒にとってはそれで日課の終わりとなる。アゴラの閲覧室に入るには磁気カードが必要だったが、わたしはパリのメトロの改札で若者や貧乏学生、あるいはシラク大統領がやる要領でゲートを飛び越えた。

貸し出しカウンターまで来ると、当時生徒から〝ゼリー〟と呼ばれていたエリーヌ・ボークマンがいるではないか。オランダ出身のちょっと高慢なインテリで、何についても断定的な一家言《いっかげん》を持つ女性だった。最後にわたしが見た当時はまだ四十代で、スポーティーな身体を誇示していたものだ。年を経た今、彼女は自由奔放な祖母といったところで、円《まる》いフレームのメガネに角張った顔、二重顎、結い上げたグレーの髪にクロディーヌ襟のゆったりしたセーターを着ていた。

「ゼリー、こんにちは」

図書館に君臨するだけではなく、ゼリーは長年のあいだ、校内シネクラブの映画を選定し、校内ラジオ放送の進行役や、〈ソフィア・シェイクスピア・カンパニー〉というご大層な名の、わたしの母もプレパの責任者だった当時かなり入れ込んでいた演劇部の指導者も兼任していたのだった。

「あら、物書きさん、こんにちは」ゼリーは昨日も会ったような口ぶりで応じた。

わたしには、どうも正体を摑めない類いの女性だった。一時期、父の愛人ではないかと疑ったこともあったが、記憶を辿ると、母も彼女のことを気に入っているようだった。わたしがサンテクスに在校中、多くの生徒は何かにつけて彼女の言葉を引き合いに出していた――ゼリーはこう言った、ゼリーがああ言った――、ときには彼らの打ち明け話の聞き手、ときにはソーシャルワーカー、意識の覚醒者でもあった。そしてゼリー――わたしにはばかげた愛称だと思われたのだが――は、自分のそういう立場を利用したり、あるいはつけ込んだりしていた形跡もあった。「強い者に媚《こ》び、弱い者には厳しい」といったような。彼女は好き嫌いが激しく、一部の生徒たち――恵まれた家庭の子や、非常に外向的な性格の者――には異常なまでの注意を向けるかと思うと、ある者にはまったくの無関心な態度をとった。わたしの兄と姉のことはひどくかわいがったが、わたしは彼女の関心を傾けるに値しないような態度をとられた記憶がある。ちょうどいい、毛嫌いしていたのはお互いさまだったので。

「トマ、どういう風の吹き回しかしら？」

二人が最後に会話をしてから今日までのあいだに、わたしは十冊ほどの小説を書き、それが二十か国語に翻訳されて、世界全体で数百万部も売れたのである。わたしの成長を目にしてきた司書にとって、そこには何らかの意味があってしかるべきではないか。べつに褒めてもらおうとは思わないが、少なくとも興味を寄せて当然だろうと思った。だが、そんなことはまったく起こらない。

「本を借りようと思ったので」わたしは応じた。

「それなら、あなたのカードがまだ有効か確かめないとね」わたしの言葉を文字どおりに受けとって彼女は言った。

この茶番はもうしばらく続き、ゼリーは端末モニターで二十五年前の貸し出し記録を調べはじめる。

「ほら、ありました！　やっぱりそうだった、あなたが返却しなかった本が二冊あって、ピエール・ブルデューの『ディスタンクシオン』とマックス・ヴェーバーの『プロテスタンティズムの倫理と資本主義の精神』」

「冗談だろう？」

「ええ、冗談よ。何を探しているのか言って」

「ステファン・ピアネッリが書いた本なんだ」

「確か、彼は『ジャーナリズムの手引書』の共同執筆者に名を連ねていて……」

「それじゃない、ヴィンカ・ロックウェル事件を調査して書いた『死と乙女』という本だ」

ゼリーはキーボードで書名を叩く。

「それは、もうなくなっているわね」

「どういうことかな?」

「二〇〇二年に小さな出版社が刊行して、在庫がなくなり、その後は絶版になっている」

わたしはゼリーの目を見る。

「冗談だろう、ゼリー?」

彼女は気を悪くしたようなそぶりで、モニターの画面をわたしに見せる。見ると確かにその本がデータベースに入っていないことを示していた。

「そんな話は通らないな。ピアネッリはうちの学校の卒業生だ。出版当時、あなたは何冊か購入したはずじゃないか」

ゼリーは肩をすくめる。

「あなたの著書も複数冊まとめ買いすると思っているわけね」

「頼むから質問に答えてくれ!」

若干困ったようすで、ゼリーは大きすぎるセーターに包まれた身体をよじりながらメガネを外した。

「最近になって、学校の執行部がステファンの本を蔵書から外す決定を出したのよ」

「どういう理由で?」

「失踪事件から二十五年が経った今でも、あの子が在校生の一部にとってほとんど崇拝の対象になってしまっているからでしょうね」

「あの子？　あの子ってヴィンカのこと？」

ゼリーは肯いた。

「ここ三、四年前からステファンの本の貸し出しが止まらなくて、何冊か蔵書にあっても、予約待ちの日数が延びる一方だった。生徒たちの会話でもヴィンカのことが頻繁に話題となっていたの。去年のことだけど、異端者《エトロディット》の子たちが彼女をテーマにしたショーまで打ちあげた」

「エトロディット？」

「優秀でエリート志向の女生徒たちが結成したフェミニスト集団。二十世紀初頭のニューヨークで始まったフェミニストグループの主張を継承したグループね。そのうちの何人かはニコラ・ド・スタール寮の寮生で、ヴィンカが足首にしていたというシンボルのタトゥーまで彫っている」

わたしはそのタトゥーを覚えている。彼女の肌には、目立たぬよう〝GRL PWR〟という文字が彫ってあった。ガール・パワー。女子の力。そんな説明をしながら、ゼリーは端末モニター上にひとつの画像を表示した。『ヴィンカ・ロックウェルの最後の日々』と銘打ったミュージカルのポスターだった。それを見て連想したのは、ベル・アンド・セバスチャンのアルバムのひとつ、ピンクのスクリーンをかけたモノクロ写真のジャケットだった。

「ほかにも、ヴィンカが住んでいた部屋で行われる瞑想《めいそう》の夕べというのがあって、いくつかの思い出の品を囲んでの不吉な儀式だとか、彼女が失踪した日には追悼祭までやり始めたわけね」

「ミレニアル世代の女子たちがヴィンカに夢中になる理由を説明してくれないか」

　ゼリーは視線を上に向けた。

「わたしの想像では、ある種の女の子たちはヴィンカの生き方に、ことにクレマンとのロマンチックな恋物語に自分を置き換えているんでしょうね。彼女たちにとってヴィンカは一種の自由の理想型なの、見せかけではあるけれど。そして十九歳で失踪したことが、彼女を永遠の輝きのなかに凝固させてしまったということかな」

　そう話しながらゼリーは椅子から立ちあがり、受付カウンターの後ろに並ぶ鉄製の本棚を調べはじめる。そして、ピアネッリの著書を手に戻ってきた。

「一冊だけとっておいたの。読みたいなら、どうぞ」ゼリーはため息をついた。

　わたしは本の表紙を手で撫でる。

「あなた方がこの本を二〇一七年になって禁書扱いにするというのが、どうしても理解できない」

「生徒のために良かれ、ということなんでしょうね」

「よく言うよ！　サンテクスで検閲？　うちの両親の時代には考えられなかったことではあるね」

ゼリーはわたしの目をじっと見つめてから、スカッド・ミサイルを放つ。

「あなたの〝ご両親の時代〟だけど、わたしの記憶ではあまり幸せな終わり方ではなかったように思うけど」

煮えたぎるような怒りを感じたが、わたしはそれを見せずに収める。

「何が言いたいのかな?」

「何も」彼女は慎重に応じた。

わたしには彼女が何を仄《ほの》めかしているのかが分かった。当校におけるわたしの両親の教権は一九九八年をもって突如終わりを告げた。しかも、両人ともが公共調達の規則に対する違反という不可解な事件で予審対象とされたのである。

まさに〝巻き添えの被害者《コラテラル・ダメージ》〟という言葉がぴったりの状況だった。当時の共和国検事イヴァン・ドゥブリュイヌ(マキシムを尋問したいという警視正の父親)は、当地方の賄賂《わいろ》を受けとっている——ことにフランシス・ビアンカルディーニから——一部の議員を逮捕すると意気込んでいた。かなり以前から、検事はフランシスに照準を合わせていた。フランシスについての噂は、カラブリア系マフィアのために資金洗浄をやっているといった根も葉もないものがほとんどだったが、それ以外に、より信憑性《しんぴょうせい》があるものもあった。公共事業を受託するため、一部の政治家に金をばらまいたのではないか。そのフランシスを落とそうとして、検事はある捜査資料のなかに両親の名をみつけたのだった。フランシスの会社はサンテクスの工事を請け負ったが、いずれも法規にきちんと従った入札を経たものだった。捜査手続きのなかで、母はニース西北のオヴァール警察署の不潔な留置場に勾留され、背もたれなしの椅子に二十四時間も座らせられるという体験をした。翌朝、地方紙の一面に二人の写真が載った。その白黒写真に写る両親の姿は、連続殺人を犯した男女を集めたスライドショーに入れてもおかしくないものだった。たとえば、ユタ州の残虐非道な男女の写真とか、ケンタッキーの殺人鬼と呼ばれた農園主夫婦のそれといったような。

まったく想定外の試練に衝撃を受け、両親は国民教育省に辞任届を出したのだった。すでにコート・ダジュールには住んでいなかったが、わたしもあの事件にはショックを受けた。欠点のある両親ではあるが、あの二人は不正なことはしない。彼らは教え子の利益になるよういつでも心がけていたし、それまでにやってきたことに疑いを挟まれるような不名誉に甘んじるわけがなかった。捜査開始から一年半後、容疑内容が空っぽであることが判明し、無罪となった。とはいえ、もはや取り返しはつかない。そして今になっても、烏合《うごう》の衆やエリーヌ・〈ゼリー〉・ボークマンのような陰険な人物が醜聞を好み、会話にこうして何気なく含みを持たせるのだ。

わたしは彼女がキーボードに目を移すまで視線をそらさなかった。この歳になって優しそうなおばあちゃんといった表情のゼリーだが、わたしはキーボードを奪ってその顔に叩きつけたい衝動に駆《か》られた（なんだかんだ言っても、わたしは本物の犯罪者なんだぞ）。もちろん、そんなことはしなかった。怒りをぐっと飲みこみ、わたしのそのエネルギーを調査の進展に注ぐことにする。

「本を借りてもいいかな？」わたしはピアネッリの本を示して聞いた。

「だめ」

「月曜には返すから、約束する」

「だめよ」ゼリーは頑強に拒んだ。「図書館の蔵書ですからね」

その注意を無視して、わたしは本を小脇に挟むときびすを返しながら言う。

「あなたの間違いだと思うよ。蔵書のデータベースを調べたらいい。この本はリストには載っていないはずだからね！」

わたしは図書館を出て、アゴラを迂回する。わたしもマキシムと同じように、キャンパスから出るためにラベンダー畑をよこぎる近道を選んで進む。今年はラベンダーが早く育っていたが、花の香りはわたしの記憶とはどこか違い、何か調子が狂っているような感じがした。風に運ばれた、金属と樟脳《しょうのう》を混ぜたようなその花の香りは、血のにおいに似て頭をくらくらさせた。

6　雪の風景

スピード、海、真夜中、輝くものすべて、黒いものすべて、破滅するものすべて、だからこそ自分が感じられる。

フランソワーズ・サガン

1

一九九二年十二月二十日、日曜日

殺人を犯した翌朝、わたしは遅く目を覚ました。昨晩は、眠るために自宅の浴室で睡眠薬を二錠飲んでいた。今朝、家は空っぽで寒々としている。母は夜明け前にランド地方に向かい、それからヒューズが飛んで暖房が切れてしまった。まだ頭のなかの靄《もや》が晴れないまま、たっぷり十五分はかかって配電盤をいじくり回し、なんとか電気を復旧させた。

台所に行くと、冷蔵庫にフレンチトーストを用意してあると母からの優しいメモが貼ってあった。窓から見える太陽を跳ね返す雪は、フランシスが毎年のように招いてくれるスキー場〈イゾラ2000〉に彼が所有する山荘にいるかのような錯覚を与えた。

いつものようにラジオのニュース局〈フランス・アンフォ〉を聴く。わたしは昨晩から殺人犯になっていたが、世界はサラエボの惨劇やら飢餓で死んでいくソマリアの児童、感染血液の輸血スキャンダル、パリ・サンジェルマンとオリンピック・マルセイユの流血乱闘……と休むことなく動きつづけていた。コーヒーをいれ、フレンチトーストを平らげた。殺人犯になっても腹は空いていた。それからマルセイユ石けんをつけたブラシで昨日と同じようにいくら身体を洗っても、アレクシス・クレマンの血が顔に、唇に、肌に染みこんでしまったように感じた。そして永久に消えることはないのだろうと思った。

そうこうしているうち、熱い蒸気に頭がくらくらして、気を失いそうになる。興奮した後遺症か、首筋がこわばり足もふらつき、胃が焼けるように痛む。頭は飽和状態になっていた。状況を直視できないので立ち向かうこともできず、考えがまとまらなかった。すべてを終わらせなければならない。何事もなかったかのように生きることなど不可能だ。警察に出頭しようと決断してバスルームから出たが、一分後にはもう考えなおしていた。いずれにしても、白状すればマキシムとその父親を道連れにしてしまう。わたしを助けるために危険を冒してくれた人たちを。結局、わたしは不安に押しつぶされるのが良くないのだと思いなおし、ジャージーに着替えて走ることにする。

2

湖を三周、くたびれ果てるまで全力で走る。どこもかしこも真っ白、樹木は霧氷に覆われていた。景色に見とれる。冷気を切り裂いて走っていると自然と一体になり、木々、雪、風が水晶のような皮層下にわたしを取りこんでくれるように感じた。辺りすべてが光と絶対的なものでしかなくなっていた。凍りついた挿入句、ほとんど非現実な未開拓の領域。その白いページに、人生の新たな章を書きだすのだろうと、わたしはまた思いはじめていた。

家に戻る途中、ランニングで酷使した足を引きずりながら、わたしはニコラ・ド・スタール寮に寄ってみる。無人の生徒寮は幽霊船のようだった。何度もドアを叩いたが、ファニーもヴィンカも留守だった。前者の部屋には鍵がかかっていたが、後者の部屋には鍵がかかっていなかったので、ちょっと出かけているだけだろうと思った。ほどよい生暖かさのなかで長いこと待った。室内にはヴィンカの気配が満ちていた。メランコリックな、親密な、時の流れから外れた雰囲気が漂っていた。ベッドは乱れたままで、シーツにはまだ新鮮な若草とコロンの香りが残っていた。

少女の全宇宙がこの十五平方メートルの部屋に収まっていた。壁に画鋲《がびょう》で留められた『二十四時間の情事』と『熱いトタン屋根の猫』のポスター。コレット、ヴァージニア・ウルフ、ランボー、テネシー・ウィリアムズなどのモノクロ写真のポートレート。マン・レイによるリー・ミラーのエロチックな写真をイラストにした雑誌の一ページ。はがきに書き写したフランソワーズ・サガンのスピードと海と輝く黒に言及した一文。窓枠に置かれたヒスイランと、わたしが彼女の誕生日に贈ったブランクーシの彫像「マドモアゼル・ポガニー」のレプリカ。机の上には裸のまま積まれたCD。クラシックはサティ、ショパン、シューベルト、古き良きポップスはロキシー・ミュージック、ケイト・ブッシュ、プロコル・ハルム、そしてピエール・シェフェールやピエール・アンリ、オリヴィエ・メシアンなど、彼女が聴かせてくれたけれどわたしには難解すぎて理解できなかった現代音楽もあった。

サイドテーブルには、昨晩すでに目にした本が一冊、ロシアの詩人マリーナ・ツヴェターエワの詩集。本の見返しにはアレクシス・クレマンによるかなり巧みな献辞《けんじ》が記されていて、それが心底わたしを震えあがらせた。

ヴィンカに
わたしは肉体のない魂だけになりたい
あなたからけっして離れないですむように。
あなたを愛すること、それが生きることだ。
アレクシス

さらに数分間、ヴィンカが帰ってくるのを待つ。不安で腹の辺りがうずく。気を紛らわせるために、CDプレーヤーでヴェルヴェット・アンダーグラウンドの伝説的なアルバムの一曲目「日曜の朝」をかけた。今の状況にぴったりだと思ったのだ。透きとおるほど清らかで、有毒な。なおもわたしは待ちつづけ、そのうちにヴィンカはもう戻ってこないのだと混乱した頭で理解しはじめた。二度と帰ってはこない。しばらく部屋に居つづけながら、ヴィンカ依存症にでもなったかのように、そのかすかな気配を吸いこみ、さらに渇望した。

あれから今までの年月、ヴィンカがわたしに及ぼした影響力と、あの魅惑であり苦痛でもあった眩惑について、何度となくわたしは自問してきた。そして毎回、彼女はわたしにとっての麻薬だったのだという結論に至った。たとえば彼女といっしょにいるあいだですら、つまりヴィンカを独り占めにしているときでさえも、すでに禁断症状の感覚に襲われた。夢かと思う瞬間もあった。まるで完璧なポップミュージックのような、美しい調べと調和のとれた細かな場面の連続。しかし、その軽やかさはけっして長続きしなかった。それをまさに味わっているというのに、もうわたしはその瞬間がシャボン玉に似た儚《はかな》い恩寵《おんちょう》であることを知っていた。

そしてヴィンカは、わたしからすり抜けていった。

3

わたしは父からの電話に間に合うよう帰宅する。フランス本土からタヒチまでの長旅を終えたら、父がフランス時間の午後一時に電話をすると言っていたのだ。通話料が目茶苦茶に高いという理由と、父リシャールはそもそも口数が少ないので、その電話はごく短く、いくらか冷淡、つまり、わたしたち二人の通常の会話と同様のものだった。

　それから母が用意してくれたチキンカレーをどうにか吐くことなく食べ終える。午後は、本来やるべき数学と物理の練習問題に集中することで、悩ましい思考を追いやろうと試みる。微分方程式のいくつかは解けたけれど、しばらくして、もう神経を集中できないと悟って諦めた。パニック発作の兆候すら疑った。殺人現場のイメージが頭のなかを占領する。夕方に母が電話をしてきたとき、わたしは完全に自分自身を制御できない状態にあった。そこで何もかも話してしまおうと決心はしたものの、母はそんな機会をまったく与えてくれなかった。翌日にも、彼女のいるランド地方まで来るように言ったのだ。よく考えた末に母は、試験勉強中のわたしを二週間も一人きりにさせるのは良くないと思いなおしたらしい。勉強も、家族がいっしょならいくらか楽だろうというのが、母の結論だった。

　完全に参ってしまわぬように、わたしは母の提案を受け入れることにした。こうして月曜の朝まだ雪が降る暗いなか、わたしは列車に乗った。まずはアンティーブからマルセイユまで、そこから満員の長距離列車《コライユ》に乗りつぎ、二時間遅れでボルドーに到着。それを待たずに地域急行列車《TER》が発車してしまったものだから、フランス国鉄《SNCF》は長距離バスでダクスまで旅客を輸送しなければならなかった。ありきたりの苦難の一日、わたしがガスコーニュに着いたときはすでに午前零時を過ぎていた。

伯母のジオヴァーナは、ある片田舎で昔の大鳩舎《きゆうしや》付き住居を改造した石造りの家に住んでいた。ツタに覆われた大きな家は屋根が傷んでいて雨漏りがする。そのランド地方の、一九九二年末には、連日やむことなしに雨が降りつづけていた。午後五時になると辺りはすっかり暗くなり、まともな昼の時間があるのかと疑いたくなるようなありさまだった。

わたしは、伯母と母といっしょに過ごしたその二週間のことをはっきり覚えていない。家のなかには奇妙な雰囲気が充満していた。短くて寒い寂しい毎日がくり返された。わたしには、三人全員がどことなく病後の回復期にあるように思われた。わたしが母と伯母のようすを気遣う一方で、母たち二人もわたしのことを心配していた。ときおりけだるい午後などは、それぞれがくつろいだ姿勢で、もう何十回目かになるテレビの再放送で「刑事コロンボ」や「ダンディ2 華麗な冒険」、「サンタクロース殺人事件」を母が焼いたクレープを食べながら観た。

伯母の家に滞在中、わたしはいちども数学や物理のノートを開かなかった。不安から逃れるための、現実逃避のためのいつもの方法、つまり小説を読みふけった。その二週間についての細かい記憶はないと述べたが、そのとき読んだ本のことははっきりと覚えている。一九九二年の年末、わたしは、戦災に見舞われた土地で残酷な世の中を生き延びようとする『悪童日記』の双子といっしょに苦しんだ。海外県マルティニークのフォール＝ド＝フランスで『テキサコ』の地元民《クレオール》が住む界隈を歩き回り、『ラブ・ストーリーを読む老人』といっしょにアマゾンの密林をよこぎった。プラハの春、戦車に囲まれたなかで『存在の耐えられない軽さ』について熟考した。小説が心の傷を癒やしてくれることはなかったけれど、自分が自分であることの重圧を一時的に軽減はしてくれた。いわば気圧調整のエアロックの役割を演じてくれた。わたしを飲みこむ恐怖に対する堤防だった。

太陽がけっして昇ることのなかったあの二週間、毎朝のように、それがわたしには自由でいられる最後の一日の始まりだと確信していた。街道を車が通るたびに、わたしを逮捕しに来た地方警察《ジャンダルム》に違いないと思ったものだ。たったいちどだけ玄関のチャイムが鳴ったとき、刑務所には絶対に行かないと決意したわたしは、鳩舎の塔の最上部まで上がり、場合によっては飛びおりるつもりだった。

4

ところがだれもわたしを捕まえに来ない。ランド地方でもコート・ダジュールでも。一月の休暇明け、ほぼいつもどおりの生活が再開した。たとえアレクシス・クレマンの名が皆の口にのぼったとしても、それは彼の死を嘆くためではなく、ヴィンカと教師が以前から秘密の関係にあり、駆け落ちしたのだというもっともらしい噂を面白おかしく話題にするためだった。危なっかしい話がおよそそうなるように、学校の関係者全員が事件に夢中になった。各人が持論を、内密の話を、逸話を語った。だれもが好き放題にしゃべり、噂話に熱中した。以前は見識の高さでわたしが尊敬していた一部の教師までも、陰口にうつつを抜かすありさまだった。わたしは吐き気を催したのだが、彼ら彼女らは仲間同士で気の利いた言い回しを愉快そうに競い合った。それでも幾人かの教師、たとえばわたしの国語教師のジャン゠クリストフ・グラフ、そして文系プレパの英米文学教師マドモワゼル・ドゥヴィルは威厳ある態度を保っていた。ドゥヴィルの授業を受けたことはないが、母の学監室で彼女が「凡庸に慣れてはいけませんね、あれは伝染する病ですから」と言っているのを聞いた。

わたしはその言葉にずいぶん慰められ、以来ずっと、わたしが大事な決断をする際の指標となったほどである。

ヴィンカの失踪を真に心配した最初の人間は、彼女の祖父で身元後見人である高齢のアラステア・ロックウェルだった。昔ながらの厳《いか》めしい家長そのままの人物だと、ヴィンカから聞いていた。彼は孫娘の失踪に誘拐の可能性を見ていた。それは自分の一族への攻撃ではないかと疑っていたのだ。まさに自力で成功をものにした実業家の典型である。アレクシス・クレマンの両親も疑問を抱きはじめた。息子は友だちとスキーをするためベルヒテスガーデンで一週間を過ごす予定だったのに現れなかっただけでなく、例年のごとくいっしょに年を越すはずだった実家にも帰らなかったからである。

二人の失踪がそれぞれの家族を不安に陥《おとしい》れたのとは対照的に、警察はまともな捜査に人員を出動させるまで信じがたい時間をかけた。ヴィンカが成人であったことが第一の理由であり、つぎに司法機関が必要手続きを開始するまで長い時間を要したからだ。関係機関にとって、事件は恐ろしく錯綜《さくそう》していた。ヴィンカは仏・米の二重国籍者で、アレクシス・クレマンはドイツ国籍だった。二人がどこへ姿を消したのかもはっきりしなかった。どちらかひとりがどちらかに危害を加えたのか？　あるいは二人とも危害を加えられた被害者だったのか？

休暇明けから一週間以上も警察官はサンテクスに足を踏み入れようとしなかった。そして彼らの捜査はと言えば、ヴィンカあるいは哲学教師と近い関係にあった者たちにいくつか質問をする程度だった。二人の部屋をざっと調べたあと、そこを封鎖こそしたものの、科学警察の技官を動員することまではしなかった。

かなり時間が経ち、アラステア・ロックウェルがフランスに乗り込んできた二月末になってようやく事態に動きが見えた。老実業家は自分の影響力を行使し、さらには孫娘をみつけだすために私立探偵を雇うとメディア向けに発表したのだ。こうして警察が二度目の出動を行い、こんどはニースの地域圏司法警察局から人員が送られてきた。前回よりも多くの関係者——わたし、そしてマキシムとファニーも——が尋問される一方で、ヴィンカの部屋からは複数のＤＮＡが採取された。

証言と押収された文書などから、徐々に十二月二十日日曜日から翌月曜の十二月二十一日にかけての状況把握が可能となった。ヴィンカとクレマンが忽然《こつぜん》と姿を消した前後の二日間である。

あの日曜日、午前八時に、学校の守衛パヴェル・ファビアンスキはアレクシス・クレマンが運転するスポーツカー、アルピーヌＡ３１０を通すために校門の車両用遮断機を上げたと断言した。ファビアンスキははっきりと証言する。助手席にはヴィンカ・ロックウェルが座っていて、窓から手を出し、礼を言ったと。その数分後、同じようにオー＝サルトゥーのロータリーで除雪作業をしていた市の作業員たちはクレマンの車がいくらかタイヤを鳴らしながらアンティーブ方面に向かうのを目撃していた。それに加えて、アンティーブ駅近く、リベラシオン通りのコインランドリーの前で、駐車しているクレマンのアルピーヌが発見されていた。パリ行きの列車のなかでは、赤毛の若い女にボルシア・メンヒェングラートバッハ――クレマンが応援していたドイツのサッカーチーム――のエンブレムのついたキャップを被った男が付き添っているのを、多数の乗客が目にしていた。日曜の深夜、パリ第七区のサン＝シモン通りにあるホテル・サント＝クロチルドの夜勤のフロント係も、マドモワゼル・ヴィンカ・ロックウェルとムッシュー・アレクシス・クレマンが確かに宿泊したと証言した。彼は二人のパスポートのコピーもとった。予約は宿泊の前日に電話でなされ、支払いはホテルにて精算。ミニバー使用はビール二缶とパイナップルジュースが一瓶、〈プリングルズ〉二缶だった。そのフロント係は、若い女性客からチェリーコークは置いてないかと聞かれ、置いていないと答えたことまで覚えていた。

　そこまでは駆け落ちのシナリオどおりの展開だった。ところが捜査員らはその後の二人の足取りを失ってしまう。ヴィンカとクレマンはルームサービスでも、また階下のレストランでも朝食を摂《と》らなかった。早朝、清掃係の女性が廊下に出てきた二人を見たが、いつ彼らがホテルから出て行ったのかまでは分からなかった。化粧品と〈メイソンピアソン〉のヘアブラシ、香水の入ったポーチがバスルームに忘れられており、ホテルはそれを物置内の忘れ物保管用の棚に置いた。

捜査はそこで止まってしまう。ヴィンカとクレマンがほかの場所にいたという信憑性のある証言がひとつとして得られなかったからだ。当時、人々は一時の情熱が冷めた時点で二人が姿を現すだろうと思っていた。だがアラステア・ロックウェルの雇った弁護士たちはそれでも諦めようとしなかった。一九九四年になって、弁護士たちは裁判所に、ホテルの室内に残されていた歯ブラシおよびヘアブラシのDNA鑑定の実施を命ずるよう訴え、認められた。ヴィンカのDNAであるとの結果が出たものの、かといって捜査が一歩前進したわけでもない。もしかして刑事の幾人かが、事件が時効になってしまわぬように形だけでも捜査を再開した可能性も皆無ではないが、わたしが知るかぎり、それが捜査の幕切れであった。

その後、アラステア・ロックウェルは大病を患い、二〇〇二年に他界した。わたしは彼と二〇〇一年九月十一日のアメリカ同時多発テロ事件が起こる数週間前、彼の会社のニューヨーク支社があるワールド・トレード・センターの四十九階で会ったときのことを思いだす。老人は、ヴィンカとの会話のなかで何度かわたしのことが話題になり、わたしが優しくて洗練されており、思いやりのある人間だと聞いていると言った。その口調から、三つの形容詞が必ずしもわたしへの褒め言葉ではないことが分かった。わたしは、自分があまりに思いやりのある人間だからこそ、自分より頭ひとつ背の高い男をバールで打ちのめしたのだと反論したかったけれど、もちろん何も口には出さなかった。わたしが老ロックウェルに会ってくれるよう頼んだのは、彼の私立探偵がヴィンカの失踪に関して新事実を発見したのかどうか、その是非を知りたかったからだ。老人は否定で答えたが、それが真実なのかは分からない。

　そして時は流れた。年月が経つとともに、ヴィンカ・ロックウェルがどうしているのかを真に気にする人間はいなくなった。わたしはそのページをめくってしまわなかった数少ないひとりである。なぜなら公式の事件経緯が嘘だからである。そしてあれ以来、ひとつの問いがわたしを苛むことをやめなかったからだ。ヴィンカの失踪はアレクシス・クレマン殺害と連関していたのだろうか？　わたし自身、あれほど恋した女性の失踪に責任があるのだろうか？　二十年以上もその謎を解こうと努めてきた。それなのに、解答の端緒すら見えていなかった。

ほかの子とは違う男子

7　アンティーブの街角で

この本はおそらく探偵小説なのだろうが、わたしは探偵ではない。

ジェシー・ケラーマン

1

アンティーブ市内に入ると、昔よくモビレットを置いていたヴォーバン港の駐車場に車を停めた。世界有数の豪華ヨットがいくつか停泊する港である。一九九〇年の七月、まもなく十六歳になるわたしは、ここで初めてアルバイトというものをやった。じつに下らない仕事で、つまり観光客から三十フランをむしり取ってから、彼らが灼熱《しゃくねつ》の太陽に焼かれる駐車場に入れるよう遮断機を上げるのだった。『スワン家のほうへ』——クロード・モネの「ルーアン大聖堂」が表紙のポケット版——を読み、ウエーブのかかった金髪をブラントカットにしたパリジェンヌ、響きのいいベレニスという名の女の子を少し好きになった夏だった。

彼女は、浜辺に行く途中、駐車場事務所に立ち寄ってわたしと二言三言を交わすようになったが、かなり早い時点で、シャルル・スワンとかオデット・ド・クレシーの苦悩よりもグレン・メデイロスやニュー・キッズ・オン・ザ・ブロックに関心のある女子だと分かってしまった。

今日では自動開閉の遮断機が夏のアルバイト少年に代わっていた。わたしは駐車券をとると、港湾事務所の近くにスペースをみつけて車を停め、桟橋を歩きだす。二十年のあいだに多くのものが変わった。港に入る道も様変わりして、道幅は広くなりその大部分が歩行者専用になった。しかし眺めは不変だった。わたしにとっては〝コート〟一帯でいちばん見事な景色、青い海を前景に、ヨットのマストがなす森の向こうに姿を見せるカレ砦《とりで》のどっしりとしたシルエット、すべてを運び去ってしまいそうな紺碧の空、そして遥《はる》か遠くにその気配を感じさせる山並み。

ミストラルが吹いていたが、わたしはこの北風が大好きだった。その風のすべてが、わたしをふたたび過去に結びつけようと、かつてわたしが愛した場所、そして不吉な理由から離れたその場所にもういちど根付かせようと競い合うように吹きつける。幻想など抱いていない。この町はもはや少年時代の町ではないが、自分にとってのニューヨークと同様に、わたしは頭のなかにあるアンティーブの町を愛しつづけていた。ここはコートでよく見るケバケバしさから守られた、ほかとは違った町なのだ。ジャズの都、ロスト・ジェネレーションのアメリカ人たちが愛した町、わたしがヴィンカに見せてあげた町、わたしの人生で重要だった芸術家のほとんどを迎えた町である。モーパッサンが自分のヨット〈ベラミ〉を泊め、スコットとゼルダ・フィッツジェラルドが第一次大戦後の一時期をホテル・ベル・リヴで過ごし、ピカソがグリマルディ城のなかにアトリエを開き、そこはニコラ・ド・スタールが最も美しい作品を描いたアパルトマンのすぐそばだった。そして、わたしの小説すべてのサウンドトラックとも言えるキース・ジャレットの曲の数々、彼は定期的にここを訪れては野外ジャズ・フェスティバル〈松林《ラ・ピネード》〉の舞台に上がる。

港とかつての城塞都市との境になるマリーヌ門をくぐった。春の週末なので、かなりの賑《にぎ》わいだったが、町の持ち味を変えてしまうほどの観光の波にはまだ冒されていない。オベルノン通りでも人混みで歩けなくなるようなことはなかった。マセナ大通りの市場では、野菜売りや花屋、チーズ屋、プロヴァンス特産品の職人たちが店じまいを始めていたが、まだ場内は色とりどりで活気に満ちていた。方言が飛び交い、黒オリーブや砂糖漬けの柑橘類、ミントや乾燥トマトのにおいが際限ない芳香のシンフォニーを奏でる。市庁舎広場では、午前最後の結婚式が祝われていた。輝くばかりの新婦新郎が歓声とバラの花びらの嵐を浴びながら大階段を下りてくる。わたしはそれらのきらびやかさとは無縁だが——今のわたしにとって結婚は何の意味もなさない——、喜びの叫びと人々の表情を明るくする笑いが伝染するに任せる。

わたしは、父が若いころに住んでいた狭いサド通りからナシオナル広場に下りて、町の看板でもあり地元民が店主の愛称で〝マモ〟と呼ぶレストラン〈ミケランジェロ〉までぶらぶらと歩いた。テラスにまだ席があった。わたしはテーブルに着き、当地の食前酒、パスティス（アニスの香りが特徴のリキュール。南仏でとくに好まれる。水で割ると白濁する）とバジルを加えたレモネードを頼む。

2

わたしは学習机を持ったことがない。小学生のころから宿題をやるにも開けた空間を好んだ。以来、実家ではキッチン、外では図書館やパリのカルチェラタンのカフェなどで勉強した。ニューヨークでも仕事をするのは〈スターバックス〉かホテルのカフェ、公園、レストランだ。波音のような周囲の会話や、人々の暮らしから生じるざわめきがもたらす動きのある雰囲気のなかのほうが、わたしはよく思考が働くように思う。食前酒を待ちながらステファン・ピアネッリの著書をテーブルに置き、スマートフォンに届いたメッセージを確かめる。一件しか届いておらず、怒っているのか挨拶《あいさつ》抜きの「ゼリーから聞いたけれど、サン＝テグジュペリの五十周年祭に来ているんですって。トマ、いったいどういうつもりです？　フランスに来ていることさえ、わたしには言わないのね。今晩はうちに食事に来なさい。ちょうどペレグリノさんの家族を招いているので。あなたに会えたら喜ぶと思います」という母からのメッセージだった。「母さん、あとで電話するよ」とわたしは短く返信した。スマートフォンを取りだしたついでに『ニース・マタン』のアプリをインストールし、四月九日から十五日までの有料電子版紙面を購入した。

ざっと目を通して、すぐに目的の記事、つまりサンテクスの生徒が廃棄処分になった古いロッカーのなかから現金の詰まったバッグを発見したことを伝えるステファン・ピアネッリの署名記事をみつけた。だが読んでみても、重要な新事実はなかった。バッグの写真が載っていないのが残念だったが、記事にはサンテクスを見下ろす航空写真と錆びたロッカーの写真が添えてあり、「一部の生徒はみつけた戦利品の写真を複数ネットに上げたようだが、捜査の妨げになるとの理由で警察がその削除を命じた」との記述もあった。

わたしは考えた。削除された写真はどこかに残っているはずだが、時間をかけずにそれをみつけだす知識がわたしにはない。『ニース・マタン』のアンティーブ支局はこのすぐ近く、ナシオナル広場のバスターミナルのそばにあった。ためらった後、ピアネッリに電話をしようと決める。

「やあ、ステファン、トマだ」

「おれなしには生きていけないようだな？　作家先生」

「今〝マモ〟に来ているんだ。もし来られるなら、いっしょに子羊の肩肉を食べないか？」

「じゃあ注文しといてくれ！　記事を終えたらすぐに行く」

「何の記事？」

「国際会議場で閉幕したばかりの〈老後と余暇〉の見本市について。この記事でアルベール・ロンドル賞（フランスで最も権威のあるジャーナリズムの賞。仏語圏のピュリッツァー賞）はもらえないな、それだけは確かだ」

ピアネッリを待つあいだ、わたしは彼の著書を手にとり、毎回そうだが、表紙カバーの写真に見入ってしまう。ダンスフロアに立つヴィンカとアレクシス・クレマン二人の写真だった。それは十二月半ばに催された年末パーティーの写真で、教師の殺害とヴィンカ失踪の一週間前に撮影されたものだった。その写真を見るのがわたしには辛い。みずみずしさと美しさの頂点にあったヴィンカが、ダンスの相手を食い入るように見つめている。その目は愛と崇拝、そして気に入られたいという願望に満ち溢れている。二人のダンスはツイストの一種で、撮影者は優雅かつなまめかしい瞬間を捉えていた。ロベール・ドアノーによる映画『グリース』の新解釈版といったところだ。

　そもそもこの写真を撮ったのはだれか？　考えてみたこともなかった。生徒のひとり？　教師だろうか？　巻末のクレジットを見たが、「全著作権所有 ニース・マタン」としか記されていなかった。スマートフォンで表紙の写真を撮り、それをショートメッセージ《SMS》でラファエル・バルトレッティに送る。ラファエルはトライベッカ地区のわたしと同じ通りに住む超売れっ子のファッション・カメラマンだ。とにかく真の芸術家であり、映像文化についての深い知識で物事の細部を読みとるが、その特異な分析がほとんど例外なく的確なのだ。すでに何年も前から、わたしは彼に宣伝プロモーション用の写真と表紙カバーに使う写真を頼んでいる。わたしは彼の仕事を評価している。なぜなら彼は、わたしのなかから、かつてわたしが持っていたけれど失ってしまった光を探しだすことができるからだ。彼によるわたしのポートレートは、もっと陽の当たる、もっと苦しみの少ない、より良いわたしを表現してくれるからだ。もっと穏やかな人生だったなら、そうなっていたに違いないわたしを。

ラファエルはすぐに電話をしてきた。彼が話すイタリア訛《なま》りのあるフランス語にはだれもが参ってしまう。

「やあ、トマ《チャオ》。今、ミラノに来てるよ。〈フェンディ〉のキャンペーンの撮影なんだ。きみが送ってくれた美女はだれだい？」

「ぼくが恋していた女性だけど、ずっと昔の話さ。ヴィンカ・ロックウェルっていう」

「思いだした、きみがいつか話していたな」

「写真を見てどう思った？」

「きみが自分で撮ったのか？」

「いや違う」

「技術面で言うとちょっとブレてるが、撮影者は良いタイミングを選んでいる。それがいちばん重要なんだ、その決定的瞬間がね。カルティエ＝ブレッソンがこう言ったのを知っているかな？　〝写真は表現力に溢れる均衡の動きのなかで捉えなければならない〟と。まさにそれをこの写真の撮影者はやっているわけだ。儚い一瞬を捉えて永遠に変えてしまっている」

「きみは写真ほど人を欺《あざむ》くものはないって、いつも言っているね」

「だって、それが事実だからさ！」ラファエルは叫ぶように言った。「でも、矛盾はしていない」

電話の向こうから音楽が聞こえてきた。女性の声が写真家に早く電話を切るように言った。

「ごめん、もう切らなきゃ、また電話する」ラファエルは謝りながら電話を切った。

わたしは本を開いて読みはじめる。情報が溢れるくらいに詰まっている。ピアネッリは警察の報告書に目を通すことができたようだ。捜査官たちが集めた証言を、彼は自分で繋ぎ合わせていた。わたしはこの本を刊行当時に読んだが、すでにパリで暮らしていた当時、失踪事件の証人である可能性のある者か、わたしが勝手にそう思った者たちに質問をするなど、わたし自身も独自の調査を行ったものだ。二十分ほど斜め読みをしたが、証人それぞれの記憶が一致して同じ話を辿っており、時とともにそれが公式の事件経緯となっていた。二人がアルピーヌに乗ってサンテクスを出た、パリ行きの列車内にいた「燃えるような赤毛の若い女」、それに付き添う男性教師が「発音が難しいドイツのサッカーチームのエンブレムがついたキャップを被っていた」、サン＝シモン通りのホテルに着いた二人、「とても若い女性がチェリーコークを欲しがった」、廊下に姿を見せた二人、そして翌朝には姿を消した、「出勤したホテルのフロント係が夜勤の係と交代したとき、二人の部屋の鍵はフロントに戻されていた」と。本は通説に対する疑問点を列挙し、不明な部分を前面に提示していたが、整合性のある代替案を導くような材料は何ひとつ提供していなかった。わたしには、記者ピアネッリに比べてひとつの利点があった。ピアネッリにとって本件の経緯が嘘だらけというのは嗅覚《きゅうかく》による推測でしかないが、このわたしには嘘だと分かっていた。クレマンは死んでいたのだから、あの二日間、ヴィンカに付き添っていたのは彼ではない。わたしが恋したヴィンカは、もうひとりの男と駆け落ちしたのだ。二十五年前からわたしが追いかけているのに

3

「なるほど、健全なる読書に耽《ふけ》っているじゃないか!」ピアネッリがわたしの向かいに座りながら言った。

わたしは本から目を上げたが、過去の迷路のなかをさまよっていたせいで頭が少しぼんやりしていた。

「きみのこの本がサンテクスの図書館のブラックリストに挙げられているのを知っていたか?」

ピアネッリは小皿から黒オリーブをつまんだ。

「まあな、あの気難しいゼリーばあさんのせいだよ! だが、読みたい人間はネットのPDFで読めばいいんだ、思う存分回覧するのも自由で問題ないからな!」

「今の女生徒たちがヴィンカに熱中している現象を、きみはどう説明する?」

「この彼女を見てみろよ」そう言いながらピアネッリは本の写真ページを開いた。

わたしは見ようともしない。それらを見つめるまでもなく、ヴィンカの写真なら仔細《しさい》に覚えている。あの切れ長の目、銀色の瞳、梳《と》かしてあるようなないような髪、すねている口元、慎みと挑発が相半ばするいたずらっぽい態度。

「ヴィンカは特異な自分のイメージを作りあげていた」ピアネッリが要約を試みる。「ブリジット・バルドーとレティシア・カスタのちょうど中間のような、フランス流のシックを具現化してみせたんだ。そして何より、彼女がある種の自由の化身であることを忘れてはいけない」

ピアネッリはグラスに水を注いで飲み干した。

「もしヴィンカが今二十歳だったら、絶対に〈大注目の少女《イット・ガール》〉になっていて、インスタグラムに六百万のフォロワーがいただろうな」

店主のマモが自ら肉を持ってきて、目の前で切りわけてくれた。黙ってそれを味わってから、ふたたびピアネッリは話を続ける。

「それらのすべてが彼女自身を超えてしまっていた、まあ、当たりまえの話だが。きみより彼女のことを知っていたとは思ってないけど、正直言って、あの彼女のイメージの裏にいたのは、けっこうふつうの女性だったんじゃないか、どう思う？」

わたしが何も答えないので、彼は挑発する。

「きみが彼女を理想化するのは、要するに、彼女が十九歳で失踪してしまったからだろう。でも、ちょっと想像してみろよ、きみたちが結婚していたらって。それで、今の情景を思い浮かべてみる。子供が三人いて、ヴィンカは二十キロほど体重が増えて、乳房は垂れ下がり……」

「黙れ、ステファン！」

わたしは声を荒らげた。ピアネッリは引き下がり、謝罪して、そのあとの五分間は二人とも子羊と付け合わせのサラダを片づけるのに精神を集中させた。会話を再開させたのはわたしである。

「この写真だけど、だれが撮ったのか分かるか？」わたしは本の表紙カバーを示しながら聞いた。

ピアネッリは額にしわを寄せ、それから何か過ちを見咎《みとが》められたかのように表情をこわばらせた。

「それは……」と言いながら彼も巻末のクレジットを確かめる。「おそらく、うちの会社の記録文書《アーカイブ》に今でも残っているとは思う」

「調べてくれないか？」

彼はベストからスマートフォンを取りだしてSMSを打ちはじめた。

「クロード・アンジュヴァンに連絡してみる。一九九二年当時に事件を追っていた記者だ」

「まだ新聞社にいるのか？」

「冗談だろ、もう七十だぞ！　ポルトガルでのんびり暮らしてるよ。でも、どうしてこの写真を撮った人間を突き止めたいんだ？」

すかさず、わたしはもうひとつの問いで答える。

「写真の話のついでにだけど、きみは記事のなかで、生徒たちが錆びたロッカーのなかから十万フランの入ったバッグを発見して、その写真をネットに上げたと書いていたな」

「そうだ、だけど刑事《デカ》たちが削除させたよ」

「でも、きみはそれを手に入れた……」

「よく分かるな」

「ぼくに送ってくれるか？」

彼はスマートフォンの写真を探しはじめる。

「きみはこの件に興味がないとばかり思っていたんだが」彼が皮肉を言った。

「もちろん興味はあるさ、ステファン」

「メールアドレスは？」

アドレスを伝えているうちに、ある明白な事実に気がついた。この土地での情報網を失い連絡できる相手がいなくなっているわたしとは逆に、ピアネッリはずっと地元で暮らしてきた。ヴィンカに何が起きたのか、そして、わたしとマキシムを脅迫するのがだれなのか知る機会を得たいのなら、わたしはこの新聞記者と組む以外に選択肢はないだろう。

「お互い協力しないか、どうかな、ステファン？」

「何を考えているんだ、作家先生？」

「われわれはヴィンカの失踪について、それぞれ独自の調査を進めるが、情報は共有する」

彼は首を振った。

「そのルールをきみが守るとは思えないんだが」

そういう返事は予想できた。ピアネッリに承知させるには、リスクを覚悟しなければならないとわたしは判断した。

「ぼくの提案に裏がないことを示すために、だれも知らない、ある事実をきみに教えてやろう」

彼の強い緊張が伝わってきた。まるで綱渡りだとは思ったが、所詮《しょせん》、わたしは綱渡り芸人のような生き方をしてきたのではなかったか？

「ヴィンカは失踪したとき、アレクシス・クレマンの子を宿していた」

ピアネッリはわたしに半信半疑の目を向ける。

「はっ？　どうしてきみが知ってるんだ？」

「ヴィンカ本人から聞かされた。妊娠検査薬の結果まで見せてくれたんだ」

「なぜあの当時それを明かさなかった？」

「彼女の個人的な問題だったし、その事実が捜査に何らかの変化をもたらすとは思えなかったからだ」

「もちろん変化ならあったさ、冗談じゃないぞ！」ピアネッリは苛立《いらだ》った。「捜査方針が変わったはずだ。二つの命じゃなくて、三つの命を救うことになっただろうからな。事件に赤ん坊が絡んでいたならなおさらで、メディアが大騒ぎしたはずじゃないか」

彼はおそらく間違っていない。ほんとうのことを言えば、あの妊娠検査薬の陽性を示していた線が赤ん坊を意味するなどと考えたことはなかった。当時、わたしは十八歳だったのだ……。

ピアネッリは椅子に座ったまま落ち着きなく身体を動かして何かを考えているようだった。彼は取材用のメモ帳を出し、何かを書きつけながら様々な可能性をふたたび検討している。なかなかわたしとの会話に戻るようすはない。

わたしから質問してみる。「きみが言うように、ヴィンカがふつうの女性なら、なぜそれほど彼女に興味を持つんだ？」

ピアネッリは頑固だ。

「おれはヴィンカに興味があるんじゃない。彼女を殺したやつ、あるいは殺したやつらに興味がある」

「彼女が死んでいると本気で思っているんだな？」

「人はあんなふうにいなくなったりしない。十九歳だぞ、たったひとりか、ほぼそれに近い状態で所持金もなかった」

「それなら、きみの説というのは？」わたしは聞いた。

「例の金が発見されて以来、おれはヴィンカがだれかを強請《ゆす》っていたという確信を持った。おそらく、その何者かは脅迫されることに我慢ならなかったから、逆にヴィンカにとっての脅威となった。犯人は赤ん坊の父親ではないかな。おそらくクレマンか、あるいは、ほかの男かもしれない……」

彼がメモ帳を閉じたとき、挟んであった数枚のチケットが滑り落ちた。記者の顔に笑みが広がる。

「今晩デペッシュ・モードのライブがあるんだ！」

「どこで？」

「ニースのシャルル＝エルマン・スタジアムだよ。いっしょに来るか？」

「うーん、シンセ・ポップはそれほど好きじゃない」

「シンセ？　最近のアルバムを聴いてないな」

「夢中になったことがないんだ」

ピアネッリは目を細めて記憶を辿る。

「八〇年代末の、あの〝１０１〟ライブ・ツアーをやっていた当時のデペッシュ・モードは世界最高のロックバンドだった。一九八八年、おれはモンペリエの〈ゼニット〉でやったコンサートに行ったんだ。そのサウンドは、まさに爆弾だった！」

彼の瞳にきらきらと星が光って見えた。わたしはからかう。

「八〇年代後期ならクイーンだろう、世界一のロックバンドだったのは」

「おいおい！　まじめに言ってるのか、それならそれで問題ありだぞ。Ｕ２って言うのならまだ許せるけど……」

その数分間、二人はともに警戒を解いた、彼も、わたしも。束の間、われわれは十七歳に戻っていた。ステファン・ピアネッリはデイヴ・ガーンがあの世代で最高のシンガーだとわたしを何としても言い負かそうとし、わたしのほうは「ボヘミアン・ラプソディ」より上はないと主張した。

そして、魔法はやはり唐突に解けてしまった。

ピアネッリが腕時計を見て、慌てて立ちあがる。

「やばい、急がないと。モナコまで行かないといけないんだ」

「記事を書くのか？」

「そう、フォーミュラE選手権のフリー走行があるんだ。電気自動車のF1だな」

彼はトートバッグを摑むと、わたしに手を振る。

「電話で連絡を取りあおう」

ひとりになったわたしはエスプレッソを頼んだ。頭がぼんやりして、ピアネッリとのやりとりをうまく仕切れなかったという思いがあった。結果的にわたしは、彼に弾薬を補給したのに、彼からは何ひとつ対価を得ていなかった。くそっ……。

勘定を頼むために手を挙げた。それを待ちながら、ステファンが送ってくれた写真を見ようとスマートフォンを開く。それほど期待していなかった、念のために送ってもらったのだ。だが、完全にわたしは間違っていた。写真を見た数秒後、手が震えだした、あまりに震えがひどいのでスマートフォンをテーブルに置かざるをえなかった。

その柔らかな革製のバッグ、わたしは、それがかつて実家のあちこちに置かれていたのをいつも目にしていたのだった。

悪夢は続く。

8　『グラン・ブルー』の夏

すべては思い出でしかない、生きつつある瞬間を除いたら。
テネシー・ウィリアムズ

1

城壁の前の漁師の牧場広場《プレ＝デ＝ペシユール》はたいへんな人混みだった。まるでカーニバル、色とりどりの山車《だし》の列が動きだして昔ながらの花合戦が始まった。両親に連れられた小さな子供たち、仮装した少年少女、ふだんはペタンク（南フランス発祥の球技）のコートから離れることのない地元の年寄りたちの楽しく賑やかな群れが保護用フェンスの後ろに並んでいる。

わたしが子供のころは、花合戦の行列が町中を練り歩いたものだ。今では保安の問題があるので十メートルおきに警官が配置され、行列はヴェルダン大通りをぐるぐる回りつづけるようになった。楽しい雰囲気のなかにもある種の緊張が感じられる。人々はのんきに楽しみたいところだろうが、七月十四日の革命記念日にニースで起きたテロ事件（二〇一六年七月十四日、ニースの海岸に面した遊歩道プロムナード・デ・ザングレで花火を見物していた人々の列に猛スピードのトラックが突入し八十四人が死亡した）の記憶がまだ新しすぎた。ナデシコの花束を持った子供たちがフェンスの後ろに追いやられているようすを見て、わたしは悲しみと同時に憤《いきどお》りを抑えられなかった。テロの脅威がこの地でも、わたしたちから自然体かつ陽気でいられる余裕を殺してしまった。いくら強がってみても、われわれの恐怖感がほんとうに消えることはなく、喜びのなかに、消すことのできない影を落としていた。

わたしは人混みをかき分けヴォーバン港の駐車場へと向かった。ミニ・クーパーはもちろん元の場所に停まっていたが、何者かがワイパーのひとつに厚い茶封筒を挟んでいっていた。名前も住所もない。運転席に座ってから中身を調べた。封筒を開けるあいだにも、また胃痙攣に襲われたような気分になった。匿名《とくめい》の手紙が良い知らせであるはずがない。不安ではあったが、わたしを待ち受けている大地震のすさまじさまでは予想していなかった。

封筒には十枚ほどの写真が入っており、年月を経て黄ばんだ写真は色彩も薄れていた。最初の一枚を見たわたしの前に深淵《しんえん》が広がる。わたしの父が、ヴィンカに濃厚なキスをしている瞬間が撮られていた。耳鳴りがし、胃がひきつって吐き気を催す。車のドアを半開きにして苦い胃液をぶちまけた。

嘘だろう……。

衝撃が覚めやらぬまま、写真を一枚ずつ見ていく。どの写真も同じような雰囲気のものだった。合成かもしれないと考える余地すらなかった。心の奥底でわたしは、写真のなかで不滅のものとなってしまったそれらの場面が、現実に起こったことであると理解した。おそらく、わたしの心のある部分は驚きさえしなかったのかもしれない、それが、わたしに託された秘密であるかのように。だがそれは、わたしの無意識の襞《ひだ》と襞の隙間《すきま》に隠されていたのだ。どの写真にも写っている父というのは、〝リチャード獅子心王《ししんおう》〟あるいは〝リック〟と呼ばれるリシャール・ドゥガレだ。一九九〇年代初頭、父は今のわたしとほぼ同じ年齢だった。細違うのは、わたしとは似ていないことである。父はすらりとして品があり、美男だった。いい男で、身に、いくらか伸ばした髪、シャツもボタンを胸元まで外して着るというように。口も達者、賭《か》け事もやる快楽主義者のリックは、つまるところアレクシス・クレマンとそう変わらない、十五歳ほど年長なだけで。美しい女たち、スポーツカー、漆塗りのライター、〈スマルト〉のジャケットが好きな男だ。認めるのは悲しいが、写真に写るヴィンカと父はそれほど不釣り合いでなかった。二人とも貴族然とするのが似合う種類の人間だった。人生において絶えず人々の前面にいて、その場にいるほかの者を端役にしてしまうような存在。

それらの写真は、すべて隠し撮りによるもので、異なる二か所で撮影されていた。最初の場所はすぐに分かった。時季はずれのサン＝ポール＝ド＝ヴァンス。〈カフェ・ド・ラ・プラス〉を始め、オリーブの搾《しぼ》り場跡、付近一帯を見わたせる城壁、マルク・シャガールの眠る旧墓地など。ヴィンカと父は手と手を取りあい、見るからに仲睦《なかむつ》まじい恋人同士のようにそぞろ歩きをしている。二つ目の撮影場所を判別するのは困難だった。父のアウディ80のカブリオレが林のように切り立つ白い岩のなかに停められている。つぎに岩を削った階段。遠くに花崗岩《かこう》のような光沢の切り立った崖を見せる島。それを見てピンときた。マルセイユの荒磯《カランク》の入江。堤防に守られた小さな砂浜、それは猿の入江《ベ・デ・サンジュ》の浜だった。地の果てにある浜辺、父はそこに家族を一度か二度連れて行ったことがあるが、そこはまた秘密の恋を楽しむ場所でもあったようだ。

喉《のど》がカラカラになっていた。嫌悪の情を抑えつつ、わたしは写真に細心の注意を払った。どこか芸術的センスがあり、どれも巧みな撮影だった。これをわたしに届けたのはだれか？　そしてだれが撮ったのか？　当時のカメラは、今に比べたらまだ望遠撮影の操作が難しかったはずだ。これほど細部まで捉えているのだから、撮影者は被写体からそれほど離れてはいなかったはずで、ほんとうに二人が撮影されているのを知らなかったのかとわたしは疑ったほどである。父は知らなかっただろうが、ヴィンカはどうだろう？

わたしは目を閉じてそのシナリオを描いてみる。これらの写真が父を強請るために使われたことは間違いない。数分前にわたしが発見したものがそれを物語っている。ピアネッリが送ってくれたスクリーンショットの画像を見て、わたしは、そのバッグがかつて父リシャールの持っていたクロコ型押しのバッグ――これには確信があった――であることを知ったのである。父が十万フランの入ったバッグをヴィンカに渡したとすれば、それは彼女が二人の関係を公表すると脅迫したからだろう。

あの妊娠の告白だって脅迫のネタだったのかもしれない……。

新鮮な空気が吸いたかった。エンジンを始動させて幌《ほろ》を収納し、海岸へと車を向けた。もはや父との対決を遅らせることは不可能になった。車を走らせながらも、運転に集中できなかった。ヴィンカの写真が頭にこびりついていた。彼女の目に一種の悲しみと不安を同時に見るのは、それが初めてだった。彼女が怖がっていたのはわたしの父だったのか？　ヴィンカは被害者、それとも人心操作に長けた悪魔的な人間、どちらだったのか？　あるいは、そのどちらでもあったのだろうか……。

2

アンティーブでいちばん有名なディスコテック〈ラ・シエスタ〉の辺りで、ニース方面に向かう道路の信号が赤になり車を停めた。以前と同じく、長ったらしいこと限りなかった。十五歳のとき古いモビレットに乗っていて、たったいちどだけ信号無視をしたことがある。運悪く、その日に限ってネズミ取りがあり、わたしは調書を取られた。七百五十フランの罰金、そのあと何か月ものあいだ家で会話のタネにされた。ドジで気が優しいだけの若者ならではの不運。その不快な記憶を追いやると、もうひとつのイメージが目に浮かんできた。カシャ、カシャ。いつも〈ライカ〉を持っていた少女。カシャ、カシャ。実際にカメラを首にかけていないときでも、想像上のカメラを人に向けつづける娘。後ろからクラクションを鳴らされる。信号が青に変わっていた。わたしは、だれが父とヴィンカの写真を撮ったのか知っている。〈フォントンヌ病院〉に向けてアクセルを踏んだ。

昔は名高いアンティーブの園芸農園であったフォントンヌ区は、町の東部に位置している。地図で見るなら海岸沿いに広がっているが、実際は思うほど牧歌的な地域ではない。海に面しているのは道路沿いの小石の浜だけで、住宅地と海とは国道および線路で仕切られている。一九八〇年代の半ば、わたしはその区にある中学校《コレージュ》〈ジャック・プレヴェール〉に通っていたが、あまりよい思い出はなかった。学校としてのレベルは低かったし、雰囲気も悪く、校内暴力がはびこり、まじめな生徒たちにとっては辛かった。一握りの勇気ある教師たちがなんとか学校を支えていた。その教師たちと、マキシムとファニーがいなかったら、わたしも悪い方向に流されてしまったことだろう。わたしたち三人がサンテクスへの入学が許された後、われわれの生活は極端に変化した。恐れを抱かずに学校に行けるということを知ったのである。

その後、コレージュ〈ジャック・プレヴェール〉の評判は良くなり、学校界隈の雰囲気も一変した。病院に接する区の一画ブレギエールでも、かつてあった温室は姿を消し、代わりに住宅分譲地とあまり大きくない瀟洒《しょうしゃ》なレジデンスが建ち並んだ。観光地らしさはまったくないが、働き盛りの住民が多い、各種店舗も揃った住宅地となった。

わたしは車を病院の屋外駐車場に停めた。今朝から、あるひとつの場所がわたしの記憶のいくつかを同時に蘇らせたのは初めてではない。この病院については、二つの記憶があった。良いものと悪いものが。

一九八二年の冬、わたしは八歳だった。家の庭で、わたしのビッグジム人形をバービーの従者《じゅうしゃ》にしようと奪った姉を追いかけて、夏用の鉄製ベンチにぶつかり倒してしまった。そして自分も倒れた拍子にベンチの角で耳を切った。この病院で、不慣れな研修医が縫合《ほうごう》した傷にガーゼも当てずに絆創膏《ばんそうこう》が貼られた。傷は化膿《かのう》して、わたしは数か月ものあいだ運動を禁止された。

今でもそのときの傷が消えずに残っている。

もうひとつの思い出は、出だしは悪かったものの、より楽しいものだった。一九八八年の夏、サッカーの試合でクラウス・アロフス並みのフリーキックを決めた直後に、隣町ヴァロリスの柄《がら》の悪い連中から暴行を受けた。腕の骨を折られ、そのショックで気を失ったため二日間の検査入院を余儀なくされた。マキシムとファニーが見舞いに来てくれたことを覚えている。ギプスに最初の言葉を書いてくれた二人である。マキシムは「がんばれ、OM!」、「ゴールを決めろ!」としか書かなかったが、当時はそれ以上に重要なことがなかったからだ。ファニーはもっと時間をかけた。そのときの姿をはっきりと覚えている。あれは学年末、あるいはもう休みに入っていたかもしれない。一九八八年七月は映画『グラン・ブルー』の夏だった。逆光のなかでわたしのベッドに身を屈《かが》めるファニーのシルエット、日差しに乱反射するブロンドの後れ毛。彼女は二週間前いっしょに観た映画の台詞の一部をギプスに書いてくれた。映画の終わりでフリーダイバーのジャック・マイヨールが「おれは見に行かないといけないんだ」と言ったあと、ジョアンナが答える言葉だった。

「見に行くって何を? 見るものなんて何もないでしょ、ジャック、真っ暗で冷たい、それだけ！　だれもいないし。でもわたしはここにいる、生きているし、存在しているの！」

わたしは四十歳を過ぎたけれど、この会話を思うたび胸が掻《か》きむしられる。そして、以前よりもむしろ今日のほうが強くそういう思いがするのだ。

3

不統一な建物がモザイクのように集まった総合病院の施設はまるで迷路だった。いくつもの案内パネルを頼りにどうにかこうにか先に進む。一九三〇年代の石造建築の本棟脇に、時代の流れとともに付属の病棟がつけ加えられてきたのだ。いずれもが、ここ五十年来の建築様式の良いものと悪いものの見本だった。黒ずんだレンガ積みの平行六面体やピロティー上部の鉄筋コンクリートの塊、金属製の骨組みを見せる立方体建築、そして緑の空間……。

心臓外科病棟はより新しい卵形の建物のなかにあり、ガラスと竹でうまく構成された正面《ファサード》を見せていた。

わたしは明るい玄関ロビーをよこぎって受付カウンターに向かった。

「ムッシュー、ご用件は？」

脱色したブロンドの髪と裾のほころびたデニムスカート、XXSのティーシャツ、ストッキングはヒョウ柄、受付の女性はデボラ・ハリーの生き写しだった。

「心臓外科医長のファニー・ブラヒミ先生に会いたいのですが」

ブロンドの女性は受話器をとった。

「お名前は？」

「トマ・ドゥガレです。至急の用件で来たと伝えてください」

小さな中庭《パティオ》で待つよう言われた。板張りの床に置かれたソファーにくずおれるように座る前、ウォーターサーバーの冷たい水を三杯も飲み干した。まぶたの裏に父とヴィンカのイメージがこびりついていた。悪夢はわたしの隙を突いて、ヴィンカの思い出を錯綜させ、その輝きを失わせつつあった。今日一日ずっと、わたしの耳に囁きつづける繰《く》り言《ごと》「おまえはほんとうのヴィンカを知らなかったのだ」について考える。その指摘は的外れだ。わたしは、だれかをほんとうに知っているなどとけっして強弁するつもりはない。わたしは「だれもが三つの人生を持っている。公的な人生、私的な人生、そして秘密の人生である」というガルシア゠マルケスの金言の信奉者なのだ。だがヴィンカについては、その三つ目の人生がまったく予期しなかった領域にまで広がっていた、と認めるほかなかった。

わたしはナイーブではない。思春期の恋心のなかで膨らんだイメージを胸に抱きつづけてきたとの自覚は充分にあった。それが、当時のわたしの憧《あこが》れ――『グラン・モーヌ』や『嵐が丘』から抜け出してきたロマンチックな女性主人公と清純な恋愛をすること――に沿ったものだったこともよく分かっている。実際の彼女ではなく、わたしがそうであってほしいと望んだヴィンカを勝手に作りあげていた。自分の頭のなかにしか存在していないものをヴィンカに投影していた。だが、あらゆる点で間違っていたと認めること、そんなことはできなかった。

「しまった、わたしタバコを置いてきちゃった。悪いけど、ロッカーのバッグをとってきてくれない？」

ファニーの声が過去の反芻《はんすう》からわたしを現実へと引き戻す。彼女がキーホルダーをデボラに向けて放り投げると、彼女は上手にキャッチした。

「何なの、トマ？　何年も連絡すらしてこなかったのに、こんどはわたしから離れられないってわけ？」飲み物の自動販売機に向かいながらファニーは言った。

彼女が医師でいるところを見るのは初めてだった。水色のコットンのズボンに同色の長袖上着、紙製のキャップで頭を覆っていた。今朝見たときより厳しい表情だった。ブロンドの前髪から覗く澄んだ瞳には、暗く激しい炎が光って見えた。まさに病と闘う輝かしい女戦士といったところだ。

ファニーとは何者か？　味方、あるいは悪魔の右腕？　結局のところ、過去において、わたしが誤った評価を下していたのはヴィンカだけではなかったのだろうか？

「ファニー、きみに見せたいものがある」

「わたしあまり時間がとれないんだけど」

彼女は機械にコインを入れた。医師としての緊張が解けていないのだろう、選んだ〈ペリエ〉がなかなか落ちてこなかったので販売機を怒鳴りつけた。ファニーはわたしに手招きをして、外にある病院関係者用の駐車場のほうに向かった。そこでキャップを外して髪をほどき、手術用の上着も脱いで、おそらく彼女の車と思われる——エリック・クラプトンやブルース・スプリングスティーンの古いアルバムに登場するような——深紅の旧型ダッジ・チャージャーのボンネットに腰をかけた。

「ぼくの車のフロントガラスに挟んであった」わたしは言いながらクラフト紙の封筒を見せる。「きみか?」

ファニーは首を振り、封筒を手にとって重さを確かめたものの、なかに入っている物が何か知っているかのようで、すぐに開けようとはしなかった。ほんの一分前まで緑がかっていた彼女の瞳は、灰色の、悲しい色に変わっていた。

「ファニー、この写真はきみが撮ったのか?」

有無を言わさぬわたしの質問に、ファニーは仕方なく封筒から写真を取りだす。彼女は目を伏せ、最初の二枚の写真にさっと目をやると、封筒ごとわたしに返してきた。

「トマ、今あなたがすべきことを言いましょうか、飛行機に乗ってニューヨークに戻ること」

「それはあんまり期待しないほうがいい。写真を撮ったのはきみだ、違うか?」

「そうよ、わたしが撮った。二十五年前の話」

「理由は?」

「理由は、ヴィンカに頼まれたから」

ファニーはタンクトップの肩紐《かたひも》を引っぱりあげ、前腕で両目をこすった。

「もう遠い昔のことだけど……」彼女はため息をつく。「当時のあなたの記憶は、わたしのそれとは違うの」

「何が言いたいんだ？」

「真実を認めることね、トマ。あの一九九二年の終わり、ヴィンカは完全に切れてしまっていた。制御不能、外れた車輪って感じだった。思いだしてよ、レイブパーティー（野外や倉庫などで一晩中行われる大規模なダンスパーティー）が流行《はや》りだしたころで、校内にも薬が溢れていたでしょう。そんな状況で、ヴィンカがためらうと思う？」

確かに精神安定剤や睡眠薬、エクスタシー、アンフェタミンがヴィンカの救急箱のなかに入っていたのをわたしは覚えている。

「あの年の十月か十一月のある晩、ヴィンカがわたしの部屋にやって来た。自分があなたのお父さんと寝ていると言って、二人の後をつけて写真を撮ってくれってわたしに頼んだの。彼女は……」

受付のデボラが近づいてくる足音でファニーの告白は中断された。

「先生、バッグをお持ちしました！」とデボラ。

ファニーは彼女に礼を言う。タバコの箱とライターを取りだし、バッグを自分の脇のボンネットの上に置いた。白地にベージュの格子柄、留め金が蛇《へび》の頭で、瑪瑙《めのう》の目は黒い脅威を放っているかのようだ。

「ヴィンカはその写真を何に使うつもりだったんだ？」

ファニーは肩をすくめ、タバコに火を点けた。

「あなたのお父さんを強請るつもりだったんじゃないの。もうお父さんとは話したの？」

「まだだ」

わたしのうちに怒りと同時に失望感が湧《わ》いてきた。

「ファニー、何でそんなことの手助けをしたりしたんだ？」

彼女は首を振ってからタバコを吸いこむ。目の輝きが消えていた。その目を細め、涙をこらえているようにも見えたが、わたしは追い詰める。

「なぜ、ぼくにそんなことした？」

わたしは大声をあげていたが、彼女はボンネットから立ちあがり、挑戦するかのように、もっと強い声で叫ぶ。

「ばかじゃないの、あなたが好きだったからでしょう！」

バッグが地面に落ちる。怒りで目を真っ赤にしたファニーはわたしを小突《こづ》いた。

「ずっとあなたのことが好きだった、トマ、ずーっとね！　あなたもわたしのことが好きだった、ヴィンカがぜんぶを目茶苦茶にしてしまうまでは」

憤慨したファニーはわたしの胸を叩く。

「あの娘《こ》のために、あなたは何もかも放棄してしまったじゃない。彼女に気に入られようとして、あなたにしかない特別なものすべてを手放した。あなたをほかの子とは違う男子にしていたもののことよ」

自制心を失ったファニーを見るのはこれが初めてだった。罰を受けるようにわたしが耐えていたのは、彼女の言うことに真実の核心があると分かっていたからだろうか？　充分なくらい苦行に耐えたと思った時点で、わたしはファニーの両手を優しく摑んだ。

「落ち着けよ、ファニー」

彼女はわたしから離れて両手で頭を抱えた。打ちのめされ、足元もふらついているようだった。

「撮影を引き受けたのは、あなたの大事なヴィンカの信用を失墜させるためだった」

「じゃあ、なぜ途中でやめた？」

「あのとき続けていたら、あなたを打ちのめすことになったでしょうから。あなたが何かばかなことしでかすんじゃないかと心配になったから。あなた自身に対して、彼女に対して、それからあなたのお父さんに対しても。わたしはそんなリスクを負いたくはなかった」

ファニーは車のドアに寄りかかった。わたしは留め金の蛇に咬《か》みつかれないよう細心の注意を払いながらバッグを拾おうとする。それは口が開いてしまい、手帳やらキーホルダー、口紅が散らばっていた。それらをバッグに戻しているうち、二つに折った紙が目に入った。マキシムがわたしに送ってよこした『ニース・マタン』の記事だった。その上に記された〝復讐〟という文字、同じ筆跡！

「ファニー、これは何だ？」わたしは立ちあがりながら聞いた。

彼女はわたしの手からその紙を受けとる。

「匿名の脅迫よ。うちの郵便受けに入ってたの」

一瞬、空気が濃密になり不吉な波長に満たされた。自分とマキシムを脅かす危険が、当初考えていたよりも狡猾《こうかつ》なものだと悟った。

「なぜきみがそれを受けとったのか分かるか？」

ファニーは力尽きて崩壊する寸前、くずおれてしまいそうだった。どうして彼女まで脅迫されるのかが理解できなかった。アレクシス・クレマンの死に何ら関わっていないのに。マキシムとわたしを追及する人物がなぜファニーにも攻撃を仕掛けるのか？

わたしは彼女を怖がらせないように、その肩に優しく手を置いた。

「ファニー、答えてくれ、きみにはこの脅迫状を受けとった理由が分かるのか？」

顔を上げたその表情は青ざめ、ひきつっているように見えた。ふたたび目のなかで炎が燃えあがっている。

「冗談やめてよ、知ってるに決まってるじゃない！」それが彼女の返事だった。わけが分からなくなったのは、わたしのほうだった。

「でも……いったいなぜ？」

「なぜって、体育館の壁のなかに死体がひとつあるからよ」

4

しばらくのあいだ、言葉を発することさえできなかった。

わたしは状況が摑めなくなった。ほとんど硬直状態に陥《おちい》った。

「きみはいつの時点から、そのことを知っていたんだ？」

ファニーもその場に立ちすくみ、もはや闘うのを諦めて、そのまま沈んでいくのを待っているかのようだった。力尽き、呻くように何か言葉を吐く。

「その当日から」

ファニーは文字どおり崩れ落ちる。ほんとうに。寄りかかっていた車からアスファルトへとずり落ち、声を抑えて泣きはじめた。わたしは慌てて彼女を抱き起こす。

「ファニー、きみはクレマンの死にまったく関わっていないんだ！　あれは、ぼくとマキシムがやったことだ」

一瞬、彼女はあぜんとした目でわたしのことを見た。それからまた激しく泣きはじめ、こんどは両手で顔を覆ったまま地べたに座りこんでしまった。わたしもその横に座ると、アスファルトに映る二人の大きな影を見ながら彼女が泣きやむのを待った。ようやく、ファニーが手の甲でまぶたを拭った。

「何があったの？」ファニーが聞いた。「クレマンはどんなふうに死んだの？」

ここまで来てしまったからには、わたしとマキシムの恐るべき秘密を事細かに告げるほかないと心を決める。自分を殺人者に変えてしまったあのぞっとする出来事を、またしても体験する羽目になった。

話を終えたとき、彼女は平静さを取りもどしたかに見えた。わたしの告白が二人の気持ちを落ち着かせたのだ。

「ところでファニー、きみはどうやって知った？」

彼女は立ちあがると、ため息をついてからタバコに火を点け、それを吸うことで遠い記憶を呼びもどせるかのように何度か続けざまにふかした。

「十二月十九日の大雪が降ったあの土曜日、わたしは夜遅くまで勉強していた。医学部進級試験の準備で四時間しか眠らないのがもう習慣になっていたの。それもあって頭が変になりそうで、とくに食べ物を買うお金がないときはなおさらだった。あの晩はお腹が空きすぎて、どうしても眠れなかった。で、その三週間前のことだけど、守衛の奥さんが、あのファビアンスキさんがわたしに同情して食堂の合鍵を渡してくれていたの」

ファニーのポケットに入ったポケベルが鳴ったが、彼女はそれを無視する。

「深夜に部屋から表に出た。午前三時だった。キャンパスをよこぎって食堂に向かった。そんな時刻だからどこもぜんぶ閉まっていたけど、食堂の建物に入るシャッターの暗証番号は知っていた。ひどい寒さだったからぐずぐずせずに、その場で小さなビスケットの箱の中身を平らげて、食パンの半包みと板チョコは部屋に持ち帰ることにした」

抑揚《よくよう》のない声で話すファニーは、催眠術にかけられたか、他人が乗り移ってしゃべっているかのようだった。

「自分の寮に近づいたとき、やっとわたしは景色の美しさに目を奪われた。雪はやんでいた。

風が雲を追いやって、星座と満月の明かりが空いっぱいに広がってた。ほんとに夢のなかにいるみたいで、わたしは湖から視線をそらせないまま寮の前まで来ていた。今でも、足の下で雪が軋《きし》む音、湖面に反射する青い月明かりをはっきりと覚えてる」

彼女の言葉で、あの凍てついたコート・ダジュールの記憶が蘇った。ファニーは続ける。

「その魔法が解けたのは、上のほうに見たことのない明かりが目に入ったとき。それが見えたのは当時建設中だった体育館の方角で、近づいてみたら、それがただの明かりとは違うことが分かった。工事現場全体を照らす照明だったの。それだけじゃなくて、エンジンの音まで聞こえてた。機械を動かしている低い音。本能的に近づかないほうがいいって感じたけど、好奇心は抑えられなかった……」

「そこで、何を見たんだ？」

「真夜中に動いているコンクリートミキサー。わたしは茫然とした。我慢できないくらいの寒さのなかで、それも朝の三時に、セメントを流し込む工事をしている！　しばらくして、背後に人の気配がしてぞっとした。ふり返ると、フランシス・ビアンカルディーニが雇っていたアフメッド・ガズアニがいた。彼もわたしを見て、同じくらい怯《おび》えていた。わたしは悲鳴をあげて大急ぎで部屋まで駆けもどったけど、あの晩、見てはならないものを見てしまったって今までずっと思っていた」

「どうしてきみは、アフメッドがアレクシス・クレマンの死体をコンクリートに埋め込んだって分かったんだ？」

「分かったんじゃない、アフメッドがわたしに告白したから……ほとんど二十五年が経ってからね」

「それは、いつのこと？」

ファニーは背後の建物を示すためふり返る。

「去年、アフメッドはここの四階に入院したの、胃ガンだった。わたしの直接の患者ではなかったけど、夕方帰る前に、ときどきは会いに行っていた。一九七九年に、ニースの商業港の工事で彼はわたしの父といっしょに働いたことがあって、その後も二人は連絡を取りあっていたのね。アフメッドは自分の病気がかなり進んでいるのを知っていたから、死ぬ前に心の重荷を軽くしたかったんだと思う、わたしにすべてを語ってくれた。さっきあなたがそうしたように」

わたしの不安は頂点にあった。

「きみにその話をしたのなら、彼はほかの人にも話したはずだよな。アフメッドを見舞いに来ていた人間をだれか覚えているか？」

「それが、だれもいなかったの。だれひとり会いに来なかった、だからアフメッドはそれを寂しがっていた。それで、ひとつのことしか頭になかった、チュニジアのビゼルトに帰りたいって」

わたしはマキシムが言ったことを思いだした。アフメッドは自分の故郷で死んだと。

「それで、彼はそうしたんだよな？」わたしはその後を推測する。「病院を出て、チュニジアに向かい……」

「そこで、数週間後に亡くなった」

またしてもファニーのポケベルが駐車場に鳴り響いた。

「さすがにもう仕事に戻らないと」

「そうだな、戻ったほうがいい」

「お父さんと話したら、その結果を教えて」

わたしは肯き、それから訪問者用の駐車場へと足を向けた。車に向かいながら、どうしてもふり返ってみたいという衝動に襲われた。わたしはすでに二十メートルほど歩いていたが、彼女はまだその場に立ちすくみ、わたしのことをじっと見つめていた。逆光のなか、ブロンドの髪が魔法のフィラメントのように輝いていた。輪郭がぼやけて少女のようにも見えた。

その数秒間、わたしの頭のなかで、彼女は今でもあの『グラン・ブルー』の夏のファニーだった。そしてわたしも〝ほかの子とは違う男子〟だった。

自分の人生において、自分でも唯一好ましく思える時期のトマ・ドゥガレだった。

9　バラたちの生きる命

家族のなかにいるよりも居心地が良いのはどこか？　ほかの場所ならどこでも！

エルヴェ・バザン

1

コンスタンス区の曲がりくねった道、オリーブの木立、きちんと刈られた生け垣はいつでもわたしに無限に広がっていくジャズのアドリブを連想させる。角を曲がるたびに出くわす景色の優雅さが、牧歌的で物憂《ものう》げな語らいのなかで重なりあい、呼応していく。

わたしの両親が住むシュケット通りの名は、南仏方言オック語の〝丘〟あるいは〝高みにある土地〟をおしなべて指す言葉からきている。アンティーブ市街を見下ろすその丘には、かつて市の東部に広大な農園を擁するコンスタンス城があった。時とともに、城は病院に、その後はマンションに改造された。それを囲む土地につぎつぎと戸建ての家や分譲住宅が建てられた。わたしの両親、そしてマキシムの家族も、わたしが生まれたあとすぐここに移り住んだ。当時、今や幹線道路となったシュケット通りはまだ道ばたに花が咲き、めったに人通りなどない細道だった。思いだすのは、たとえばその細道で兄から自転車の乗り方を習ったこと、また週末に住人たちがペタンクに興じることも珍しくなかったことだ。今日その道は、幅も広げられ交通量も多い。フランスを縦断する国道七号線ほどではないにせよ、ほぼそれに近い。

七十四番地の〈ヴィオレット荘〉と表札のある門まで来てクラクションを鳴らした。なかから返答はなかったが、すぐに門が開きはじめた。ギアを入れてコンクリート敷きの細く曲がりくねった小道の行き止まり、わたしの少年時代の家に向かう。

入ってすぐの門の脇に、アウディに忠実な父のA4ステーションワゴンが停めてあった。この停め方は、いざというときは他人の世話にならずにうまく切り抜けようという彼なりの対処法である（わたしはそこに、父リシャール・ドゥガレという人間のすべてが表われていると思う）。その先の砂利を敷いた場所、おそらく母のものと思われるオープンカー、ベンツ・ロードスターのそばにわたしは車を停めた。

日差しの下、ゆっくりと歩きながら、この昼過ぎに自分が何をしたいのかを頭のなかで整理する。家は敷地内のいちばん高い場所にあり、わたしはそこから見える眺め——澄みきった青空に伸びるヤシの木の細いシルエットと海、そして限りない水平線——にいつも魅了されてしまう。手をかざし、目のくらむ陽の光を避けて見上げると、通路を上がっていくわたしを、腕を組んだまま不動の姿勢で待つ母の姿がベランダにあった。

二年前から会っていなかった。一気に階段を上がりながら、視線を母に向けて細かく観察してみた。わたしは母の前ではなんとなく気後れしてしまう。子供時代は穏やかで愉快な時をいっしょに過ごせたのだが、思春期の終わりから、わたしたちのあいだには距離が生じた。アナベル・ドゥガレ――結婚前はアナベッラ・アントニオーリ――は氷のように冷たい美貌の持ち主だ。ヒッチコック好みのブロンドではあるが、グレース・ケリーが放つ光、あるいはエヴァ・マリー・セイントの持つ奔放《ほんぽう》さに欠けていた。すべてが角と直線からなり、身体つきも父のそれとぴったり釣り合っている。流行りのデザインのパンツに揃いのファスナー付きジャケットを着ている。ブロンドの髪はほとんど金白色になっているが、まだ白くはなっていなかった。最後に帰省したときに比べていくらか老けたかもしれない。だが本来の威圧感が消えた反面、今でも十歳ほど若く見えるのは変わっていなかった。

「やあ、母さん」

「元気？　トマ」

その凍るような眼差しは、かつてないほど澄みきって刃物のように鋭利に感じられた。わたしはいつも母の頬にキスするのをためらう。毎回、彼女が後ずさりするように思えるからだった。今日は、あえてキスはしないことにした。

オーストリア女。イタリアでの少女時代、学校で母がそのあだ名で呼ばれていた話を思いだした。母アナベルの家族の歴史は複雑であり、その点だけでも、わたしは母の冷たさが説明できるだろうと思っている。戦時中、わたしの祖父であるピエモンテ州の農民アンジェロ・アントニオーリは、イタリアの遠征部隊に強制動員された。一九四一年夏から四三年冬までのあいだ、イタリア半島の兵士二十三万名が東部戦線のオデッサからドン川、スターリングラードにまで動員されたのだ。祖父アンジェロもそのうちのひとりで、オストロゴジスク＝ロッソシ作戦（一九四二年十一月に開始されたソ連軍の冬期攻勢の一環で、ドイツと同盟を結んでいたイタリアの山岳部隊とハンガリーの召集兵部隊が壊滅させられた軍事行動）の際にソ連軍の捕虜となり、収容所《グラグ》送りの刑を宣告され、そこへと向かう途上で息を引きとった。光り輝く北イタリアの子が、ロシアの凍てつくステップに倒れた、まったく自分と関わりのない戦争の犠牲者として。家族はさらに、もうひとつの不幸に見舞われる。アンジェロが不在のあいだに妻が妊娠したのだ。それは不倫によるものとしか説明がつかなかった。わたしの祖母とオーストリア人季節労働者の禁じられた恋の結果、母は生臭い醜聞のなかに生まれた。火の洗礼を受けた母は、尋常ならざる強さと超然とした態度を身につけざるをえなかった。何事も、彼女を傷つけることも動転させることもできない、ずっとわたしはそう思ってきた。わたし自身の過敏さとは対をなす態度に思えた。

「なぜ病気のことをぼくに言わなかったの？」

その質問が、思わずわたしの口をついて出た。

「言ったところで何かが変わった？」母が問いかえす。

「ぼくは知っておきたかった、それだけだよ」

母は昔からこのようにわたしと距離を置いていたわけではなかった。子供時代の記憶を辿ってみても、とりわけ小説や戯曲についての話題では心から理解しあい、互いの感情を伝えることができていた。それは傷ついたわたしの心が事実をねじ曲げているわけでなく、わたしの思春期が終わるまでのアルバムのなかにも、わたしという息子を持って見るからに幸せそうな笑みを浮かべる母の写真が無数にあったのだ。その後、何かが気まずくなったが、わたしにはその原因がまるで分からなかった。現在のところ母は、兄と姉とは相変わらず気が合うようだけれど、わたしとはまったくそうではなかった。母の持つ何かしら不吉な特異性を、わたしが刺激してしまうようなのだ。兄と姉が持っていない何かを、少なくともわたしは持っている、ということのようだ。

「つまり、あなたはリセの五十周年祭に参加したってわけね？　でも、どうしてあんなところで時間を浪費するの？」

「昔の友人に会えて楽しかったよ」

「トマ、あなたには友だちなんていなかった。あなたの友だち、それは本だけだったもの」

確かにそれは事実だが、そういう言い方は乱暴だし寂しくもあるとわたしは思った。

「マキシムは友だちだよ」

母は身動きも瞬きもせずにわたしを見つめた。キラキラと波打つ太陽光のなかで、母のシルエットはイタリアの教会に置かれている大理石のマドンナ像に似ていた。

「どうして帰ってきたの、トマ？」母は続ける。「今はとくに宣伝プロモーションをするような本が出たわけでもないのにね」

「嬉《うれ》しそうなふりくらいできないものかな？」

「あなたなら、そんなふりをする？」

わたしはため息をつく。堂々巡りだった。双方がそれぞれに恨みを溜めこんだ結果だった。一瞬、わたしはたしは事実をぶちまけたい衝動に駆られた。わたしは殺人を犯して、死体をリセの体育館の壁に埋め込んだ、だから月曜には殺人罪で監獄に放り込まれることになると。つぎにぼくと会うときは、母さん、地方警察官《ジャンダルム》に挟まれてか、あるいは刑務所のガラス張りの面会室になるだろうね、と。

そうは言わなかったが、どちらにせよ、母はわたしにそんな機会を与えてはくれなかった。いっしょに来いとも言わずに、母は一階に下りる階段に向かった。言いたいことは言ったようだし、それはわたしも同じだった。

しばらくのあいだ、わたしは大きな素焼きタイルを敷いたベランダに残っていたが、大声がしたのでツタに覆われた錬鉄《れんてつ》細工の手すりまでようすを見に行った。もう高齢の庭師兼プール係のアレキサンドルと父が激しく議論を始めていた。プールに水漏れがあったようで、濾過器《ろかき》に問題があると考える父に対し、アレキサンドルはより悲観的で、芝生の下から配水管を掘りおこさないとだめだろうと主張していた。

「父さん、元気？」

顔を上げた父リシャールはわたしに手を振って挨拶した。その態度は、まるで昨日も会ったかのようだった。その父に会うためにここまでやって来たわけだが、アレキサンドルがいなくなるのを待つあいだ、わたしは〝物置〟を調べておこうと思った。

2

正確に言うとわが家に物置はなく、その代わり外からでも入れるばかでかい地下室があって、その百平方メートルを超える場所を居住空間の一部にしようなどとはだれも考えず、ただの〝物置〟になっていたのだ。

家の各部屋は、完璧に整えられ掃除も行きわたって、趣味のいい家具が置かれているのに対し、その地下にはひどい乱雑さが君臨しており、今にも消えてしまいそうな侘《わび》しい明かりしかなかった。〈ヴィオレット荘〉の埋められた記憶。わたしはガラクタのなかを進んだ。入り口近くに置かれた自転車やキックスケーター、ローラースケートは姉の子供たちのものだろう。道具箱のそばに、半ばシートに隠れてわたしの古いモビレットがあった。機械いじりが大好きな父はそれを修理したいという欲求が抑えられなかったようだ。ボディーの塗料は塗り替えられ、スポーク車輪とタイヤも新品に交換され、プジョー103MVLは高貴に光り輝いていた。父はプジョーのオリジナルステッカーまで入手していた！　その向こうには玩具《おもちゃ》やらトランク、古着が積んである。服に関して言うなら、父と母は金に糸目をつけない性分である。その向こうには大量の本。実際に読む本ではあるが、客間を飾る無垢のクリ材の書架に並べるには充分に文学的でないものだ。母が夢中で読む警察《ポラール》小説と恋愛小説、父の好きなあまり知的でない実録もの、あるいはエッセー。サン＝ジョン・ペルスやマルローが革表紙で製本されるのに、ダン・ブラウンや『フィフティ・シェイズ・オブ・グレイ』などは人生の舞台裏とも言える物置で埃にまみれていた。

部屋のいちばん奥に探しているものがあった。卓球台の上に置かれた二つの引っ越し用段ボール箱、わたしの名前が大きく書かれていて、なかには数えきれないほどの思い出が詰まっている。二往復して段ボール箱を上へと運び、整理するために中身を出した。

キッチンのテーブルに、多少なりとも一九九二年に関わるものと、調査に役立ちそうなものをすべて置いてみる。修正液で台無しになったターコイズブルーの〈イーストパック〉のバックパックや、授業内容を書きとった方眼紙の入ったファイルホルダーなど。「非常に積極的な授業態度」とか「意欲的で好感の持てる態度」、「いつも的確な関与姿勢を見せる」、「頭の回転が速い」といった、わたしが従順で模範的な生徒だったことを示す通知表。

ランボーの詩「谷間に眠る男」について、あるいは、アルベール・コーエンの『選ばれた女』の導入部についての解釈といったような、頭のなかに刻みこまれたいくつかの課題を読みかえしてみた。リセ最終学年でわたしの哲学教師だったアレクシス・クレマンが添削《てんさく》した複数の答案まで出てきた。「芸術は規則を超越できるか？」についての小論文を「目立つ省察能力。14／20点」と評価していた。もうひとつの課題「情熱は理解できるものか？」に関しては、大層な設問にもかかわらず、クレマンはべた褒めの評価をしていた。「いくつか軽薄な箇所はあるものの、概念の掌握《しょうあく》に根ざしており、たとえば、文学および哲学に関する真の教養を得ていることが見てとれる。16／20点」と。

段ボール箱のなかには、宝物に交じって、最終学年のクラス写真と、わたしがヴィンカのために作った一連のミックステープ——何らかの理由で本人には渡していないもの——が入っていた。カセットケースをひとつ開けてみると、当時のわたしの人生に欠かせなかった曲目がずらりと並んでいた。当時のトマ・ドゥガレのすべてが、それらの曲の歌詞のなかに含まれている。あのころはまだ〝ほかの子とは違う男子〟で、少し人とずれてはいたが、親切で、流行とは無縁、ショパンを演奏するサンソン・フランソワや「エルザの瞳」を歌うジャン・フェラ、「地獄の季節」を朗唱するレオ・フェレなどと波長が合う若者だった。だが同時にヴァン・モリソンの「ムーンダンス」や、今思えば予言のようなフレディ・マーキュリーの「ラヴ・キルズ」も聴いていた。

本も何冊か入っていた。当時、持ち歩いていた古いポケット版で、もう中身は黄ばんでしまっていた。インタビューを受けたときに「とても若いころから、本のお陰で孤独にはならないだろうと、わたしは思っていました」と言いながら挙げた本の数々である。

物事が、それほど単純であってくれたなら……。

それらのなかに、わたしの持ち物でない本が一冊あった。アレクシスの献辞の入ったマリーナ・ツヴェターエワの詩集で、殺害事件の翌日、わたしがヴィンカの部屋から持ってきた本。

ヴィンカに
わたしは肉体のない魂だけになりたい
あなたからけっして離れないですむように。
あなたを愛すること、それが生きることだ。
アレクシス

わたしは意地悪く嘲笑《ちょうしょう》を浮かべるほかなかった。当時はその献辞に圧倒されたものだ。だが今では、ヴィクトル・ユゴーがジュリエット・ドルエに宛てた手紙の言い回しから、クレマンが拝借したことを知っている。徹底したペテン師なのだ。

「ああトマか、ここで何をおっぱじめたんだ？」

ふり返ると、剪定《せんてい》ばさみを手にした父がキッチンに入ってくるところだった。

ちょうど調子のいい男のことを考えていたところだった……。

3

父は愛情表現に富んでいるわけではないが、抱擁《ほうよう》とキスのふれあいを好むほうで、今回わたしは父の抱擁を避けるために一歩ほど後ろへ下がった。

「ニューヨークの暮らしはどうかな？　トランプのせいで参ってなけりゃいいんだが」蛇口《じゃぐち》

の水で丁寧に両手を洗いながら父は言った。

「父さんの書斎に行こうか？」わたしは父の問いには答えず言った。「見せたいものがある」

母が近くにいるので、今のところはこの件に関わらせたくなかった。

リシャールは手を拭きながらわたしの突然の来訪について何かブツブツとつぶやき、自分の隠れ家である上の階の書斎にわたしを連れて行く。大きな書庫を兼ねるその部屋は、チェスターフィールドのソファーを置いた英国流の喫煙室のような設《しつら》えで、アフリカの民芸彫刻や猟銃が飾ってあった。大きな出窓からは、この家でいちばんの眺望が開けている。

話を始めるにあたり、わたしは十万フランの詰まった革製のバッグの発見を伝える『ニース・マタン』の記事をスマートフォンに表示させ、父に見せた。

「この記事、読んだ？」

メガネを外し、新聞記事が表示されたスマートフォンの画面に素早い視線を向けたあと、メガネをかけることなくテーブルの上に置いた。

「ああ、まったくもっておかしな話だ」

腕を組んだまま窓に向かって立ち、顎でプールを囲む芝生に埋め込まれた一連のフットライトを示す。

「アジア種のリスに侵入されてしまってね。電気設備の配線を齧《かじ》ってしまうんだ、信じられないだろう？」

わたしは話題を新聞記事に戻す。

「その現金が隠されたのは、父さんがまだ校長だった時期だね、そうでしょう？」

「そうかもしれない、よく分からないが」父は窓から視線をはずすことなく顔をしかめる。

「あのヤシの木はもう見ただろう？　一本は伐採《ばっさい》するほかなかったよ。ヤシオオサゾウムシにやられてしまってね」

「そのバッグがだれのものか知っている？」

「どのバッグ？」

「発見された現金が入っていたバッグだよ」

リシャールが苛立つ。

「なぜそんなことわたしが知ってると思う？　どうしてそんな話でわたしを責めるのかな？」

「警察は二種類の指紋を採取したと、ある新聞記者がぼくに教えてくれたんだ。ひとつはヴィンカ・ロックウェルのものだった。彼女のこと、覚えているでしょう？」

ヴィンカの名を出すと、父リシャールはわたしのほうを見て、ひび割れを起こしている革のソファーに座りこんだ。

「もちろん覚えているさ、失踪した子だ。あの子には……どこかバラのような新鮮さがあったな」

父は目を細め、驚くわたしにかまうことなく、元国語教師に立ち返って詩人フランソワ・ド・マレルブの叙情詩《オード》を朗唱しはじめた。

「……だが彼女は、無上に美しいものが忌《い》まわしい運命を辿るというこの世に生きていた、そしてバラは、バラたちの生きる命を生きた、ある一朝だけ……」


リシャールは数秒の間を置き、初めて自分から先の話題に触れる。

「指紋が二つ発見された、おまえはそう言ったな？」

「二つ目の指紋がだれのものか警察は突き止めていない、データベースに記録されていないからね。でも、ぼくはそれが父さんのものだと確信している」

「何を言いだすかと思えば！」父は驚いてみせる。

わたしは父の正面に腰かけ、ピアネッツリがスクリーンショットで保存したSNSの写真を見せる。

「このバッグ、覚えているよね？　二人でテニスに行くとき、父さんはいつもこれを持っていた。柔らかい革の黒っぽい緑色のバッグ、ずいぶんと気に入っていたじゃないか」

父はスマートフォンを見るために、ふたたびメガネが必要になった。

「よく見えない、この画面じゃ小さすぎる！」

目の前のローテーブルからリモコンをとると、リシャールはもうわたしたちの会話が終わったかのようにテレビを点けた。そしてつぎつぎとスポーツチャンネルの〈レキップ〉、〈キャナル＋スポーツ〉、〈ユーロスポーツ〉、〈ビーイン〉を見ていき、しばらく自転車ロードレース〈ジロ・デ・イタリア〉の中継を観て、それからナダルとジョコヴィッチが対戦する

〈ムチュア・マドリード・オープン〉に落ち着く。

「フェデラーがいないのはほんとに残念だな」

だが、わたしは諦めたりしない。

「これもちょっと見てもらいたいんだ。だいじょうぶ、この写真は大写しだから」

クラフト紙の封筒を渡す。父は写真を出し、片目でテニスの試合を見ながらそれらを見ていく。動転するだろうと思っていたが、父は首を振りながらため息をついた。

「だれから手に入れた？」

「そんなことどうでもいいさ！　どういうことなのか言ってくれないか！」

「おまえも写真を見たんだろう？　図解入りで解説しないと分からないって言うのか？」

父はテレビのボリュームを上げたが、わたしは父の手からリモコンをもぎ取ってテレビを消した。

「そんなやり方で切り抜けられるなんて思わないでほしいな！」

父はまたため息をつき、ブレザーのポケットにいつも持っている葉巻の吸いさしを探しはじめた。

「オッケー、分かった。罠にはめられてしまったんだ」指先で葉巻を回しながら白状する。

「あのとんでもない小娘が、わたしにまとわりついて離れなかった。挑発されたものだから負けてしまった。それで、あの娘《こ》はわたしを強請った。さらに愚かなことに、わたしは彼女に十万フラン払ってしまった」

「どうしてそんなことができた？」

「そんなこと、とは？　彼女は十九歳だった。あっちこっちの男と寝ていたんだよ。わたしが無理強いしたんじゃない。彼女のほうが、わたしの腕のなかに飛びこんできたんだ！」

わたしは父に人差し指を突き付けた。

「彼女がぼくの友だちだったことは知っていたよね！」

「それで何かが変わると思っているのか？」父は反問する。「こういう問題は、すべて個々人の問題なんだ。それに、ここだけの話、おまえは大したものを失わなかったよ。ヴィンカは厄介な娘だし、いい娘だとは言えないな。金をせびるだけの女だった」

父に対する嫌悪感の正体が、その傲慢《ごうまん》さなのか、意地の悪さなのかよく分からない。

「自分の口にしていることが分かってるの？」

リシャールはせせら笑い、動揺を見せることも気分を害することもないようだった。わたしは父がある意味でこの会話を楽しんでいるに違いないと見抜いた。息子に自分の力を見せつけ、苦しませ、辱《はずかし》めることで悦に入るような父親のイメージ。

「父さんがこれほど恥ずべき人間だったとはね、もううんざりだ」

わたしの非難で、ようやく父にも火が点いた。ソファーから立ちあがり、わたしの顔から二十センチまで自分の顔を近づけてきた。

「おまえはあの娘を分かっちゃいない！　敵はあの娘のほうだ、彼女はうちの家庭を破滅させると脅迫してきたんだぞ！」

父はテーブルに散らばった写真を指さす。

「想像してみろ、こんな写真が、おまえの母さんや学校の保護者会の手にでも渡ってしまったらどうなるか！　おまえは文学のロマンチックな世界に生きてるのかもしれないが、実社会というのはそれとは違う。人生っていうのは乱暴なんだよ」

実際に人生が乱暴であることを教えてやるために、父の顔に一発食らわせたい衝動に駆られたが、そうしたところで何も変わりはしない。それに、父が知っていることを探りだす必要もあった。

「それで、ヴィンカに金を渡したわけだ」わたしは無理に抑えた口調で言った。「で、そのあとどうなった？」

「脅迫する人間を相手にすれば当然の結果、つまりあの女はさらに要求を増やしてきたわけだが、わたしはそれ以上譲らなかった」

葉巻を指で弄《もてあそ》びつつ、父は目を細めて記憶を辿る。

「最後に彼女が姿を見せたのは、クリスマスの休みに入る前日だった。わたしにもっと圧力をかけるつもりだったのか、妊娠検査薬の結果を持って現れたんだ」

「彼女のお腹にいたのは、父さんの子だったのか！」

父は苛立つ。

「そんなわけがない！」

「どうして分かる？」

「彼女の月経周期に合致しなかったからだ」

まったくもって、ろくでもない説明、ほかの考えは何ひとつ思いつかないようだった。いずれにせよ、以前から父リシャールは抜歯する歯医者が患者をだますくらいの嘘を平気でついてばかりいた。危険なのは、一定の時が経つと彼自身がその嘘を信じてしまう点にある。

「父さんの子でないとしたら、いったいだれの子なんだ？」

リシャールは自明のことを告げるように言う。

「こっそり彼女と寝ていたあの悪党の子じゃないか。何といったかな、あの間抜けな哲学教師は？」

「アレクシス・クレマン」

「そう、それだ、クレマン」

わたしは深刻な面持ちでひとつの質問をする。

「ヴィンカ・ロックウェルの失踪について、何かほかに知っていることがあるなら話してくれないか？」

「ほかに何を知っていると思うんだ？　そんなことにまでわたしが関わってると思っているんじゃないだろうな？　あの娘がいなくなったとき、わたしはおまえの兄さんと姉さんといっしょにパペーテに行っていたんだぞ」

その点には反論しようがなかったので父を信じるほかなかった。

「じゃあ、彼女が失踪したとき、あの十万フランを持って行かなかった理由についてはどう思ってる?」

「まったく分からないし、どうでもいいと思ってるね」

父は葉巻に火を点け、いがらっぽいにおいを漂わせながら、テレビを再度点けると音量を上げた。ジョコヴィッチがナダルを相手に苦戦していた。ナダルが六―二と五―四でリード、決勝に臨むため自分のサービスゲームをプレー中だった。

煙のせいで息苦しくなってきた。わたしはすぐに部屋を出て行こうとしたが、その前に、リシャールはわたしに対して人生の教訓を垂れることを忘れなかった。

「トマ、おまえはもっと強くならなければいけない。そして、生きることが闘いであると理解することも必要だ。本を愛するおまえのことだから言うが、もういちどロジェ・マルタン・デュ・ガールを読んでみることだ。〝人生とはそのすべてが闘争である。生きること、それは勝利しつづけることである〟となし」

10 武器を持て

だれでも人を殺せるというのは、当人の性格とはまるで無関係だからであり、成り行き次第だからだ。だれであろうと、どんな場合でも。それがあなたの実の祖母であっても。わたしはそれを知っている。

パトリシア・ハイスミス

1

父との会話は吐き気を催すものだったが、それでいて何ひとつ新事実らしきものは得られなかった。キッチンに戻ると、母は段ボール箱を脇へ寄せて料理に取りかかっていた。

「アプリコットのタルトを作っているところ、あなた、好きだったでしょう？」

母のそういうところがわたしにはどうしても理解できなかったけれど、彼女の人間性を構成する要素のひとつではあった。平気で人を褒めたりけなしたりする。ときに母アナベルも油断することがあり、そういう際には何かが外にこぼれ出てくる。優しくなり、角がとれ、より地中海の女らしくなる。ふいにイタリアがオーストリアを押しのけて姿を現すかのように。母の目に愛情に似た何かが光りだす。長いあいだ、わたしはその煌《きら》めく火花の支配下にあった。その火花が、より長く燃えつづける炎の序章《プレリユード》であると信じて絶えずようすを窺い乞い求めてきたが、それはいつまで経っても燻ったまま燃えあがることはけっしてなかった。時とともに、わたしはもうだまされないようになった。わたしは素っ気ない返事をする。

「母さん、そんなことわざわざしなくてもいいのに」

「いいのよ、トマ、嬉しいんだから」

わたしは「何でそんなことをしてくれるの？」と問いかける目を母に向けた。シニヨンを解いた髪はアンティーブの浜辺を覆う砂と同じ金色で、その目はアクアマリンの澄明《ちようめい》さで輝いていた。わたしはなおも問いかける、「なぜあなたはいつもこうなんだ？」と。だが、相変わらず今日も、母の視線はわたしの身をすくませ、なおかつその目は解読不能だった。この異邦の女性――わたしの母は微笑みすら浮かべている。アナベルは、男たちが自分を引っかけの型を出すようすを、わたしは仔細に観察していた。彼女が戸棚から小麦粉とタルトるのを許すようなタイプの女性だったことはない。その全身からは拒絶が感じられた。どこかほかの場所、手の届かないべつの惑星に住んでいるかのような印象を与えた。わたし自身、そばで成長しながら、彼女は〝……すぎる〟といつも感じていた。わたしたち家族の小さな世界には洗練されすぎている、リシャール・ドゥガレのような男と生活をともにするには才気がありすぎるといつも思ってきた。彼女のいるべき場所は、どこかほかの世界にあるのではないか、と。

呼び鈴の音でわれに返った。

「あら、マキシム！」アナベルは開門のボタンを押しながら叫ぶように言った。

そんな嬉しそうな口調が、この母のいったいどこから出てきたのだろうか。わたしはベランダへと向かい、母は、わたしの親友を迎えるために下りていった。わたしはサングラスをかけ、ワインレッドのシトロエンが開いた門から入ってくるのを見る。ステーションワゴンはコンクリートの車道を近づいてきて母のオープンカーの後方に停まった。ドアが開いて、マキシムが二人の娘も連れてきているのが分かった。黒い髪の、かわいさいっぱいの幼子たちはアナベルにとてもなついているようで、二人とも彼女のほうへごく自然に小さな手を伸ばした。マキシムはヴァンサン・ドゥブリュイヌの非公式な呼び出しに応じて警察署に行かざるをえなかったが、すでに帰宅して娘たちをここに連れてきたのだから、警視正との話はそれほど厄介なものではなかったのだろう。マキシムも車から出てきたので、わたしはその顔からなんとか感情を読みとろうとする。彼に手を振ったところで、ポケットに入れたスマートフォンの呼び出し音が鳴った。画面を見ると、わたしのカメラマン、ラファエル・バルトレッティからだった。

「チャオ、ラファ」わたしは電話に出た。

「チャオ、トマ。きみの友だちの、あのヴィンカの写真のことでまた電話したんだ」

「きみが彼女を気に入るのは分かってたよ」

「非常に気になって、アシスタントに拡大するよう頼んだくらいだ」

「それで？」

「写真をよく見たら、何が気になったのかが分かった」

わたしは思わず緊張した。

「言ってくれ」

「ほぼ確信しているんだが、ヴィンカはダンスの相手に向かって微笑んでるわけじゃないな。相手の男を見てはいない」

「どういうことだ？　じゃあ、だれを見ているんだろう？」

「六、七メートルほど前方の、左側にいるだれか。これはぼくの意見だけど、きみのヴィンカは写真に写っている男とは踊っていない。これは目の錯覚だろうね」

「合成写真だと言いたいのか？」

「いや、ぜんぜんそうじゃないんだけど、フレーミングを変えたことは間違いないな。この写真の少女《ラガツツア》の微笑みは、あの男以外のだれかに向けられている」

あの男以外のだれか……。

にわかには信じられなかったが、ラファに礼を言い、何か分かった時点で知らせると約束して電話を切った。そして念のため、ピアネッリにSMSを送り、あの写真を撮った人物を知っているという『ニース・マタン』の元編集長クロード・アンジュヴァンからの返事があったかどうかを尋ねた。

それから、階下の母とマキシム、その娘たちがいる芝生に向かう。マキシムが分厚いファイルを小脇に抱えているのに気づき、わたしは彼に目で問いかけてみた。

「あとで話そう」マキシムは車の後部座席から犬のぬいぐるみとプラスチック製のキリンを引っぱり出しながら言った。

マキシムが、元気いっぱいの輝くような笑顔の娘たちをわたしに紹介し、それからしばらく、わたしたちは心配事を忘れて子供のいたずらに付き合うことにする。お茶目なエマとルイーズはかわいらしく、食べてしまいたくなるほどだった。母の態度や、書斎から出てきた父のようすを見て、わたしはマキシムがこの家によく来ているのだろうと想像できた。両親が祖父母の役を演じるのを見るのはかなり信じがたいことだが、しばらくしてわたしは、自分が家を出ることで空いた場所をある意味でマキシムが占めるようになったのだと思った。そして、そのことに何ら不愉快を感じなかった。むしろ逆に、わたしたち二人が持つ過去からマキシムを守ること、わたしにはそれが否応のない義務として明確になったように感じた。

こうして十五分が過ぎ、母はアプリコット・タルト作り――その秘密はラベンダーの花をアプリコットにまぶすことにある――を手伝わせようと子供を連れてキッチンに向かい、父も〈ジロ・デ・イタリア〉の続きを観るため象牙《ぞうげ》の塔へと戻って行った。

2

「よし」わたしはマキシムに言う。「では、これから参謀会議を始めるとするか」

〈ヴィオレット荘〉でいちばん居心地の良い場所、わたしにとってそれは両親が住みはじめてすぐに石と白木で建てたプールハウスである。外に設けたキッチンとサロン、風に音をたてるシート、邸のなかで独立した領域になっている。そこの帆布のソファーに寝転がり、何千時間も読書をして過ごしたわたしのいちばん好きな場所だった。

野ブドウのツタが日陰を作るその下、わたしはチーク材のテーブルの端を選んで座った。マキシムもわたしのすぐ右隣に腰かけた。

わたしは遠回りせずに、ファニーから打ち明けられたこと、つまり死を間近に迎えたアフメッドが良心の呵責《かしゃく》から逃れるため、フランシスの指示で体育館のコンクリート壁にクレマンの死体を埋め込んだのだと彼女に明かした話をマキシムに伝えた。そしてファニーに打ち明けたのなら、ほかの人間に話した可能性があることも。わたしたちにとって良い知らせであるはずもないが、少なくとも五里霧中からは抜け出し、だれが裏切り者だったかが分かった、と。いずれにせよ、アフメッドは裏切り者ではなかったが、彼のせいでわれわれの過去が暴かれることになったのだ。

「アフメッドは十一月に死んでいる。もし警察にもしゃべったのなら、警察は体育館の壁を調べる時間はいくらでもあったろう」マキシムが指摘した。

彼の表情から不安の影は消えていなかったが、朝に比べるといくらか落ち着き、感情をうまく抑えているように見えた。

「その意見には賛成だ。ほかのだれかに話した可能性はあるが、警察にはしゃべっていない。

ところで、きみのほうはどうだったんだ？　警察署には行ったんだよな？」

マキシムは首の後ろを掻きながら言う。

「行ったよ、それでドゥブリュイヌ警視正に会った。きみの言ったとおりで、ぼくにアレクシス・クレマンの件で質問したいわけじゃなかった」

「それなら、何を知りたがったんだ？」

「親父が死んだ件について話したかったらしい」

「きみに何を言いたかったんだろう？」

「それは説明するけど、その前にこれを読んでもらわないと」

彼は持ってきたファイルをわたしの前に置いた。

「ドゥブリュイヌから尋問されているうち、親父の死がアレクシス・クレマン殺害に関係あるんじゃないかと思いはじめたんだ」

「話が見えなくなってきた」

マキシムは自身の考えを説明する。

「親父を殺したやつが、ぼくらに匿名の文書を送ってきたやつと同一人物ではないかと思うんだ」

「フランシスが死んだ理由は、悲惨な強盗事件のせいだって今朝きみは言ったばかりじゃないか！」

「それは分かってる、でも簡単に言うと、ぼくはあの事件を軽く見すぎていたんじゃないかと思う。それに警察で聞かされた話もあって、ぼくは疑問を持ちはじめた」

マキシムはファイルに目を通すようわたしに手で促す。「きみが読んでいるあいだにコーヒーをいれるけど、飲むだろう？」

わたしは肯いた。マキシムは立ちあがるとエスプレッソマシンと食器棚のほうに向かった。わたしはファイルを読みはじめる。それは無数の新聞記事の切り抜きからなっており、二〇一六年の末から今年の初頭にかけて、コート・ダジュール一帯を波のように襲った押し込み連続強盗事件を扱ったものだった。アルプ゠マリティーム県内のサン゠ポール゠ド゠ヴァンスを始め、ムジャン、カンヌあるいはニース内陸部の高級レジデンスなど、その全域にわたって五十件近い被害が挙げられている。犯行の手口は決まっていて、目出し帽を被った四、五人が住宅に押し入り、住人を催涙《さいるい》ガスで制圧した後、縛りあげて監禁するというものだった。一味は凶器を所持、凶暴で危険だった。彼らが狙うのはまず現金、そして宝石類。クレジットカードや金庫の暗証番号を聞き出すため、躊躇なく被害者に暴行を加えた例も少なくなかった。

これら強盗監禁事件は地域住民を恐怖に陥れ、実際、犯人の侵入時に心臓麻痺を起こした家政婦と、フランシス・ビアンカルディーニの二名が死亡していた。マキシムの父親の邸宅がある〈オーレリア・パーク〉だけでも、強盗事件が三回もあった。〝コート〟で最もセキュリティが行き届いているとされる場所だけに信じられない事態だった。被害に遭ったのは、サウジ王室の遠縁だという一家と、美術品の有名なコレクターで政権とも近い企業グループの経営者だったが、彼は賊《ぞく》の侵入時に留守だったため、容易に換金できそうな物がみつからないことに腹を立てた一味は報復として邸内を飾っていた絵画を破壊してしまった。連中には知るよしもなかったが、破壊された作品のなかには、現代絵画のマーケットで最も評価が高いとされるショーン・ローレンツの「武器を持て」という署名入りの高額な一点があった。この作品が破壊された一件は人々に衝撃を与え、ニュースはアメリカにまで伝わった。『ニューヨーク・タイムズ』紙やCNNでも強盗事件は報道され、かつては〝コート〟を代表する不動産資産と言われた〈オーレリア・パーク〉が今やほぼ立入禁止区域《ノー・ゴー・ゾーン》扱いされるようになってしまった。たった三か月のあいだに、あらゆる合理性を無視して関連地域の不動産価値が三十パーセントも下がったという。そんなパニックに終止符を打つため、県警察本部は強盗犯捜査の特別班を編成してそれに当たらせることにした。

以来、捜査は進展した。DNAの採取のほかに電話の盗聴、大がかりな警戒態勢も布《し》かれた。二月初め早朝、特別班はイタリア国境に近い村に出動、十名ほどのマケドニア人を、一部は不法滞在、ほかはすでに同じような強盗の嫌疑があるとの理由で検挙した。数か所を家宅捜査した結果、宝石および拳銃《けんじゅう》、銃弾、パソコン、偽造証明書などが押収された。さらに目出し帽とナイフ、盗品の一部も発見された。その五週間後、特別班はパリ郊外のホテルに身を隠していた強盗団組織の首領を逮捕した。男は故買商も兼ねており、すでに盗品の大部分を東ヨーロッパにて売りさばいていた。ニース地検に告訴された一味は取り調べを受けたあと裁判を待って勾留された。彼らの一部は犯行を認めたが、フランシス・ビアンカルデイーニ邸への押し入りを認めることはなかった。驚くには当たらない。というのも、もし故意による殺人罪の適用が認められるなら二十年の懲役となるからである。

3

ファイルの新聞記事を読んでいくにしたがい全身に震えが走り、わたしは恐ろしさと同時に興奮を覚えた。残りの資料はすべて、フランシス・ビアンカルディーニが被害者となった強盗事件とそのときの凶行に関するものだった。マキシムの父親は単に暴力を振るわれただけではなかった。拷問されてから殴殺《おうさつ》されたのである。いくつかの記事では、殴られて極度に腫《は》れあがった顔、切り傷に覆われた身体、手錠による無惨な傷跡について触れられていた。わたしはマキシムが仄めかしていた言葉の意味をようやく理解した。頭のなかでひとつのシナリオが描かれる。アフメッドのしゃべってしまった相手がフランシスを追い詰めて拷問にかけたという。おそらく何かを白状させるためだったのだろう。だが、何を白状させるのか？　クレマンの死についての彼の責任？　われわれの責任？

ふたたび資料を読みはじめる。週刊『ロプス』誌の記者アンジェリック・ギバルは警察の捜査文書に目を通したようだ。彼女の記事は主に画家ショーン・ローレンツの作品破壊に関するものだが、〈オーレリア・パーク〉内のほかの強盗事件にも言及していた。それによると、犯行グループが去ったあと、おそらくフランシスは存命だったのだという。記者は記事の終わり近くで、オマール・ラダッド事件（一九九一年、高級別荘地の私邸で女性が殺害され、遺体のそばに被害者の筆跡と思われる「オマールに殺された」という綴りに間違いのある血文字が発見された。物的証拠のないままモロッコ人の庭師オマールが十八年の禁固刑を言い渡されたが、冤罪との批判が強まり、シラク大統領が恩赦にて減刑を決めた）と、本件の類似性について触れており、フランシスは窓際まで這《は》っていって、窓ガラスに自分の血で何かを書こうとしていたと明言している。まるでフランシスが犯人のことを知っていたかのようだ、と。

その記事にわたしの血は凍りついた。幼いころからわたしはフランシスが大好きだった。それはわたしとマキシムによるクレマン殺しの事件以前からのことである。彼はわたしにとても親切だったのだ。そのフランシスの最後の瞬間を思い浮かべてぞっとした。

わたしは書類から目を上げる。

「強盗事件の際、一味はフランシスから何を盗《と》ったんだ？」

「腕時計のコレクションだけだったけど、少なくとも三十万ユーロ（約三千六百万円）の価値があるそうだ」

そういえば、フランシスの趣味を思いだした。彼はスイスの高級時計〈パテック・フィリップ〉の熱烈なファンだった。そのモデルを十本近く所有していてとても大事にしていた。思春期のわたしにそれらを見せては細かく説明してくれたものだが、その影響だろうか、わたしも同じ情熱を持つようになった。彼が持っていた〈カラトラバ〉や〈グランド・コンプリケーション〉、そしてジェラルド・ジェンタのデザインによる〈ノーチラス〉のことをよく覚えている。

朝方からひとつの問いがわたしの頭から離れなかった。

「フランシスはいつから〈オーレリア・パーク〉に住みはじめたんだ？　てっきり昔と同じようにこの家の隣に住んでいるのかと思っていたんだけど」

マキシムが困ったような顔をした。

「じつは、もう何年も前から二つの家を行き来してたんだ。母が亡くなるずっと以前から。〈オーレリア・パーク〉は親父が進めた不動産投資プロジェクトで、プロモーターとして投資する見返りに、いちばん体裁のいい庭付き邸宅のひとつを自分用に確保したというわけ。正直なところ、ぼくはあの家には行く気がしなかったんで、親父が亡くなってからも管理人にぜんぶ任せっきりにしてある。親父にとっては自分の空間、一種のガルソニエール（既婚男性が自宅以外に所有する、様々な目的で使用するための住居）だったと思う。愛人とかコールガールを連れ込めるから。ある時期、親父があそこで乱交パーティーをやってるっていう噂を耳にしたことさえあるよ」

フランシスには絶えずそのような放埓《ほうらつ》な男という評判がつきまとっていた。確かに、彼がどこそこの女性をモノにしたと吹聴《ふいちょう》していたのは覚えているが、今それらの女性の名前を思いだすことはできない。そんな羽目を外すフランシスだったが、わたしはそれでも変わることなく彼のことが好きだった。何かに苦悩し、複雑な心理にとらわれている人物であると感じていたからだ。その人種差別的な言辞や男性優位の反フェミニズム的な暴言はあまりにも極端で芝居じみていた。とりわけ彼の実際の態度はそれらと少なからず矛盾していたのだ。フランシスが雇うのは北アフリカのマグリブ（アフリカ北西部のモロッコ、アルジェリア、チュニジア）出身者がほとんどで、彼らに対して非常に強い愛着を持っていた。昔気質《むかしかたぎ》の経営者、要するに親方ではあったが、従業員たちはその彼に信頼を寄せていた。女性について言うなら、あるとき母がわたしに指摘した事実がある。彼の会社の重要なポストは、すべて女性が占めているのだと。

ひとつの思い出が脳裏をよぎり、さらにもっと遠い記憶までもが蘇ってきた。

二〇〇七年の香港、わたしは三十三歳だった。三作目の小説が刊行されたばかりのころだ。わたしの担当エージェントが、アジア各地――ハノイのフランス文化センターのほか、台北の〈信鴿法國書店《ル・ピジョニエ》〉、ソウルの名高い梨花《イファ》女子大学校、香港の〈パランテーズ書店〉――でのサイン会を手配していた。わたしはマンダリン・オリエンタル香港の二十五階にあるバーで女性ジャーナリストといっしょだった。香港の夜景が見わたすかぎりに広がっていたが、しばらく前からわたしは、十メートルほど離れた場所に座っているひとりの男を観察することに神経を集中させていた。フランシスだった。だが、とてもそうとは信じられなかった。彼が読んでいるのは経済紙『ウォール・ストリート・ジャーナル』で、見事な仕立てのスーツ（袖山《シガレット》が薄い肩パッドで軽く盛りあがり、襟と下襟《ラペル》の角がどちらもほぼ直角）に身を包み、さらには日本のウイスキーとブレンディッド・スコッチの違いについて論じ合うに充分なほど滑らかな英語をしゃべっていたのだ。取材の記者は、だいぶ前からわたしが彼女の話を聞いていないことに気がつき気分を害したようだった。無礼を取り繕《つくろ》うためわたしは、頭をフル回転させて彼女の質問に対するあやふやな答えを絞り出した。そして目を上げると、もうフランシスはバーから消えていた。

一九九〇年の春、わたしはまだ十六歳にもなっていなかった。バカロレアの国語の試験勉強があったので、わたしはひとりで家にいた。両親は兄と姉を連れ、バカンスでスペインに行っていたのだ。わたしはそういうときの孤独が好きだった。朝から晩まで、授業に出てきた本を読みふけった。何かを読むとそれがほかの読書に繫がり、ひとつの発見があれば、それは音楽や絵画や、すでに教わった現代思想を探求することへの誘《いざな》いとなった。正午前、郵便物を取りに行くと、配達人が間違ってフランシス宛の封筒をうちの郵便受けに入れたことに気づいた。そこで、それをすぐに届けることにした。わたしたちの家同士の境に垣根はなかったので、わたしは家の裏手からビアンカルディーニ家の芝生をよこぎった。ガラスドアのひとつが開いていたので、そのままサロンに入り、封筒をテーブルに置いていくつもりだった。そのとき、ソファーに座っているフランシスの姿が目にとまった。彼はわたしがいることに気がついていない。オーディオからシューベルトの即興曲が流れていた（それだけでも、当時は〝反動的〟な歌手として売っていた歌手ミシェル・サルドゥと、ポップ歌手ジョニー・アリデーだけが幅を利かせていたこの家では驚きだった）。もっとありそうにないこと、それは彼が読んでいる本で、ただの本ではなかった。わたしは身動きできずにいたが、表紙がガラス窓に映っているのが見えた。マルグリット・ユルスナールの『ハドリアヌス帝の回想』。わたしは呆気《あっけ》にとられた。フランシスは、人生において一冊たりとも本など読んだことがないとうそぶいていたのだ。十四歳のときから工事現場で身体を酷使して働いてきたという彼は、シャボン玉のなかに生きるインテリをばかにしてはばからなかった。わたしは頭のなかに多くの疑問符を浮かべながら忍び足で外に出た。自分を賢く見せようとするばかはすでにたくさん見ていたが、ばかを装う頭のいい人間を見るのは初めてだった。

4

「パパ、パパ!」

叫び声で、わたしは思い出から現実に引き戻された。芝生の向こう端からエマとルイーズがこちらに向かって走ってきて、その後をわたしの母が追っていた。反射的に、わたしは忌まわしい過去が詰まっているファイルを閉じた。子供たちが父親に飛びついていくのを見ながら、母がわたしたちに告げる。

「子供たちを見ててね。わたしは〈ヴェルジェ・ド・プロヴァンス〉までアプリコットを買いに行ってきますから」

そして母は、わたしが玄関の小物入れに置いたミニ・クーパーのキーを振ってみせた。

「トマ、あなたの車を借りるわね。わたしのはマキシムの車があって動かせないから」

「アナベル、車なら動かすからちょっと待って」マキシムが言った。

「いいから。そのあと商業センターにも行かないといけないし、急いでいるの」

母は譲らず、わたしに視線を向けた。

「こうすれば、あなたもこそ泥のようには逃げられないでしょ、トマ。わたしのアプリコット・タルトを食べないわけにもいかないし」

「でも、ぼくは出かけなくちゃならないんだ。だから車が要るんだよ！」

「わたしのを使えばいいでしょう、キーはついたままになっていますから」

母はわたしの反論など待たずに去ってしまう。マキシムが娘たちを遊ばせるために大きなバッグから玩具を出しはじめると、テーブルに置いたわたしのスマートフォンが鳴った。知らない番号だった。不審に思いながら電話に出ると『ニース・マタン』の元編集長で、ステファン・ピアネッリが師と仰ぐクロード・アンジュヴァンからだった。

アンジュヴァンはどちらかと言えば感じのいい人物なのだが、とにかく多弁だった。今はドウロ地方に居を構えていると説明し、少なくとも五分間はみっちりポルトガルのその地域の魅力についてまくし立てた。わたしはなんとか話題をヴィンカ・ロックウェル事件に向け、彼が警察の発表をどう思っているかを探ろうと試みた。

「あの発表に根拠はないが、どうしても反証できなかった」

「なぜそう思うんです？」

「一種の勘だよ。わたしは最初から全員が捜査の本質を見過ごしていたと思っている。刑事も、記者も、家族も全員がね。あんたにはぶちまけて言ってしまうが、あの捜査はまるで見当違いだった」

「と言うと？」

「そもそもの出発点から、われわれには事件の本質が見えてなかったんだな。些細な一点についてそう言っているんじゃない、わたしが問題にしてるのは最も重要なことなんだ。だれも注目しなかった事実があって、それを見過ごしたために何の結果にも行き着かないように捜査が仕向けられてしまった。わたしの言っている意味が分かるかな？」

　言っている内容は判然としないが、わたしには理解できたし、同意したいと思った。元編集長は続ける。

「ステファンから聞いたが、あんたはダンスをしている二人の写真の撮影者を探しているんだね？」

「そうなんです、知ってるんですか？」

「もちろん知っている《クラーロ・ケ・セイ》！　保護者会のメンバーでイヴ・ダラネグラという人物だ」

　その姓には聞き覚えがあった。アンジュヴァンが助け舟を出してくれる。

「ちゃんと調べておいたよ。フロランスとオリヴィア・ダラネグラ姉妹の父親だ」

　フロランスのことをおぼろげながら思いだした。運動神経のいい女子生徒で、わたしより十センチくらい背が高かった。わたしが数理系のリセ最終学年にいたとき、彼女は同じ学年の生物・地球科学系クラスにいて体育の授業だけはいっしょだったのだ。男女混合のハンドボールで同じチームにいたこともある。ただ、その父親についてはまったく記憶がない。

「うちの新聞社にあの写真を使わないかと言ってきたのは彼のほうからで、確かうちがヴィンカ・ロックウェルとアレクシス・クレマンの失踪事件を初めて記事にした直後、一九九三年のことだった。当然ためらわずに買いとったよ、写真はその後もよく使われたね」

「あの写真に修整を加えたのはあなたですか？」

「いや、ともかくそんなことをした記憶はない。記事に載せた写真は、例の男が売りこんだものをそのまま使ったんだと思う」

「イヴ・ダラネグラが今どこに住んでいるのか、ご存じですか？」

「ああ、あんたのためにみつけておいたよ。メールで送ろう、でもびっくりするんじゃないかな、あんたは」

メールアドレスを伝え、アンジュヴァンに礼を言うと、調査が進展した時点でその結果を知らせるよう彼はわたしに約束させた。

「そんな簡単にヴィンカ・ロックウェルを忘れられるかってことだな」電話を切る直前、アンジユヴァンが言った。

よくもこのぼくにそれを言ってくれたな、おじいちゃん！

電話が切れたとき、マキシムがいれてくれたコーヒーはもう冷めていた。わたしはコーヒーをいれなおそうと立ちあがる。娘二人が仲良く遊んでいるのを確かめてから、マキシムがわたしのところにやって来た。

「ドゥブリュイヌ警視正がきみを呼びつけた理由をまだ聞いてないけど」

「父の死に関連したある物をぼくに確認させたかったんだ」

「時間をむだにするのはやめよう。警視正は何を確認させたかったんだ？」

「水曜の晩は強風で、海はかなり荒れていた。波が大量の海藻とゴミを運んできた。それで一昨日の朝、市の清掃課の作業員が浜辺の清掃にかり出された」

マキシムの視点は定まらなかったが、その目は娘たちに注がれており、コーヒーを一口飲んでから話を続ける。

「サリスの浜辺で市の作業員たちが嵐で打ちあげられた麻の袋をみつけた。中身が何だったか……分かるかい？」

わたしはわけが分からず首を振った。

「親父の腕時計が入っていた。コレクションのぜんぶだ」

わたしはその発見が何を意味するか即座に理解した。マケドニア人はフランシスの死に無関係だったということである。強盗が目的ではなかった。フランシスの殺害犯は、自分の犯行を頻発する押し込み強盗に偽装したのだろう。コレクションを持ち去ったのは強盗事件を装うためだった。そして犯行の証拠を隠滅するため、あるいは予期せぬ家宅捜索を恐れてそれらを処分した。

わたしはマキシムと視線を交わし、それから申し合わせたように二人の幼い子供のほうを見た。わたしの内に冷たい波が押しよせる。今や全方位が危険になっていた。最初は、何かを思いつめた人物による強請りか、あるいは単に、われわれに恐怖心を与えようとつきまとう人間の仕業だろうと思っていた。

だが敵は殺人者だった。

容赦ない復讐を行動に移すため、闘いの準備を進めてきた殺人鬼。

ほかの子とは違う男子

わたしは母のオープンカーの幌をたたんだ。灌木《かんぼく》が生えるだけの荒れ野と青い空に包まれて、車を町の後背地に向けて走らせていた。穏やかな空気、田園風景。わたしの心を掻き乱す苦悩とは正反対の世界。

もっと正確に言うと、わたしは不安ではあったが、かなり興奮もしていた。まだそうと打ち明ける自信はなかったが、わたしはいくらか希望を取りもどしていた。その日の午後の数時間、わたしはヴィンカが死んでいない、きっとまた彼女に会えると本気で信じたのだった。そうなれば、たちまちわたしは生きることの意味を取りもどし、人生が軽くなって、ずっと引きずってきた罪悪感も永遠に消えてくれるだろう、と。

数時間のあいだ、自分は賭けに勝った、ヴィンカ・ロックウェル事件の真相を知っただけでなく、活力と幸福感さえも手に入れて調査を終えられるだろうと思った。そう、わたしがヴィンカを、彼女が抜け出せないでいる謎の牢獄《ろうごく》から救い出し、一方の彼女はわたしを苦悩と失われた歳月から解放してくれるだろうと本気で信じた。

最初のころわたしは、ヴィンカを捜すことにかかりきりになっていたが、年月が経つにつれて、彼女のほうがわたしをみつけに来るのを待つようになった。それは諦めたからではない、わたしには、自分だけが知る切り札があった。それもまたひとつの思い出だった。明白な証拠というのではない、だが密かな確信である。刑事裁判において、ひとりの人生を破滅させるか、あるいは新たな息吹を与える判決に等しいような。

★

その光景は何年か前に遡《さかのぼ》る。二〇一〇年だった、クリスマスと新年のちょうどあいだで、ニューヨークはかつて経験したことがないほどの雪嵐で都市機能が麻痺していた。空港は封鎖され、全便が欠航となった。雪と氷に埋もれたマンハッタン。十二月二十八日、世界の終わりかと思われたあと、まばゆい太陽が一日中街に光を降りそそいだ。正午近く、わたしはアパートからワシントン・スクエアのほうに散歩に出た。公園の入り口のチェス愛好者が集まる小道で、わたしはすでに何度か会ったことのあるロシア出身の老人セルゲイと一局指してみようという気になった。毎回二十ドルを賭けるのだが、これまではセルゲイがきわどいところで常に勝利していた。今日こそはと意気込んで、わたしは石のチェステーブルのひとつに落ち着いた。

その瞬間はよく覚えている。わたしが自分のナイトで相手のビショップを取るという手を仕掛けるところだった。ナイトを取ってふと目を上げた。短剣で心臓を貫かれるような衝撃を受けたのは、その瞬間だった。

ヴィンカがいた、小道の向こう端、十五メートルほど離れたところに。

ベンチに腰かけ足を組み、片手に紙のカップを持ち、読書に耽っていた。輝いていた。リセ時代よりも晴れやかで、優しそうな雰囲気だった。薄い色のジーンズにマスタード色のスエードのジャケットを着て、大きなマフラーを巻いていた。ニット帽に隠れていても髪を短くしているのは分かったが、あの赤毛の光沢は見えなかった。わたしは目をこすった。彼女が手にしているのはわたしの書いた本だった。名前を呼ぼうと口を開いた瞬間、彼女が顔を上げた。一瞬、わたしたちの視線が交差して……。

「おい、やる気があるのかないのか、はっきりしてくれ！」セルゲイがわたしを急《せ》かした。

ほんの数秒のあいだ、わたしがヴィンカから目を離したそのとき、中国人の団体ツアー客が公園に入ってきた。わたしは立ちあがって駆けだし、人の群れをかき分けて彼女を探そうとしたが、あのベンチまで来たときには、ヴィンカの姿は消えていた。

★

この記憶にどれだけの信頼が寄せられるだろうか？　わたしが見たのは束の間の出来事だった、それは認める。あの光景が記憶から薄れてしまうことを恐れ、わたしはそれを何度も何度も頭のなかに描こうとした。そうすることで、わたしの心は落ち着いた。だからあの情景にすがりついたけれども、それがどれほど儚いものかも分かっていた。あらゆる思い出にはフィクションの部分が含まれているのであって、それを再現しようとすると真実にしては美しすぎるのだ。

　年月を経てから、結局わたしはあのときの光景は事実ではなかったのだと思いはじめた。おそらく、自分をそう納得させる何かがあったのだろう。でも今日になって、あの日のことがべつの意味を持ちはじめていた。『ニース・マタン』の元編集長クロード・アンジュヴァンが「わたしは最初から全員が捜査の本質を見過ごしていたと思っている……。あんたにはぶちまけて言ってしまうが、あの捜査はまるで見当違いだった」と断言したことについて考えた。

　アンジュヴァンは正しかった。だが事態は変わりつつあったのだ。真実が暴かれようとしていた。わたしは殺害犯に狙われているのかもしれないが、恐怖は感じなかった。その人物こそ、わたしがヴィンカに会うことを可能にしてくれるだろうから。その殺害犯はわたしにとってのチャンスでもある……。

　だがひとりでそいつに勝つことはできないだろう。そしてヴィンカ・ロックウェル失踪の秘密を知るには、自分の記憶を遡り、プレパ入試のころから一年級中期のあいだのどこか、ほかの子とは違う男子だった時期のわたし自身を訪ねる必要があった。勇気があり、前向きで、澄んだ心の持ち主、いわば将来を約束された若者。それを再生することはできないと分かっていたが、完全に消え失せてしまったわけでもない。最も暗澹たる時期にあっても、わたしは自分の内にその部分を持ちつづけていた。ときにはひとつの微笑み、ひとつの言葉、ひとつの知恵が頭のなかをよぎるとき、かつての自分を思いだすのだった。

今のわたしは、あの当時の自分しか真実を明らかにできないだろうと確信している。なぜなら、ヴィンカを捜す調査を通じて、わたしはとりもなおさず自分自身の調査を行っているのだから。

11　その微笑みの裏に

写真には不正確が存在しない。すべての写真は正確である。そのどれひとつとして真実ではない。

リチャード・アヴェドン

1

イヴ・ダラネグラはビオットの丘の大きな邸に住んでいた。約束もなしに訪問はできないので、あらかじめクロード・アンジュヴァンから教わった番号に電話した。第一の幸運は、一年の半分をロサンゼルスで暮らす彼が今ちょうどコート・ダジュールに来ていたこと。第二の幸運は、わたしが何者かを彼がちゃんと知っていたことで、それはリセ時代にわたしと顔を合わせていた二人の娘フロランスとオリヴィア――おぼろげながらも記憶はあった――がわたしの本を読んで気に入ってくれていたお陰だった。そこで即座に、ヴィニャス通りにある彼のスタジオを兼ねる別荘に来るよう提案された。

「でもびっくりするんじゃないかな、あんたは」とアンジュヴァンは言っていたが、ダラネグラのホームページとウィキペディア、その他の情報を見ると、彼は写真の世界で紛れもないスターだったのだ。一風変わった経歴の持ち主だった。四十五歳までのダラネグラは良き夫、良き父親としての生活を送っていた。ニースにあった中規模の会社で経営管理を担い、妻カトリーヌとは二十年来の結婚生活を送って二人の娘までいた。だが一九九五年の実母の死が、彼に新たな人生の道を選ばせるきっかけとなった。ダラネグラは離婚し、仕事を辞めると、写真にすべての情熱を傾けるためニューヨークへと向かう。

何年か経ったころ、彼は『リベラシオン』紙の最終ページ〈ポートレート〉欄にて、あれは自分の同性愛を受け入れることを選んだ時期だったと打ち明けている。ダラネグラの名を広く知らしめた作品は、アーヴィング・ペンやヘルムート・ニュートン流の美学の傾向を極めたヌード写真である。その後は、時とともに作品がより個性的になっていく。もはや彼は従来の美の基準とされる肉体を撮ることはなくなり、肥満、あるいはとても小柄な女性、ケロイドのあるモデル、切断を受けた人、化学療法中の患者しか被写体として選ばなくなった。ダラネグラが昇華させることのできる特異な肉体である。最初は疑念を抱いていたが、作品の力強さに圧倒され、わたしはそれらの写真がいかがわしいとも歪《ゆが》んだ動機によっているとも思わなくなった。身体の多様性を賛美する政治的適正《ポリコレ》に沿った広告というより、むしろフランドルのバロック画家の作品に近かった。創意溢れる演出と巧みな光の使用による非常に洗練された画像は、美と喜び、逸楽、歓喜の交わる世界に見る者を投げ込むあの古典絵画に似ていた。

オリーブ園と低い石垣のあいだを登っていく細い街道を、わたしはゆっくり車を走らせる。高台に着いたと思ったら、さらに狭い道が集落まで続いていた。修復されたプロヴァンス伝統の古い館《やかた》がいくつかと、より近代的な住居もあったが、それらは一九七〇年代に分譲で建てられたプロヴァンス風の別荘だ。ヘアピンカーブを抜けたところで、よじれた幹と風に葉をそよがせるオリーブの古木たちが見えなくなったと思うと、突如ありえないヤシの木の園、この南仏プロヴァンスの真ん中にマラケシュの一部が移植されたような光景が現れた。イヴ・ダラネグラは電話で開門の番号を教えてくれていた。錬鉄細工の柵のそばに車を停め、そこから母屋《おもや》まで歩きだす。

突然、薄茶色の塊が吠えながらわたしに飛びついてきた。巨大なアナトリアン・シェパード。元々わたしは犬恐怖症なのだ。六歳のときに友だちの誕生会で、突然その家のボースロンに飛びかかられた。なぜか犬はわたしの顔を狙った。片目を失いかけたその事故以来、わたしは鼻の上部にある傷跡に加え、犬に対する本能的な度外れの恐怖心を抱くようになったのだ。

「ユリス、止まれ！」

邸の管理人だろう、小柄な身体に不釣り合いなほど太い腕の男が大型犬を追って現れた。バスクシャツにポパイそっくりのセーラー帽という格好だった。

「ユリス、伏せ！」男は声を大きくして命じた。

短毛で大きな頭、体高八十センチの〝カンガール〟とも呼ばれる牧羊犬は、わたしが先に進むのを牽制《けんせい》するかのように鋭い視線を向ける。

「ダラネグラさんと会う約束があるんだ！」わたしは管理人に説明を試みる。「門の番号も彼から電話で教えてもらった」

管理人はわたしを信用する気になったようだが、ユリスはもうわたしのズボンの裾に咬みついていた。わたしが堪《たま》らずに悲鳴をあげたので、管理人も素手で犬の口を開かせざるをえなくなった。

「ユリス、行け！」

いくらか悔しそうに、ポパイは何度もわたしに謝った。

「あいつ、いったいどうしたのかな。ふだんはぬいぐるみのクマみたいに優しいんですがね。何か気に入らないにおいを嗅ぎつけたんだね」

恐怖のにおいだ、とわたしはその場を離れながら思った。

写真家はかなり奇抜な家を建てていた。L字型のカリフォルニア風の建物で、壁は光を透過するコンクリートを用いていた。水が溢れつづける大プールからはビオットの丘とその村が一望できる。半開きになった巨大なガラス窓から聞こえてくるのは、リヒャルト・シュトラウスの「バラの騎士」でも最も有名な第二幕の二重唱だった。奇妙にも、玄関に呼び鈴がなかった。ドアを叩いたけれど、音楽の大音量のせいで何の返答もない。そこで南仏流に、庭から回って音楽の聞こえてくる場所に近づいていった。

ダラネグラは窓越しにわたしのいることに気づき、開いている大きなガラスドアから入るよう手招きをした。

写真家は撮影に一段落をつけるところのようだった。家は巨大なロフトで、その全体を撮影スタジオに替えていた。カメラの後ろで、モデルが服を着ているところだ。背景や小道具から察するに、写真家は太った肉体の美をゴヤの傑作「裸のマハ」のポーズで不変のイメージとして捉えたのだろう。どこかで読んだ記事に、現在、ダラネグラは豊満な体躯《たいく》のモデルを使って名画を再現することに熱中しているとあった。

ビロード張りの大きな寝椅子に柔らかなクッション、レース編みのベール、バスタブに広がる細かい泡のような薄いシーツなど、背景はキッチュだがキワモノ性は感じられなかった。

ダラネグラはいきなりきみ呼ばわりで話しはじめる。

「やあ、トマ、初めまして《ハウ・アー・ユー》。きみ、入って《カモン》いいよ。もう終わったから！」

容貌はキリストそっくりだった。あるいは絵画で喩《たと》えるなら、アルブレヒト・デューラーの自画像——つまり波打つ髪を肩まで垂らし、左右対称に描かれた細面《ほそおもて》にきちんと切りそろえた髭、そして隈《くま》のある動かぬ目——に似ていた。だが着ているものはそれとまったく違っていて、刺繍《ししゅう》入りのジーンズにフリンジのついた猟師用のベスト、そして踝《くるぶし》までのカウボーイブーツを履いていた。

「電話できみが言ってたことだけど、ぜんぜん意味が分からなかった。昨日の晩にLAから着いたばっかりで、じつはよれよれなんだ」

彼はわたしを大きな一枚板のテーブルに座らせながら、帰るモデルに挨拶をする。あちこちに飾ってある写真を見ていて、ダラネグラの作品に男性がいないことに気づいた。否定され、跡形もなく消された男たちは世界地図の全面を明けわたし、女性が悪（男たち）から解放された世界を縦横無尽に動きまわることを可能にする世界。

わたしのそばに来た彼は、まず自分の娘たちのことを話題にしたあと、映画化されたわたしの本のひとつに出演し、彼もまた写真を撮ったことのある女優について話した。話題がとぎれたところで、ダラネグラは本題に移る。

「ところで、きみの用件というのを聞こうか」

2

「もちろん《オフ・コース》、その写真を撮ったのはわたしだよ！」彼は言った。

彼の協力を得られそうに感じたので、わたしはピアネッリの本の表紙となった写真を見せながら単刀直入に質問をした。わたしから本をもぎ取るようにし、彼はもう何年も見ることのなかった写真を仔細に眺めた。

「これは学年祭パーティーのときの写真じゃないか、そうだろう？」

「いや、年末のパーティーで、一九九二年十二月の半ばだった」

ダラネグラは大きく肯いた。

「そうそう、当時わたしはリセの写真クラブの世話役をしてた。たまたま校内にいたんで、フロランスとオリヴィアを撮っておこうと思って、パーティー会場に寄ってみたんだ。そうしたら興《きよう》が乗ってきて、あちこちにカメラを向けてね。それで何週間も経ったあと、この少女と教師の失踪が話題になりはじめてから、わたしはあの晩の写真を現像してみようと思った。これは最初に現像した写真のなかの一枚だったな。『ニース・マタン』に声をかけたら、すぐに買いとってくれたよ」

「でも、この写真はフレーミングをしている、そうでしょう?」

写真家は目を細めた。

「そのとおり、よく分かったね。構図の緊張感を強めるために、その二人をほかから切り離したんだ」

「元のネガは残してある?」

「一九七四年以降に撮った銀塩写真はぜんぶデジタル化してあるよ」彼は言明した。

ついているなと喜んだのも束の間、写真家は顔をしかめた。

「サーバーというかクラウド——最近は、そう言うらしいけど——のどこかにぜんぶとってあるはずなんだが、それをどうやって取りだすか、わたしには分からないんだ」

わたしが落胆するのを見て、彼はスカイプでロサンゼルスにいる自分の助手と話してみようと提案してくれた。彼のパソコンの画面に若い日本人女性の顔が映る、まだ寝ぼけているようだった。

「やあ、ユウコ、ちょっときみの力を借りてもいいかい？」

ターコイズブルーの長い髪を束ねて真っ白なブラウスに女子高生風ネクタイといった格好のユウコは、今から集会に向かうコスプレイヤーのようだった。

ダラネグラが自分の探しているものを細かく伝えると、ユウコはなるべく早く結果を知らせると答えた。

スカイプを切ってから、写真家はキッチンの天板が天然石のカウンターのなかに入り、飲み物を用意しはじめる。ガラス製ボウルにホウレンソウとバナナ、そしてココナツミルクを加えた。三十秒後、彼は大きなグラス二つにスムージーを注いだ。

「これを飲むといい」グラスを持ってきながら言う。「肌と胃にとてもいいんだ」

「ウイスキーがあれば、そっちのほうがいいんだけど？」

「申し訳ないけど、二十年前に酒はやめた」

彼は一気にグラスの半分ほど飲んでから、話をヴィンカの写真に戻す。

「あの子は、写真にするのに特別に腕のいいカメラマンである必要はなかったよ」彼はパソコンの横にグラスを置きながら言った。「シャッターボタンを押して、現像してみると、実際よりもっとよく撮れている。あれほど気品を備えた人間にはあまり会ったことがないね」

彼の言葉に何かしら引っかかりを感じた。ダラネグラはヴィンカを何度かべつの機会にも写真に撮っていたような話しぶりだった。

「そうなんだ！」わたしの質問に対して、彼はそれをはっきりと認めた。

戸惑うわたしを見て、ダラネグラはわたしがまったく知らなかった話を始める。

「失踪事件の二か月か三か月前のことかな、ヴィンカが自分の写真を撮ってほしいと言ってきたんだ。うちの娘たちの友だちの何人かと同じように、モデルになるためのフォトブックでも作るのかなと思ったけど、恋人にあげるための写真だって、結局わたしに打ち明けたよ」

ダラネグラはマウスを動かして検索エンジンのページを開いた。

「二度ほど撮影をやって、どちらも上々の出来映えだった。素朴というか親近感のある写真だったけど、なかなか魅力的だった」

「その写真、とってあるんでしょう？」

「いや、とってない、それが条件だったし、わたしもべつに反対しようとは思わなかったから。だけど奇妙なことに、つい数週間前、それがネット上に現れたんだ」

そう言うとパソコンの画面をわたしに向けた。あるインスタグラム、ヴィンカを敬慕《けいぼ》するフェミニスト集団〈エトロディット〉のアカウントを表示していた。女子生徒たちはそこに二十枚ほどの写真を掲載していたが、そのなかにダラネグラが話した写真もあった。

「どうやって手に入れたのかな？」

写真家は両手を振りまわし話しはじめる。

「わたしのエージェントが著作権の問題でその生徒たちと連絡をとったら、正体不明の差出人からメールで送られてきた、ただそれだけだと生徒たちは言ったらしい」

わたしは、見たことのない写真をある感慨とともに見つめた。それは美に対する真の賛歌だった。ヴィンカの魅力すべてがそこに見えていた。彼女には不完全なものがなかった。彼女の美が特異なのは、些細な欠点すべての寄せ集めが優雅に均衡のとれた集合を構成している点にあって、全体がけっして部分の総和でないという古い格言の証明だった。

その微笑みの陰に、いくらか不遜《ふそん》さを帯びたその仮面の裏に、当時のわたしが感じとることのできなかった苦しみが察せられた。少なくとも、後にわたしがほかの女性と身近に接し経験したことで確認した不安だった。美しさは知的な体験でもあって自分が行使する側なのか行使される側なのか、ときに分からなくなるような脆《もろ》い支配力なのだ。

「そのあとヴィンカは、もっといかがわしい、ほとんどポルノに近いものを頼んできた」ダラネグラは続ける。「さすがにそれは断った。彼女が付き合っている男の注文のように感じたからだけど、実際、彼女も乗り気ではなかったね」

「男というのは？　アレクシス・クレマン？」

「そうだったと思う。今でこそ大したことではないけど、当時はかなり危なっかしいことだった。だから、関わりたくなかったんだ。それに……」

ダラネグラはそこで話をやめ、言葉を探すようだった。

「それに？」

「説明するのは簡単じゃないんだ。ある日のヴィンカは輝くばかりかと思うと、つぎの日はひどく落ちこんでいるか、ラリってるか。まったく安定していなかったように見えた。それだけじゃなくて、彼女はわたしの背筋を凍らせるような頼みごとをしてきたんだ。彼女をつけていって、物陰に隠れて、年配の男を強請るための写真を撮ってくれって。薄汚い話だし、何よりそれは……」

キーンと澄んだ音が響きメールの着信を知らせると、ダラネグラは話を中断した。

「あっ、ユウコからだ！」パソコンを見た彼が言う。

クリックしてダラネグラがメールを開くと、リセの年末パーティーの写真が五十枚ほど添付されていたが、老眼鏡をかけた彼は、すぐにヴィンカとアレクシス・クレマンが踊っている例の写真をみつけた。

ラファエルは正確に見ていたのだ。確かに、例の写真はフレーミングされていた。ズームされる前の写真は違う情景を見せていた。ヴィンカとアレクシスはいっしょに踊ってはいなかった。ヴィンカはひとりで踊りながら、だれか違う人間を見ていた。背中しか見えない男を。だが写真の前景にいるのでぼやけてしまっている。

「くそ！」

「いったい何を探してるんだ？」

「あなたの写真は偽りの写真だな」

「すべての写真がそうであるようにね」ダラネグラは抑揚のない声で応じた。

「まあね、でも言葉遊びはやめてほしい」

わたしはそばの机にあった鉛筆と紙をとり、そのぼんやりした人物の形を描いてみる。

「この男がだれなのか特定したいんだ。ヴィンカの失踪に関わりがある人物かもしれない」

「ほかの写真も見てみよう」彼が提案した。

わたしは椅子を引いて画面に近づき、彼といっしょにほかの写真を見ていく。ダラネグラは主に自分の娘たちを撮っていたが、一部にはほかの参加者も写っていた。ここにはマキシムの顔が、こちらはファニー。何人かの同級生——エリック・ラフィットや〝レジスはばか〟、秀才キャシー・ラノー……——とは今朝すでに顔を合わせていた。まったく記憶に残っていないそのパーティーだが、わたしの写っている写真もあった。どこかぎこちなく、上の空の目つき、いつもどおり空色のシャツにブレザーという格好だった。教師のグループは、いつも変わらぬ顔ぶれ。ふだん意地が悪い一団は、ひとりにならないよう固まっている。黒板の前に生徒を立たせ、いじめることに快感を覚える数学教師ンドン、情緒不安定な物理教師レーマン、そして最も質《たち》の悪い教師フォンタナ、彼女はまともに授業を統制できないくせに、学校の管理職や教師、さらに保護者や生徒代表が集まる学級評議会になると、狙った生徒をいたぶって仕返しをするような人物だった。もうひとつの一団は、より人間味のある教師たち、プレパの英米文学を担当する美人教師マドモワゼル・ドゥヴィル——シェイクスピアとエピクテトスを引用しての当意即妙な応答には、うるさ型の生徒らも口をつぐむほかなかった——と、わたしの恩師グラフ先生、高一と高二の国語のすばらしい教師だった。

「なぜ反対側からの構図がないんだ！」写真を見終えたわたしは落胆して呻く。

すべてを変えたに違いない新事実の発見まであと一歩まで近づいていたというのに。

「ほんとに悔しいな」ダラネグラもスムージーを飲み干しながらつぶやいた。

わたしは自分のグラスには口をつけなかった。相手の気持ちを推し量る余裕すらなかったのだ。ロフト内の明るさが減じていた。光の戯《たわむ》れを味わえる時刻になっていたので、半透明のコンクリートが家全体を巨大な泡に変え、微妙な明るさの変化を反射しつつ、浮かんでいる薄い影に幽霊のような動きを与える。

気落ちしていたが、写真家の協力に感謝を伝えて辞去する前、わたしが写真をメールで送ってくれたらありがたいと言うと、ダラネグラはその場で送信してくれた。

「あの晩、もうひとり、きみたちの写真を撮っていた人間がいたけれど、知ってるだろう？」玄関のドア越しに彼が言った。

「生徒の何人かはカメラを持っていただろうな」わたしは何気なく言った。「まだデジタルカメラが登場する前だったから、みんなフィルムをけちってる時代だった」

時代だった……。大聖堂のようなロフト内にその言葉が響きわたり、彼も、わたしも、長い歳月が流れたことを思い知る。

3

あてどなく母のベンツを数キロ走らせた。写真家への訪問のあと、わたしには物足りなさしか残らなかった。辿るべき道を誤っているのかもしれないが、この調査の終点まで行き着かなければならない。あの背中が写っている男を特定しなければならなかった。

ビオットのゴルフ場を過ぎてからブラーグのロータリーに向かう。村へ向かう代わりにコル街道へと入る。ソフィア・アンティポリスに続く道だ。追憶の力の何かが、わたしをリセ・サン゠テグジュペリに向かわせた。今朝のわたしは、そこまで出かけ、この長い年月のあいだその存在さえ認めたくなかった亡霊たちと面と向かうだけの勇気がなかったのだ。

運転しながら、ダラネグラ邸で見た数々の写真について考える。とりわけその一枚にわたしは動揺した。まさに亡霊のひとり、わたしの国語の教師ジャン゠クリストフ・グラフの姿を捉えた写真である。わたしは目をしばたたいた。記憶が蘇る、それにまつわる悲しみとともに。グラフ先生はわたしの読書の方向付けをしてくれた、わたしにとって初めての創作を書けと励ましてくれた。感受性の強い、親切でとても気持ちのいい人だった。ひょろっと背が高く、女性のような繊細な顔立ち、いつも、夏でもマフラーをしていた。文学的な分析において卓抜《たくばつ》した才能を持つ反面、グラフ先生は実社会でいつも途方に暮れているような印象を与えた。

二〇〇二年、ジャン゠クリストフ・グラフは自殺してしまった。もう十五年になる。わたしには気の優しい者たちの悲運の新たな犠牲者に思えた。この不公平な法則、ほかの人に対して正しくふるまおうとしただけの、多少脆いところがある一部の人々を打ちひしぐ宿命のことだ。だれが主張したのかは知らないが、運命は人間に耐えられることしか与えないというのは嘘である。ほとんどの場合、運命は弱者の人生を踏みつぶして悦に入る邪悪な卑劣漢《ひれつかん》であり、その一方で、数えきれないくらいのばかどもが幸せで末永い人生を送る。

グラフの死はわたしを打ちのめした。自宅の建物の屋上から身を投げる前、彼はわたし宛に胸をうつ手紙を書き、ニューヨークにいたわたしは、それを一週間後に受けとった。それについて、わたしはだれにも話したことがない。残酷な人生に自分が適応できなかったこと、孤独に耐えられなかったことを手紙に綴っていた。暗黒の時期をやり過ごすのに幾度となく助けとなった本が、結局は溺《おぼ》れつつある彼を救えないと知ったときの幻滅を述べていた。分かち合うことのできなかった深い愛に絶望したと遠慮がちに明かしていた。手紙の終わりのほうで、わたしに幸運が訪れることを、そして彼自身は果たせなかったけれど、このわたしが相思相愛の相手をみつけ、ともに人生の荒波に立ち向かっていくだろうことを一瞬たりとも疑っていないと書いていた。だが彼もまた、わたしの強さに幻想を抱いていたのだ。落ちこんでいる日など、わたしも彼と同じような道を辿らないこともないと思うことが日増しに多くなっていたのだから。

松林に着いた時点で、わたしは暗い思いを追いはらおうと努めた。今回は車を〈ディーノの店〉の近くには停めずに、リセの校門まで進めた。容貌から、守衛はパヴェル・ファビアンスキの息子のようだった。パヴェルの息子はスマートフォンでジェリー・サインフェルドのコメディ動画を観ているところだった。わたしはICカードを持っていなかったので、記念祭の手伝いに来たと出任せを言った。彼はつべこべ言うことなく遮断機を上げ、ふたたびスマートフォンの画面に視線を戻した。構内に入ると、もう規則は無視してアゴラ正面に広がるコンクリートタイル敷きの広場に車を停めた。

建物内に入って図書館に通じるゲートを乗り越え、中央閲覧室に進んだ。幸い、近くにゼリーの姿は見えない。コルク張りの掲示板に、彼女が責任者を務める演劇部の活動日は水曜と土曜の午後と書かれたチラシが貼ってあった。

データベースの端末のひとつに、メガネをかけた若い女性が向かっていた。椅子の上にあぐらをかいて座り、チャールズ・ブコウスキーの英語版『執筆について《オン・ライティング》』を読みふけっている。優しい顔立ちの女性は、丸襟の紺のブラウスとツイードのショートパンツに、光沢のあるストッキングを身につけている。

「こんにちは、エリーヌ・ボークマンといっしょに働いているんですか？」

女性は画面から目を上げ、微笑みでわたしを迎えた。

とたんに、わたしは彼女に好感を持った。きっちり結い上げたシニヨンと鼻につけたダイヤモンドのピアスのコントラスト、耳の後ろから襟のなかに下りていくアラベスク模様のタトゥー、〝読書はセクシー〟と書かれた紅茶の入ったマグカップ、そのすべてが面白かった。わたしにこういうことはあまり起きない。一目惚れ《ひとめぼ》というのとはまったく違い、目の前の相手が味方であって敵ではないと、わたしが絶対にいっしょにいたくない人々のひとりではないと思わせる何かがあった。

「ポリーヌ・ドラトゥールです」彼女が自己紹介をした。「新任の先生ですか？」

「そうではなくて、ぼくは……」

「冗談です、あなたがどなたなのかちゃんと知っています、トマ・ドゥガレさんでしょう。今朝、あなたがマロニエ広場にいらしたのをみんなが見てましたから」

「ここの生徒だったんだ。ずっと昔のことだけど」わたしは説明する。「あなたはまだ生まれていなかったかもしれないね」

「それはちょっと大げさです。お世辞をおっしゃりたいなら、もうちょっと努力していただきたいです」

ポリーヌ・ドラトゥールは笑いながらほつれ毛を耳の後ろに撫でつけ、あぐらを組んだ脚を解いて立ちあがった。わたしは自分が彼女のどこを気に入ったのか改めて観察する。ふつうはあまり調和しない二つのものを組み合わせているからのようだ。たとえば、セクシーであると知りながらもそれを武器にするつもりがないところ、生きる喜びと何気なく漂ってくる彼女の自然な気品、それらは品のなさとは無縁のものだった。

「あなたはこの辺の人ではないですね？」

「この辺って？」

「南仏、コート・ダジュールのこと」

「ええ、違います。わたしはパリジェンヌ。半年前に来ました、ここでの今の役職が決まったときからです」

「ポリーヌ、ちょっと助けてもらいたい。ぼくの在校当時、リセには『南仏便り《クリエ・スユード》』という、いわゆる学校新聞があった」

「今でもありますよ」

「その保存版を閲覧したい」

「では、お持ちしますね。何年のものが必要ですか？」

「一九九二年から九三年にかけての年度分を頼めるかな。それと、もしその年度の卒業アルバムもあれば非常に助かるんだけど」

「何か特別なものを探しているんですか？」

「リセの在校生についての情報なんだが、女子生徒で、名前はヴィンカ・ロックウェル」

「なるほど、あの有名なヴィンカ・ロックウェルですね……。このリセで彼女の名前を聞いたことのない人はいないでしょうね」

「ゼリーが閲覧禁止にしようとしたステファン・ピアネッリの本のことを言いたいの？」

「いえ、わたしが言いたいのは、アトウッドの『侍女の物語』の最初の二、三章を読んだだけでフェミニストになったと思いこんでいるような、ここで毎日わたしが顔を合わせるわがまま娘たちのことです」

「異端者《エトロディット》のことか……」

「あの子たちは、かわいそうなヴィンカ・ロックウェルを本人とはきっとまるで違った象徴的な人物に祭りあげようとしているんです」

　ポリーヌは端末のキーボードを叩き、文書の参照データを付箋にメモした。

「座ってお待ちください。新聞をみつけ次第お持ちしますから」

4

わたしはいつも自分が座っていた場所、閲覧室奥の窓際の席に座った。窓からは、平方形の小さな中庭の、かなり時代錯誤な石畳とツタに覆われた噴水が見える。ピンクがかった壁石に囲まれたその中庭は、いつもわたしには修道院内の回廊に思えた。宗教的な気分に浸りたいなら、欠けているのはグレゴリオ聖歌だけだろう。

実家にあった青い〈イーストパック〉のバックパックを机に置き、わたしはリセ時代の小論文を書くときのように筆記用具を出した。良い気分だった。本に囲まれ、多少とも学究的な雰囲気のなかに入ると、わたしのなかの何かしらが落ち着く。不安の波が押しもどされていくのを実際に感じた。抗不安薬〈レグゾミル〉と同じくらい効き目があるが、持ち歩くにはかなり面倒ではある。

蜜蠟《みつろう》ワックスのにおいが漂い、閲覧室のなかでもこの部分——大仰《おおぎょう》にも〈文学室〉と呼ばれている——は古い時代の魅力を保持している。ある種の聖域にいるような気分になれた。書架に並ぶ文学概論の古い書籍はうっすら埃を被っていた。わたしの背後の壁には古い〈ヴィダル＝ラ・ブラーシュ地図〉——わたしの在校当時すでに時代遅れだった——が飾ってあり、ソ連や東ドイツ、ユーゴスラビア、チェコスロバキアなど、今はもうなくなった一九五〇年代の世界とその国々を見せている。

プルーストのマドレーヌ効果が勢いづいて様々な記憶が蘇る。わたしが宿題や試験勉強をするのは主にここだった。最初の短編小説を書いたのもここ。父が「おまえは文学のロマンチックな世界に生きてるのかもしれないが、実社会というのはそれとは違う。人生っていうのは乱暴なんだよ。生きること、それは勝利しつづけることだ」と言ったこと、そして「トマ、あなたには友だちなんていなかった。あなたの友だち、それは本だけだったもの」と母に指摘されたことも思いだした。

　それは事実だし、わたしは誇りに思っている。わたしは本が自分を救ってくれたと固く信じてきたが、それは一生続くだろうか？　続かないかもしれない。ジャン＝クリストフ・グラフが手紙の行間でわたしに発した警告とは、それだったのではないのか？　あるとき見わたすかぎり何もない原っぱで本に見捨てられたグラフは、投身自殺をしてしまう。ヴィンカ・ロックウェル事件を解決するには、本に保護される世界を捨て、父が言う陰気で乱暴な実社会と取っ組み合いの闘いをしなければいけないのだろうか？

　闘いに加われ……と内なる声がつぶやく。

「はい、新聞と卒業アルバムをお持ちしました！」

　ポリーヌ・ドラトゥールの落ち着いた声がわたしを現実に引き戻した。

「ひとつ質問をしていいですか？」彼女は一抱えもある『クリエ・スュード』を机に置きながら聞いてきた。

「あなたは人からの許可を待つような人にはとても見えないが」

「なぜヴィンカ・ロックウェル事件について何も書かれなかったんですか？」

わたしが何をしようが何を言おうが、人はわたしを本に引き戻す。

「それはつまり、ぼくが小説家であってジャーナリストではないからだよ」

ポリーヌは引き下がらない。

「わたしの言っていることお分かりですよね。どうしてヴィンカの話をいちども語ろうとなさらなかったんですか？」

「それは悲しい話だからであって、ぼくが悲しみにもう耐えられないからだ」

向かいの若い女性の気を挫《くじ》くにはまだ不充分だった。

「でも、それがまさに小説家の特権なのでは、そうでしょう？　フィクションを書くことで現実に挑む。単に修復するだけでなく、相手の陣地に乗り込んで闘う。現実を入念に調べるのは、徹底して否定するため。現実世界をよく知ろうとするのは、それに代わる世界を対抗させるためなんですよね」

「その演説、あなたが考えたのかな？」

「いいえ、もちろん違います、あなたの受け売りですから。あなたが二度に一度はインタビューで持ち出されること……。でも、実人生にそれを応用するってとても難しいんでしょうね、違います？」

そう言い放つと、わたしをあぜんとさせたまま、彼女は満足げに離れていった。

12　炎のような髪の少女たち

赤毛の娘はグレーの袖なしワンピースを着ていた。（……）グルヌイユは娘の上に屈みこみ、首筋と髪の毛、ワンピースのくびれから上がってくる、まったく雑《ま》じりけのない香りを吸いこんだ。（……）彼はそんないい香りをかいだことがなかった。

パトリック・ジュースキント

1

『クリエ・スュード』を机の上に置いたわたしは、年末パーティーを採りあげた一九九三年一月号の紙面を飛びつくようにして開いた。数多くの写真が掲載されているものと期待していたのだが、残念なことに数枚の当たり障りのないものしかなく、パーティーの雰囲気を伝えるだけで、わたしが追う男を特定できるような代物ではまったくなかった。

がっかりしながらも、当時の雰囲気を感じとるため、違う月の新聞にも目を通していった。リセの新聞は、一九九〇年代初期の学園生活を概観するにはまさしく宝庫だった。すべての活動が予告され、そして詳細な報告もなされていた。適当に紙面をめくり、学園生活の日常を構成する様々な行事――各種スポーツの校内競技会の結果、第二学級（日本の高校一年に相当）のサンフランシスコへの旅行、シネクラブの上映予定表（ヒッチコック、カサヴェテス、ポラック）、校内ラジオ局の舞台裏紹介、文芸アトリエの参加者による詩と創作文の発表――を見ていく。ジャン＝クリストフ・グラフは、わたしの短編小説を一九九二年春に掲載していた。同年九月、演劇部が翌月の上演スケジュールを発表。そのなかに、パトリック・ジュースキント作『香水　ある人殺しの物語』の場面のいくつかをかなり自由に脚色した――当時の演劇部部長だったわたしの母が書いたのだろう――という舞台もあった。〝マレー区の娘〟の役はヴィンカ、ロール・リシの役はファニーが演じていた。赤毛で、明るい色の目をした、純潔でありながら人を惑わす二人の少女、そしてわたしの記憶が正しければ、結局は主人公ジャン＝バティスト・グルヌイユに殺されてしまうのだ。わたしにはその上演を観た記憶も、またそれがどのような反響を得たのかという記憶もまったくなかった。ピアネッリの本を開き、その劇に触れていたかどうか調べる。

　触れられていなかったが、ページをめくっているうち、写真ページのアレクシス・クレマンがヴィンカに送った手紙の写真に目が引きつけられた。幾度となく読んだそれに目を通しているうち、わたしは思わず身震いし、ダラネグラの家にいたときと同じ焦燥《しょうそう》感のようなものに襲われた。真実に近づいたと思った瞬間、すぐにまた弾かれてしまう感覚。手紙の内容と、クレマンの人物像とのあいだの繋がりを見なければならないのに、一種の精神面での壁があってわたしにはそれができずにいた。自分の意識の領域にフロイトの言う〝抑圧されたものの回帰〟が起こることを恐れているかのような心理的な拒絶。問題はわたし自身、わたしの罪なのだ。わたしがほかの子と違う男子でありつづけていたなら避けられたに違いない、ある悲劇の張本人であるとずっと思いつづけているその罪である。けれども当時、自分の苦悩と破壊的な情熱に目がくらんでいたわたしは、ヴィンカが漂流していたことに気づけなかった。

勘のようなものに突き動かされて、わたしはスマートフォンを取ると父に電話をした。

「父さん、ちょっと手伝ってくれないか」

「聞いてるよ」リシャールは無愛想に応じた。

「台所のテーブルの上にぼくの物が置いてある」

「ああ、目茶苦茶なまま置いてあるやつだな！」

「書類とかメモのなかに、昔の哲学の小論文があると思うんだけど、分かる？」

「分からん」

「父さん、助けてくれてもいいじゃないか、頼むよ。嫌なら、母さんに代わって」

「アナベルならまだ戻ってないよ。分かった、ちょっと待て、メガネをかけるから」

わたしは父に説明する。わたしの小論文にアレクシス・クレマンが評価を書きこんだものをスマホで写真に撮って、その画像をＳＭＳで送ってもらいたいと。二分ですむことなのに、結局は十五分もかかり、そのあいだも父の専売特許となった上品な言葉をちりばめた見解を聞かされる羽目になった。父はひどく興奮しており、わたしたちの会話は父のつぎの嫌みで終わりを告げる。

「四十にもなってもまだ、何やらリセ時代のことを掘り返しているようだが、ほかにやることがないのか？　過去の話をひっくり返してわたしたちを困らせる、おまえのやっていることはそれだぞ。分かってるのか？」

「ありがとう、父さん。じゃあ、またあとで」

わたしはアレクシス・クレマンによる手書きの評価を受けとり、すぐにそれを見た。一部の気取った作家と同じで、わたしの哲学教師は執筆中の自分を思い浮かべるのを好むタイプなのだが、わたしは彼の深い思考には関心がなく、その筆跡のほうに興味があった。字の肉太の部分、細い部分を拡大して調べる。手を抜いた書き方だった。ミミズの這ったような文字とも違う、いわば医者が処方箋に書くような難読文字なので、単語の意味あるいは文章を理解するのに数秒を要する箇所もあった。

文章を見ていくうちに、わたしの鼓動は速まった。その筆跡と、彼がヴィンカに宛てた手紙、さらにはマリーナ・ツヴェターエワの詩集に記した献辞のそれと比較する。しばらくして、もはや疑念はなくなった。ヴィンカへの手紙と本の献辞の筆跡が間違いなく同じであるいっぽう、哲学教師がわたしの小論文に書きこんだ評価の筆跡とは、まるで一致しなかった。

2

わたしの全身が鼓動に合わせて震えていた。アレクシス・クレマンはヴィンカの恋人ではなかった。もうひとりの男、もうひとりのアレクシスがいた。おそらく写真に浮かんでいる後ろ姿しか見せていない男、あの日曜の朝に彼女といっしょにいなくなった男。「アレクシスに強要された。わたしは彼となんか寝たくなかった！」。ヴィンカの言葉に間違いはなかったのだが、わたしが解釈を誤ったのだ。みんなが二人のことを間違って理解していた。それはフレーミングを施された写真と在校生たちの噂のせいであり、ヴィンカがけっして自分の恋人であったことのない男と関係があったかのようにみんなが信じてしまった。

耳鳴りがする。わたしの発見による影響は広範囲すぎて、そのすべてをまとめるのに苦労した。何より、この誤解から生じた最大の悲劇、それはマキシムとわたしが無実の人間を殺してしまったこと。わたしが彼の胸と膝を攻撃して、クレマンが悲鳴をあげるのが聞こえる。フラッシュのように、鮮明なあの光景が目に浮かぶ。バールを振りおろしたときのクレマンのあぜんとした表情。「なぜ彼女を犯した、この変態野郎！」、理解を超えた驚きに、クレマンの顔は歪んでいた。彼が釈明さえしなかったのは、自分がなぜ責められているのか理解できなかったからである。あの瞬間、彼の驚愕を目にした瞬間、わたしの頭のなかにひとつの声が響いた。正気に戻されたようなもので、わたしはバールを手放した。そこへ、マキシムが乗り込んできてしまった。

わたしは目に涙を浮かべ、頭を抱えた。アレクシス・クレマンはわたしの過ちにより死んでしまい、わたしができる何事をもってしても彼を生き返らせることはできない。少なくとも十分間はうつむいたまま、ほかのことを考えることができなかった。自分の思い違いについて考える。ヴィンカにアレクシスという名の恋人がいたことは確かである。違うのは、それがあの哲学教師ではなかった点だ。考えも及ばないことだった。事実としてはありえないが、その説明しかありえなかった。

では、だれだったのか？　懸命に記憶を辿った結果、おぼろげにある生徒のこと、アレクシス・ラスタポプロス、あるいはそんな名前の生徒を思いだした。まさに『タンタンの冒険』に登場する悪人と同じ、ギリシアの大金持ちの息子だった。バカンスにリセの親しい男女生徒をキクラデス諸島へ招き、クルーズを楽しむような男子だった。蛇足《だそく》になるが、わたしはいちども招かれたことはない。

つぎにポリーヌ・ドラトゥールが持ってきてくれた九二年から九三年度の卒業アルバムを開く。アメリカのハイスクールのそれをモデルにしたのだろう、写真による名簿のような構成で、その年リセとプレパに在籍した生徒および教師全員の写真が載っていた。素早くページをめくる。アルファベット順なので、アレクシス・アントノプロスは最初から数ページ目にあった。アレクシスは一九七四年四月二十六日にテッサロニキで生まれた。写真はわたしの記憶そのままで、ふつうの髪型だが巻き毛、白のシャツにワッペンのついた紺のセーターという格好。写真を見て、一気に記憶が蘇る。

彼は男子では珍しく文系プレパに進んだ。スポーツマンで、ボート競技かフェンシングかの校内チャンピオンだった。ギリシア古典の研究者を目指しており、それほど才気煥発《さいきかんぱつ》ではなかったが、サッフォーやテオクリトスの一節を暗唱することもできた。教養をひけらかす反面、いくらか頭の回転が遅いアントノプロスはただのラテン系の色男《ラテン・ラバー》だった。正直なところ、ヴィンカがそんなバカな男子に惑わされるとは思えなかった。だが一方で、わたしが恋愛問題をどうのこうの言うのもお門《かど》違いの話である。

　そしてもし、わたしには説明のつかない何らかの事情で、アントノプロスがマキシムとわたしを恨んでいるとしたらどうなのか？　バックパックからタブレットを取りだそうとして、母が乗って出かけてしまったレンタカーのなかに置いたままなのを思いだした。仕方なくスマートフォンで検索を始める。アレクシス・アントノプロスの消息はすぐに分かった。『ポアン・ド・ヴュ』誌二〇一五年六月号、スウェーデン王子の結婚式の写真レポートに載っていた。アントノプロスは三番目の妻とともに、結婚式に招待された超名士たちのひとりだった。何度かタップをくり返しているうちに、本人の近況が分かってきた。いくらか実業家、いくらか篤志《とくし》家の彼は、ジェット機でカリフォルニアとキクラデスのあいだを行き来する〝ジェットセット〟の生活を送っていた。『ヴァニティ・フェア』誌のウェブサイトでは、彼が名高い米国エイズ研究財団《amfAR》の恒例ガラに毎回参加しているとある。エイズ撲滅《ぼくめつ》のための研究資金を集めるガラは、伝統的にカンヌ映画祭の開催中に格式あるホテル・エデン＝ロックにて催されることになっている。つまり、アントノプロスはコート・ダジュールとの繋がりを保持していたことになるが、かといって彼とわたしたちとのあいだに確かな関わりがあることを証明するものは何もないのだ。

まったく進展が見られないので、わたしは方向転換をする。詰まるところ、わたしたちの悩みの種はどこにその根があるのか？　われわれを脅かしているのは旧体育館の解体計画だ。その工事は、ガラス張りの新校舎のほか、五十メートルのプールも備えた超モダンなスポーツセンター、さらには自然庭園の造設を含むリセ全体の再構築計画のひとつだった。
だが計画は――二十五年前にも話題となった――伝説の怪物のようなもので、着工するまでには至らなかった。なぜなら必要とされる莫大《ばくだい》な資金を集めることができなかったからである。わたしがすでに知っていたのは、学校法人の運営資金の調達方法がここ数十年間で変化したことだ。創設当初は完全に私学だったリセ・サン＝テグジュペリは、多かれ少なかれ国民教育省の傘下《さんか》に入って地域圏からの助成金を受けるようになり、半官半民の学校法人となった。しかし数年前から、サンテクスに反乱の波が押しよせた。自由化を強く求める機運が高まり、リセを官僚機構から解き放とうと望む教育現場の当事者たちを巻きこんだ。オランドが大統領に選出されたことも事態の進展を速めた。行政当局との対決は教育省からの分離という結末を迎えた。リセは伝統としてきた自主独立を取りもどした代わりに、国からの助成金を失った。学費の値上げがあったものの、わたしに言わせれば、そんなものは予定の工事に必要なカネを考えれば大海の一滴にすぎない。このような計画は、莫大なる個人贈与のようなものを受けとってこそ始められるものである。今朝の着工式で聞いた校長の演説を思いだした。女性の校長は「本校創設以来の野心的な改築工事」に乗りだすことを可能にしてくれた「高邁な後援者」に謝辞を述べたが、その名前を公表しないよう配慮していた。調べてみるべき手がかりである。

　インターネットでは何もみつからなかった。少なくとも、核心に触れるようなものは。改築工事に必要な資金の出所を追っていくと、徹底した不透明さが際立っていた。調査を進展させるには、ステファン・ピアネッリに一枚噛ませるほか選択肢はなかった。わたしの発見をかいつまんで記した彼宛のSMSを作成する。それに迫力を加えるため、筆跡の比較に使った写真、哲学の小論文に書きこまれたアレクシス・クレマンの評価、それとヴィンカ宛の手紙と本の献辞も添付することにした。

　数秒も経たないうちに、ピアネッリが電話をしてきた。多少の不安を感じながら、わたしは電話に出る。ピアネッリは優秀なスパーリングパートナーであり、その才気煥発さで彼自身の考察を拡大しようと機会を窺っているため、今わたしが置かれている状況では、綱渡りをするに等しかった。彼に情報を与えなければならないけれど、いつかそのせいで、このわたし、あるいはマキシムとファニーが不利にならぬよう警戒しなければいけなかった。

3

「参った、とんでもない話だな！」ピアネッリがいくらかマルセイユ訛りをまじえて吐きだした。「なぜだれも気づかなかったんだ？」

　モナコ・フォーミュラEの観客席からなので、歓声に邪魔されながら大声を張りあげての電話だった。

「証言も噂も偏《かたよ》った方向で一致していたからな」わたしは言った。「きみが紹介してくれたアンジュヴァンの言ったことは当たっていたよ。要するに、全員が最初から偽の情報に踊らされていたわけだ」

わたしはダラネグラが写真をフレーミングしたことに触れながら、写真に第二の男が写っていたことも知らせた。

「ちょっと待て、その男もアレクシスという名前だったと言いたいのか？」

「そのとおりだ」

長い沈黙が続き、ピアネッリが頭をフル回転させているのが察せられた。彼の頭のなかで回転する歯車の音が聞こえてくるように感じた。一分もかけずに、彼はわたしと同じ結論に辿りついた。

「サンテクスにはもうひとりのアレクシスがいた」彼は話しはじめた。「ギリシア人だった。みんな、そいつのことをラスタポプロスと呼んでよくからかっていたんだが、覚えてるか？」

「アレクシス・アントノプロスだろう」

「それだ！」

「ぼくも考えてはみたが、彼がわれわれの追っている男であるという可能性はない」

「どうしてそう思うんだ？」

「あいつは少し抜けてるし、鼻持ちならない。ヴィンカがあんな男といっしょにいるというのは、ちょっと考えられない」

「理由としては貧弱すぎる、そう思わないか？　あいつは金持ちでいい男だし、十八の娘たちが頭のいい男とばかり付き合うかというと、そうじゃないだろう……。どれだけおれたちが苦労したか、忘れたのか？」

　わたしは話題を変える。

「リセの改築工事の資金調達について何か知っているか？」

　急に電話の向こう側の雑音が聞こえなくなった、ピアネッリは音を遮断できる場所をみつけたのだろう。

「数年前からサンテクスはアメリカ方式で運営されるようになったんだ。法外な入学金をとるほかに、一部の金持ちの保護者たちから寄付金を募ってる。その代わりに連中は自分らの名前が校舎の壁に刻まれるし、ついでに経済的に恵まれない少数の生徒に向けた奨学金を供与するので良心がくすぐられるわけだ」

「それでも、工事費は何千万もかかるだろう。学校当局はどうやってその調達をしたのかな？」

「一部は銀行融資を受けたんだと思う。このところ金利はかなり低くなっているから……」

「それだけの額を融資だけで賄《まかな》えるはずがないんだ、ステファン。そこをちょっと当たってみてくれないか？」

　わたしの魂胆に気づき、彼はすぐに切りかえす。

「ヴィンカの失踪とどういう関係があるのか、おれには分からないが」

「調べてくれよ、頼む。あることを確認したいんだ」

「何を探っているのか言ってくれなければ、おれは無駄骨を折るだけになる」

「ある個人もしくは企業が、リセの新規の建物とプール、それに自然庭園の建設のために莫大な資金を提供している可能性があるかもしれない。それを調べたいんだ」

「分かった、その調査は研修生にやらせよう」

「だめだ、研修生なんかでは！　重要で難しい調査なんだから。熟練した人間を充《あ》ててくれ」

「信用しろ、おれが考えている研修生はな、トリュフを嗅ぎだす犬のように優秀なんだ。おまけに、彼はサンテクスをわがものにするような特権階級を好ましく思っていない」

「いくらかきみのような若者というわけだな……」

ピアネッリは笑い声をあげ、わたしに尋ねる。

「その資金調達劇の裏にだれが隠れていると思うんだ、きみは？」

「まったくそれは分からない、ステファン。ついでだから聞くが、きみはフランシス・ビアンカルディーニの死をどう考えている？」

4

「おれは結構なことだったと思ってる、地球上から悪党がひとり減ってくれたんだからな」

彼の皮肉はちっともおかしくなかった。

「頼むから、まじめに答えてくれ」

「ヴィンカについての調査をやっているんだろう？　その質問の意図は何だ？」

「ぼくが得る情報はきみに伝えるつもりだ、それは約束する。強盗事件が最悪の結末を迎えたという話だが、きみはそれを信じるか？」

「腕時計のコレクションが発見されてからは違う」

さすがにピアネッリは情報通だった。ドゥブリュイヌ警視正から流れた情報だろう。

「というと？」

「おれはあの事件を報復と見ている。ビアンカルディーニという男は自分の身ひとつで、コート・ダジュール一帯を蝕《むしば》む病弊、つまり利権漁りに政治家の買収、マフィアとの怪しい繋がりを体現していた」

わたしは正面切ってフランシスの弁護を試みる。

「それはきみの思い違いだ。ビアンカルディーニのイタリアのカラブリア・マフィアとの繋がりは偽情報だよ。ドゥブリュイヌ検事すら立証を諦めたじゃないか」

「まさにそのイヴァン・ドゥブリュイヌだが、おれは懇意だったから一部の捜査書類を見せてもらえた」

「ほんと愉快な話じゃないか、検事が捜査情報を新聞記者に漏らすんだから。いい加減なものだな、捜査の秘密厳守というのは……」

「それはまた別問題だ」ピアネッリがわたしの言葉を遮る。「だが、きみにこれだけは言える。フランシスは首までどっぷり浸かっていた。カラブリアのマフィア〈ンドランゲタ〉の連中が彼のことを何て呼んでいたか知ってるか？　〝大型洗濯機〟だぞ！　なんとなれば大規模な資金洗浄を統括するのが彼だったからな」

「もしドゥブリュイヌ検事が確固とした証拠を握っていたなら、フランシスは有罪判決を受けていたはずじゃないか」

「それほど話が簡単ならな……」ピアネッリはため息をついた。「ともかく、おれは怪しいとされる銀行口座の出入金明細を見たが、アメリカに資金が流れていて、ちょうどそれは〈ンドランゲタ〉が数年前からあちらに足場を築こうとしている動きと一致しているのさ」

　わたしはもうひとつの話題に話を向ける。

「マキシムから聞いたけど、彼が政治に足を踏み入れると表明してから、きみは執拗にマキシムを攻撃しているそうじゃないか。きみが彼の父親の古い疑惑を引っぱり出すのは、何らかの理由があるのか？　きみもよく知っているようにマキシムは清廉潔白《せいれんけっぱく》だし、われわれには両親の行動に責任はないだろう」

「そんな単純な話じゃないぞ！」新聞記者は反論する。「マキシムが立ち上げた例の小さいが立派な環境保護推進とスタートアップ育成の企業だが、いったいどんな金を使ったんだ？　いったいどんな金を使って自分の選挙運動を展開するつもりなんだ？　あの悪党のフランシスが八〇年代に稼いだ汚い金に決まってるだろう。いいか、先生、彼のためにわざわざ用意された出世街道だが、最初から破滅の芽を宿していたのさ」

「つまり、マキシムには何もする権利がないわけか？」

「理解できないふりはよせ、作家先生」

「ステファン、きみのような連中をぼくが好きになれないのはそういう点だ、その非妥協性、検事もどきの態度、人に教訓を垂れる癖《くせ》だよ。まるでロベスピエールの革命公安委員会じゃないか」

「トマ、きみのような連中をおれが好きになれないのは、自分らに都合の悪いことを忘れる能力、自分には何の咎も一切ありえないと思える才能さ」

　ピアネッリの語調は徐々に荒々しさを増した。二人の会話は、和解不可能とわたしが思っている二つの世界観の境界を明らかにするものだった。勝手にどこにでも失せろと言いたいところだが、わたしは彼を必要としていた。したがって、わたしは一時退却する。

「またべつの機会に話すことにしよう」

「どうしてきみがフランシスをかばうのか、おれには理解できない」

「ぼくのほうがきみよりもフランシスのことを知っているからだ。さしあたり、もっと彼の死について知りたいのなら、秘密情報をやってもいいが」

「状況を逆転する要領のよさ、さすがだなきみは！」

「きみは『ロプス』誌の記者、アンジェリック・ギバルを知っているか？」

「いや、聞いたことない」

「どうもこの女性記者は警察の捜査報告書を見られるらしい。ぼくが読んだかぎりでは、フランシスは血の海のなかを這いずりまわって、自分を殺害した者の名を大きな窓のガラスに書き残そうとしたようだ」

「ああ、それか、それならおれも読んだ。パリの週刊誌の記者の戯言《ざれごと》だね」

「もちろんそうだろうとも、フェイクニュースが氾濫《はんらん》するご時世だからね。でも幸いなことに、業界の名誉を立て直すために『ニース・マタン』が控えていると」

「きみは冗談のつもりかもしれないが、まんざら間違いでもないんだ」

「それなら、補足の情報を得るために、アンジェリック・ギバルに電話してみたらどうかな？」

「記者同士でそんな具合に秘密情報をやりとりしていると思ってるのか？　パリで活躍している作家連中ぜんぶと友だちか、きみは？」

　しかしこの男、どうしようもないほど耐えがたくなる瞬間がある。返答に窮して、わたしも手荒い術策を試みる。

「ほんとうにパリの記者連中より上ならば証明してもらおうか、ステファン。捜査報告書を手に入れてみろよ」

「罠にしては荒っぽいぞ！　そんな手におれが乗ると思っているのか？」

「そんなところだろうと思ったよ。きみは口だけなんだ。まさかオ《O》リンピック・マ《M》ルセイユがパリ・サンジェルマン《PSG》を怖がるとは思ってもみなかった。きみのようなサポーターばっかりでは、先が思いやられるね」

「何を言ってる？　関係ないだろう」

　彼は数秒の間をおき、それからわたしが仕掛けた心地よさそうな罠に自ら陥ることを受け入れた。

「もちろんパリジャンより強いに決まってる」彼は興奮していた。「そんな役立たずの捜査報告書、手に入れてやるよ。カタールの銭《ぜに》はないが、ずる賢さではこちらに分《ぶ》があるからな」

　議論はある種の愉快な混乱のなかで続けられ、互いの立場の違いを超えてずっとわたしたちがかつてそうであったときのように終わった。一九九三年、ＯＭは正真正銘の、しかもたったいちどのＵＥＦＡチャンピオンズリーグのトロフィーをサポーターに持ち帰った。何人《なんぴと》もその事実をわたしたちから奪うことはできない（ただしその決勝戦の六日前、併行して開催されていた国内リーグでも優勝候補につけていたマルセイユは、下位に落ちこんでいたヴァランシエンヌを一対〇で下して優勝が確定したが、数日後にその試合での八百長行為が発覚し一大スキャンダルとなった）。

5

　わたしは席を立ち、閲覧室の奥にあるコーヒーマシンまでコーヒーを買いに行った。業務用の小さなドアから中庭に出ることが可能で、そこで手足を伸ばせる。わたしが中庭に出てやったことはまさにそれであり、そのまま歴史的校舎、例の赤レンガのゴシック風建物まで歩を進めた。

一種の例外が認められていて、学園構内で最も格式のあるその校舎を演劇部は活動に使うことが伝統として許されていた。校舎横の出入り口まで来ていたわたしは、そこの階段をふざけながら下りてくる生徒たちのグループとすれ違う。補習授業が終わったところなのだろう。陽が沈みかけ、午後六時になっていた。小さな階段教室に向かう階段を上がると、ヒノキとビャクダンを思わせるくすんだ木肌の空間が広がる。なかは無人だった。四方の壁には、二十五年前と同じく、大好評を博した劇の役者を務めた部員たちの白黒写真や、上演劇「夏の夜の夢」、「交換」、「作者を探す六人の登場人物」……のポスターが飾ってあった。リセ・サン゠テグジュペリの演劇部は昔からエリート志向だったので、わたしはここに来るといつも居心地悪く感じたものだ。「籠のなかの道化たち《ラ・カージュ・オ・フォル》」とか「サボテンの花」が上演されるのは今日や明日のことではなさそうだ。部の規則には、部員を二十名に限定するとはっきり書かれてあった。母がゼリーと共同で部の運営をしていたのだが、わたしは部員になる気はなかった。母アナベルの名誉のために言っておくと、より多くの生徒に門戸を開き、活動をより柔軟な文化領域にも広げていくためできるかぎりのことをしたが、習慣という生き物がしぶとかったのはもちろんのこと、だれひとりとして、洗練された者たちの内向的なこの砦を、アフリカ系のコメディアンが活躍する「デフ・コメディ・ジャム」の別館にしようとは考えなかった。

そのとき教壇の後ろのドアが開き、ゼリーが姿を現した。彼女がわたしの出現を快く思っていないと言うのは、じつに婉曲《えんきょく》な言い回しである。

「トマ、あなたがここに来るというのはどういう風の吹き回しでしょうね？」

わたしは教壇の横にいる彼女のそばにさっと近寄った。

「温かな歓迎に胸がいっぱいになった」

ゼリーは瞬きもせずにわたしに視線を合わせたままでいる。

「ここはもうあなたの家ではなくなった。そんな時期は終わりましたよ」

「どこにいても自分の家にいたと思ったことはないよ、だから……」

「わたしの涙を絞ろうってことかしらね？」

まだあやふやながら、自分が何を探しているのかある程度分かってきたので、わたしは当てずっぽうに挑発を試みる。

「ゼリー、あなたは今でも運営委員会のメンバーですよね？」

「それを知ってどうしようっていうの？」彼女は机に置いてあった自分の持ち物を革のバッグに詰めはじめた。

「もしそうなら、改築工事の資金がどこから出ているのか知っているはずだね。想像するに、役員会への説明があって、採決を取ったはずだ」

彼女は好奇心も露わにわたしを見つめる。

「第一期の工事は銀行による融資でした」ゼリーはわたしに告げる。「それに該当する工事の分に関してのみ、役員会による採決があったわね」

「ほかの工事は？」

ゼリーは肩をすくめバッグを閉じた。

「残りは必要に応じて決めるということでしょうけど、確かに校長たちがどこでそのお金をみつけるつもりなのか、わたしもよくは知らない」

やったぞ、一点獲得。それとはまるで無関係の疑問が頭をよぎった。

「ところで、ジャン＝クリストフ・グラフのことは覚えているでしょう？」

「もちろん。いい教師でしたね」彼女も認める。「デリケートすぎたけれど、いい人だった」

ゼリーもときどきはデタラメ以外のことが言えるのだ。

「自殺の原因を知っていますか？」

ゼリーは反撃に移る。

「まだあなたは、人が自殺する原因を説明できるただひとつの合理的な答えがあると思っているの？」

「自殺する直前に、ジャン＝クリストフがぼくに手紙を書いてきた。そのなかで、ある女性に恋をして、でも相手がそれに応じてくれなかったと打ち明けているんだ」

「愛しても愛されない、それは多くの人の宿命ですね」

「頼むから、まじめに答えてくれないか」

「わたしはすごくまじめよ、残念だけど」

「その話を聞いたことはある？」

「ええ、ジャン＝クリストフが話してくれた」

わたしが知ることのできない理由から、あのグラフは、わたしの師であり、これまで知った人々のなかで最も繊細で、最も優しい男は、ゼリー・ボークマンを高く評価していたのだ。

「相手の女性を知ってるんだね？」

「そうよ」

「だれだった？」

「あなたにはうんざりする」

「それを言われるのは今朝から二度目だよ」

「ということは、これが最後ではないということでしょ」

「相手の女性はだれだった？」

「ジャン＝クリストフがあなたに言わなかったのなら、それを言うのはわたしの役目ではないわね」ゼリーはため息をつく。

彼女が言うことは間違っていなかったし、それがわたしには悲しい。でも、グラフがわたしに明かさなかった理由は分かっている。

「グラフは慎みからぼくには打ち明けなかったんだ」

「それなら、彼の慎みを尊重しないと」

「ぼくが三つの名前を挙げるから、間違っていたら言ってくれないか、いいだろう？」

「ゲームじゃありません。死者の名誉を傷つけるのはやめて」

しかし、わたしはゼリーという人間を知りすぎるほど知っていたから、この不健全なやりとりに彼女が抵抗できないことは分かっていた。その理由は、この図書館司書が数秒のあいだわたしの生殺与奪《せいさつよだつ》の権利を持てるからなのだ。

そして実際、そのとおりになる。コーデュロイのジャケットに腕を通してから、ゼリーはわたしのほうにふり返った。

「もし名前を挙げるとしたら、最初はだれ？」

最初の名はすぐに思いつく。

「うちの母ではないね？」

「違う！　どこから出てくるのかしらね、そんな考え？」

ゼリーは教壇から下りる。

「ゼリー、あなたか？」

彼女は鼻の先で笑う。

「そうだったらよかったのにね、でも違います」

司書は階段教室をよこぎり出口へと向かった。

「出て行くときドアをちゃんと閉めておいて、いい？」教室の向こう側からわたしに言った。

意地悪い笑みが顔全体に広がっている。残された最後のチャンス。

「ヴィンカだったのかな？」

「外れです。バイバイ、トマ!」ゼリーはそう言い残し、教室から出て行った。

6

わたしは教壇に立ったまま、亡霊たちに囲まれていた。黒板の横のドアは開いたままだった。おぼろげな記憶によれば、そのドアは生徒たちがふざけて〝聖具室〟と呼んでいた部屋に続いているはずだった。入ってみると、昔と何も変わっていなかった。部屋は天井が低い代わりに広さはあって、いろいろな用途に使われていた。演劇発表会では舞台裏として、また衣装や大道具や小道具、演劇部の資料等を保管する場所でもあった。

部屋の奥には、確かにファイルホルダーや段ボール箱の置かれた金属製の棚があった。箱にはそれぞれ年度が記されており、わたしは一九九二年から九三年度までの箱を探しだした。中身はチラシのほか、ポスター、発表会ごとのチケット販売の集計と購入物品の請求書、会場設置費、物品在庫表を記録した〈モレスキン〉のノートだった。

すべてもれなく記帳されているようだが、それは細い字体で詰まった母の筆跡ではなく、もっと丸みがあって字間をとったゼリー・ボークマンのそれだった。そのノートを持ってひとつしかない窓に近づき、わたしは物品に関する明細書を見ていった。いちど目を通したときには気づかなかったが、二度目にピンとくるものがあった。一九九三年三月二十七日、春の在庫調査に関する記述だ。

赤毛のカツラ、一台紛失。

わたしはあえて自分に向かって異論を唱えてみる。この情報には何の意味もない。こういう小道具は非常に消耗が早いから、衣装やカツラが足りなくなるのは珍しいことではない、と。それにしても。わたしにはその発見が真実へ近づく一歩になるような気がした。だがそれは、苦い陰険な真実で、わたしは嫌々ながらもそこに向かっていた。

階段教室のドアを閉め、わたしは図書館に戻った。バックパックに持ち物をしまい、受付カウンターのある入り口ホールへと向かう。

優しい目つきにいくらか大げさな笑い声、髪を後ろにぴったり撫でつけたポリーヌ・ドラトゥールは、わたしの十メートル先でプレパの男子生徒二名に魅惑を振りまいていた。背の高いがっちりとした金髪の男子二人は、その服装と話の内容、汗をかいているようすから、激しいテニスの練習をやってきたところだろう。

「ありがとう、助かったよ」ポリーヌに『クリエ・スュード』を返却しながら礼を言った。

「お役に立てて嬉しいです、トマ」

「卒業アルバムは借りていきたいんだが？」

「分かりました、ゼリーに伝えて処理します。でも、返却するのを忘れないでくださいね」

「最後にもうひとつ。新聞に欠けている号があった、九二年十月の分なんだけど」

「ええ、わたしも気がついたんです。その号が本来の場所に挟まっていなかったから。書架の後ろに落ちているかもと思って調べましたが、みつかりませんでした」

テニスプレイヤーの二人がわたしを敵意ある目で見ていた。わたしに一秒でも早く消えてほしいようだった。魅力に溢れたポリーヌの関心を一刻も早く彼らに戻してあげようと思った。

「仕方ないね」わたしは言った。

早くもきびすを返したところで、彼女がわたしの袖を摑んだ。

「ちょっと待って！　本校は二〇一二年に『クリエ・スュード』の全保存版をデジタル化したんです」

「ということは、それがみつけられると？」

ポリーヌがわたしを自分の席まで連れて行くと、無視され気を悪くした男子生徒二人はわたしたちを置いてどこかへ行ってしまった。

「印刷もして差しあげますね」

「すばらしい。助かる」

一分もかからずに新聞がプリントされ、ポリーヌはそれをわたしに手渡す前にホッチキスで綴じてくれた。わたしが手を差しだすと、彼女はそれをすぐに引っこめた。

「ディナーへ招いていただいても断りませんけれど？」

ポリーヌ・ドラトゥールにも隙や弱さがあると露わになった瞬間だった。絶え間なく強烈な魅力を放ちつづけていれば不安になることもあるだろうし、たいへんなエネルギーを要するに違いない。

「だれもがあなたをディナーに誘うだろうから、ぼくなんてお呼びじゃないと思うけど」

「わたしの電話番号を差しあげましょうか？」

「いや、あなたがご親切にも印刷してくれた新聞だけでいい」

彼女は笑みを絶やさずに、新聞コピーに自分の電話番号を書いた。

「ぼくに何を求めているんだ、ポリーヌ？」

彼女は分かりきったことのように答える。

「あなたはわたしを好ましいと思い、わたしもあなたを好ましく思ったので、これはひとつの始まりではないですか？」

「そんなふうにはいかないんだよ」

「もう何世紀も前から、そんなふうに進んできたんです」

もうゲームを終えるときだった。わたしは何も言わずに手を伸ばすと、彼女も諦め、電話番号を書きこんだコピーを差しだした。どうにか切り抜けたかなと思ったのも束の間、ポリーヌはわたしを罵《ののし》りたい衝動を抑えられなかったようだ。

「バカみたい、ほんと！」

散々な一日となった。車に戻ってから新聞に目を通す。わたしが興味を持ったのは、『香水　ある人殺しの物語』を舞台化した劇についての記事だった。生徒による批評には「二人の女優による力強い演技が目立つ、心を揺さぶる舞台」とあった。でも、わたしがとくに注目したのはその舞台を撮った写真だ。いちばん大きな写真には、面と向かい合うヴィンカとファニーが写っていた。燃えるような髪の二人の少女。ほとんど双子だった。わたしはヒッチコックの映画『めまい』におけるマデリン・エルスターとジュディ・バートンの二人、じつは二つの顔を持つ同一人物のことを思いだした。

舞台では、ヴィンカがそのままの彼女であるのに対し、ファニーは変身していた。昼過ぎにファニーと交わした会話を思いだす。そこで話した些細な一点が頭に浮かび、ファニーがわたしにすべてを打ち明けたと思ったのは見当違いだと悟った。

死と乙女

13 大惨事広場《プラス・ド・ラ・カタストロフ》

真実には美もなければ善もない瞬間が訪れる。

アントニイ・バージェス

1

午後七時。

リセを出ると、わたしはまた〈フォントンヌ病院〉に寄り道をする。こんどは受付を通さず、そのまま心臓外科の階へ直行した。エレベーターを出るなり、上下ピンクの制服を着た看護師に呼び止められた。

「あなた、アナベル・ドゥガレの息子さんでしょう!」

光沢ある黒い肌、編んだ髪を金髪に染め、晴れやかな笑みを浮かべた若い女性は、病院内の重苦しい雰囲気のなかに陽気な光をばらまいていた。「キリング・ミー・ソフトリー」を歌っていた時期のローリン・ヒルにどこか似ていた。

「わたしはソフィア」彼女が自己紹介をする。「あなたのお母さんをよく知ってます。だって、ここに来るたびに、あなたのことを話すんですもの！」

「兄のジェロームのことじゃないかな。彼は〈国境なき医師団〉で働いているからね」

母の兄に対する熱狂的な賛辞にはわたしも慣れっこになっていたし、兄がそれに値するという点にもまったく異論はなかった。いずれにしても、戦争や自然災害で荒廃した国々で毎日のように人命を救っている人間と対等には競えないのだ。

「いいえ、違います、お母さんはあなたのことを話すんですよ。お母さんのお陰で、あなたの署名入りの本も持っているんですから」

「そんなわけないでしょう」

でもソフィアは譲らない。

「その本、看護師の休憩室に置いてあります！　すぐそこですから、ぜひ見に来てください」

にわかに好奇心を刺激され、わたしは廊下の突き当たりにある細長い部屋までついていった。そしてソフィアは、わたしの最新作『数日をきみとともに』を見せてくれたが、確かにそれは署名入りだった。ソフィアに。この物語があなたに喜びと内省の材料を提供できますことを。それではまた。トマ・ドゥガレ。もっとも、それはわたしの筆跡ではなく母のそれだった！　あるシュールな光景が頭をよぎる、母がわたしの読者の求めに応じて、わたしの署名を真似している……。

「ぼくのサイン入りの本は何冊かあるんですか？」

「十冊はあるでしょうね。ここの病院の人はあなたのご本をよく読むんです」

母の行動は不可解だった。わたしは何かを見落としている。

「母のことですが、ここで治療を受けるようになってから長いんですか？」

「去年のクリスマスからだと思いますけど。わたしが最初に担当したのはクリスマスで、当直の晩でしたから。夜中に心臓発作を起こしたんでしたよね」

わたしはその情報を頭に刻んだ。

「じつはファニー・ブラヒミに会いに来たんです」

「先生なら帰られたところです」ソフィアは言った。「お母さんの件で見えたんですか？」

「まったく違います、ファニーは昔からの友だちで、幼稚園からずっといっしょでした」

ソフィアは肯く。

「そうですってね、先生からお母さんを担当するように言われたとき、その話も聞きました。たった今ですよ、先生が帰られたのは。残念でしたね」

「どうしても会って話したいことがある、重要なんです。彼女の携帯の番号を知ってますか？」

ソフィアはとたんに用心深くなり、すまなそうな表情になった。

「教えてはいけないことになってます、ほんとに。でも、わたしだったらビオットに行ってみると思いますけど……」

「なぜですか？」

「だって土曜の晩でしょう。先生はよくアルカード広場で食事をなさるんです、セネカ先生といっしょに」

「ティエリー・セネカですか、生物学者の？」

「そうです」

　彼のことは覚えている。理科系クラスにいて、サンテクスにはわたしたちより二年か三年前に入っていた。ビオットの丘の麓《ふもと》にある経済活動地区《ZAE》に臨床検査センター〈ビオット３０００〉を開いていた。うちの両親が血液検査などを受けにいっているところだった。

「つまり、セネカはファニーの彼氏ってことですね」わたしは聞いてみた。

「そうとも言えますね」彼女は同意したものの、ちょっとしゃべりすぎたと思ったのか、気まずそうだった。

「了解、ありがとう」

　廊下の反対側の端まで来たところで、ソフィアが優しく声をかける。

「つぎの小説はいつですか？」

　わたしは聞こえなかったふりをしてエレベーターに乗り込んだ。ふだんなら、そういった質問は読者からわたしへの目配せなので嬉しく思った。けれどもエレベーターの扉が閉まった瞬間、つぎの小説など絶対にありえないということを自覚した。月曜日、アレクシス・クレマンの遺体が発見され、わたしは十五年ないし二十年ほど投獄されるだろう。自由と同時に、わたしに生きていると感じさせる唯一のものも失うことになる。苦しいその思いから逃れるため、スマートフォンを見た。父からの電話——いちども電話をもらったことがなかったのに——と、ポリーヌ・ドラトゥールからのSMS、どうやってわたしの番号を手に入れたのかは知らないが、「先ほどの失礼は申し訳ありませんでした。自分でもなぜあんな態度をとったのか理解できません。ときどきわたしはこういう失敗をしてしまうのです。ついでですけれど、あなたがヴィンカについて書かれる本のタイトルは『夜と少女』がいいと思います」というメッセージが残されていた。

2

ふたたび車を走らせてビオットの村に向かう。頭の整理がどうしてもできなかった。全思考がリセで見た新聞の写真一枚に向けられていた。赤毛のカツラを被った、ほんとうは金髪のファニーはヴィンカに瓜《うり》二つだった。その事実は驚きを通りこしていた。髪の色ばかりではなく、その姿、顔の表情、頭の傾《かし》げ方までがそっくりなのだ。その相似性を見て、わたしは母が演劇部の生徒たちに勧めていた即興演技の練習を思いだした。現実の状況に身を置き動的に反応するという、若者たちがとくに好む訓練だった。それは道路やバス停、美術館のなかですれ違った異なる人物をつぎつぎに演じるというもので、ファニーが得意としていたカメレオンゲームと呼ばれる実技だった。

頭のなかにひとつの推測が形を現してきた。ファニーとヴィンカが互いに入れ替わっていたと考えられないだろうか？　そして例の日曜の朝、もしファニーがパリ行きの列車に乗ったのだとしたら？　突飛なように思えるが、まったく不可能なことではない。当時、捜査を進めるなかで得られた全員の証言を、わたしはちゃんと記憶している。リセの守衛や除雪作業員たち、パリ行きのTGVの乗客たち、あるいはホテルのフロント係たちが実際に何を証言したのか？「赤毛の若い女性、赤毛のきれいな娘、透きとおるような目に赤錆色の髪の美しい少女」を見たとだれもが言ったのだ。わたしの仮説を裏づけるに充分な不明瞭さがそこにはあった。これまでの年月ずっとわたしが探してきた手がかりをやっと手に入れたのかもしれない！　ヴィンカが今も生存していることの理にかなったひとつの可能性である。運転しながらずっと頭のなかでその筋書きを幾度となくくり返してみる、その筋書きに現実味を加えたかったのだ。わたしの知らない理由があって、ファニーはヴィンカの失踪を手伝った。みんながヴィンカをパリでみつけようとしたが、彼女はあの列車にはけっして乗らなかったのかもしれない。

ビオットの入り口に着いたとき、夕日が最後の光を放っていた。公衆パーキングはどこもいっぱいで、二重停車の車の列がハザードランプを点滅させて場所が空くのを待っていた。村を二周しても駐車スペースがみつからなかったので諦め、バシェット坂をコンブ谷のほうに向かう。なんとか場所をみつけたのは八百メートルも下った先で、テニス場の前だった。

下った坂をどんどん登ればいいだけのことだが、勾配二十度の坂では足がガクガクになり息もあがる。苦難の坂もあと一息で終わるというとき、またしても父から電話が入った。

「トマ、ちょっと心配しているんだ。アナベルがまだ帰ってきてない。何かおかしい。ちょっとした買い物に出ただけのはずなのに」

「電話はしてみたの？」

「それなんだが、携帯電話を家に忘れていった。どうしたらいいかな？」

「父さん、ぼくに分かるわけないじゃないか。大げさに騒いでいるんじゃないだろうね？」

　母はぶらぶら歩き回ったり、しょっちゅう出張にも出かけたりしていただけに、わたしはむしろ父の反応に驚いた。二〇〇〇年代の初め、母はアフリカの少女たちを就学させるための非政府組織《NGO》に入ってから家をよく留守にしていたが、父はとくに気にするようすもなかった。

「いや違う」リシャールは答えた。「人を招待しているんだから、アナベルは絶対にほっといたりはしないよ！」

　わたしは耳を疑う。リシャールが大騒ぎしているのは、妻が家で家事をしていないからだった！

「父さん、ほんとうに心配なら、病院に電話することから始めればいいんじゃないかな」

「分かったよ」

　リシャールは吐きすてるように言った。電話を切ったところで、ようやく村の中心、歩行者天国に辿りついた。村はわたしの記憶以上に、絵はがきのようにきれいだった。テンプル騎士団の所領だった痕跡《こんせき》がいくつか残されてはいても、後に北イタリアから来た人々によって今のビオットが築かれた。この時刻、家々の古色を帯びた黄土色《オークル》の正面壁が石畳の小道に生気を与え、村を訪れる人々にサヴォーナかジェノヴァ近くの小さな町に来ているかのような印象を与えるのだった。

目抜き通りは、相も変わらぬ南仏プロヴァンスの土産物（石けんに香水、オリーブ材の木工民芸品）を売る店のほか、ガラス細工師や画家、彫刻家の作品を置くギャラリーが並んでいる。ワインバーの野外テラスの前では、ギターを抱えた若い女性がクランベリーズの曲を台無しにしていたが、周囲の人々はリズムに合わせて手を叩き、宵の口の雰囲気を盛りあげる。

しかしわたしの頭のなかで、ビオットはある特別な思い出と結びついていた。第六学級（日本の小学六年に相当）だったころ、学校生活で初めての研究発表をしたのだが、それはとても興味のあった地元の歴史に関するものだった。十九世紀末、これといった原因もないのに、村の通りのひとつにあった大きな建物が突然に崩壊したのだ。悲劇が起きたのは夕方で、ちょうどその建物に住む子供のひとりが初聖体を受けたのを祝って、建物中の人が集まり食事をしているところだった。ほんの数秒で、その不運な人々は押しつぶされ埋もれてしまった。助けに駆けつけた村人が瓦礫《がれき》のなかに発見した遺体は三十を数えたという。村人はその悲劇を忘れられず、一世紀を経ても、その廃墟《はいきょ》の跡には家が建てられなかった。頑《かたく》なに空地のまま残ったその場所が、今の大惨事広場《プラス・ド・ラ・カタストロフ》である。

アルカード広場に着いて、最後に来た二十五年前とまったく景色が変わっていないことに驚かされた。細長い広場の反対側は聖マリー＝マドレーヌ教会で、両側に三階か四階の色とりどりに塗られた建物が並び、一階はアーケードになって繋がっている。

ティエリー・セネカは、探すまでもなくすぐにみつかった。〈カフェ・デ・ザルカード〉に座っていて、待ち合わせの相手がファニーではなくてわたしだったかのように手を振った。短く刈った黒っぽい髪、鼻筋が通って形のよい唇、セネカはあまり変わっていなかった。コットンパンツに半袖のシャツ、肩にセーターをかけた、くつろいだ格好だった。ヨットから降りてきたばかりのようなその印象は、アメリカのシューズブランド〈セバゴ〉の古い広告、あるいはわたしの少年時代の共和国連合《RPR》の候補者が感じのいい気さくな人間に見せるために作ったポスターを連想させた。後者の場合、たいてい意図とは逆の結果を生んでしまったのだが。

「やあ、ティエリー」わたしはアーケードに入りながら声をかけた。

「こんばんは、トマ。久しぶりだな」

「ファニーを探してるんだ。きみが彼女と食事をすることになっていると聞いたものでね」

彼は椅子を示し、わたしに座るよう勧める。

「もう着くころだろう。今朝きみに会ったと彼女が言っていたよ」

ピンクに染まった空が古びた石に糖衣菓子《プラリネ》色の光を投げかける。辺りにピストゥ（バジル、ニンニク、オリーブオイルで作る南仏のバジルペースト）を加えたスープや煮込み料理の香《かぐわ》しいにおいが漂っていた。

「二人のディナーを邪魔するつもりはまったくないので、その心配は要らない。あることを確かめたいだけで、二分もあれば終わるから」

「ぜんぜん問題ない」

〈カフェ・デ・ザルカード〉は、それなしにビオットは語れないような存在だった。かつてピカソやフェルナン・レジェ、シャガールが常連客だったカフェである。格子柄のテーブルクロスの掛かったテーブルが無造作に置かれ、ほとんど広場からはみ出さんばかりだった。

「昔、両親に連れられてよく来ていたんだけど、今でもおいしいのかな？」

「それならがっかりはしないと思う。なにしろメニューが四十年前から変わっていないそうだから」

　わたしたちはパプリカのマリネとか花付きズッキーニのファルシ、ウサギのプロヴァンス風香草焼き、そしてアーケードを支える見え掛《が》かりの梁《はり》の美しさなどについてしばらく話題にした。それから沈黙が訪れたので、わたしはそれを破ろうと思った。

「臨床検査センターのほうは順調かい？」

「ぼくと会話をしなきゃいけないなどと思う必要はないよ、トマ」彼が突っかかるような口調で応じた。

　今朝のピアネッリもそうしたように、セネカは電子タバコを出して吸いはじめる、カスタードプリンの香りがした。わたしは思った、フランシス・ビアンカルディーニやうちの父のような人間は、最近の男たちがキャンディーみたいなにおいがするものを肺に吸いこまずにプカプカふかし、スコッチの代わりにホウレンソウの解毒《げどく》スムージーを飲むのを見て、いったいどう思うのだろうかと。

「魂の伴侶《はんりょ》についてのばかげた古い学説を知っているか？」ティエリー・セネカは挑戦するようにわたしを見た。「だれもが完全なる自分の伴侶を探している、というやつだ。孤独からわたしたちを究極的に救うことのできる唯一の人間を」

わたしはべつに驚くこともなく答える。

「プラトンは『饗宴《きょうえん》』のなかで、それをアリストファネスの考えだったとしているが、それはぼくもまるで見当違いだとは思わない。だいたい詩的だし、ぼくはシンボルが好きなのでね」

「そうだな、われわれのなかで大ロマンチスト役がきみだったことを忘れていた」セネカがばかにするような口調で言った。

彼が期待するような反応は見せずに、そのまま聞き捨てることにした。

「まあ、ファニーもそういう傾向にあったのは確かだ、分かるだろう。そういう考え方を十三か十四歳で持つというのは理解できるんだが、四十過ぎになってもそうでは問題だ」

「ぼくに何が言いたいんだ、ティエリー？」

「時の流れの途中で引っかかってしまう者もいるのだな。過去を消化できない連中のことさ」

わたしのことを言っているのかと思ったが、セネカはべつの人物について話したがっているようだ。

「ファニーが心の奥底で自分のことをどういうふうに考えているか知っているか？　いつかある日、きみが彼女をみつけに来ると思っているんだ。ある朝ほんとうに、彼女が生涯の女性だったことに気づいたきみが白馬に乗って現れ、もっと幸せに満ちた運命に向かって連れ去ってくれるだろうと……」

「ちょっと戯画化《カリカチユア》しすぎていないか？」わたしは彼の言葉を遮った。

「それならいいのだが……」

「いっしょになってから長いのか？」

わたしを責めたてるだろうと覚悟していたが、セネカは真摯《しんし》な態度を続けることを選んだ。

「五、六年というところかな。じつに幸せな時間を過ごしてきたし、ときにはもっと困難に思えた瞬間もあった。でも分かるかな、たとえお互い幸せと感じていたときでさえ、愉快に時を過ごしていたときでさえ、彼女はいつもきみのことを考えていた。ファニーは、もしきみといっしょなら、その幸せをもっと強く感じられるのではないか、もっと充実感があったのではないかと自問するのをやめられないんだ」

うつむき加減のティエリー・セネカは、喉から絞り出すようなかすかな声で話している。ほんとうに苦しんでいるようだった。

「きみと張り合うのは簡単じゃないんだ、分かるだろう、きみはほかの子とは違う男子なんだ。でもトマ・ドゥガレ、きみの何が違っているんだろうな？　カップルの仲を引き裂き、夢を売る男でもあることはべつにして」

彼は敵意と悲嘆の入り混じった目で、あたかも自身の不幸がわたしのせいであり、わたしが彼の潜在的な救済者であるかのようにわたしを見た。彼の言ったことがあまりにも極端なので、わたしは釈明する必要すらないと思った。

セネカは顎鬚をしごくとポケットからスマートフォンを取りだし、その壁紙になっている写真を見せた。八歳か九歳の少年がテニスをして遊んでいる。

「きみの息子か？」

「そう、マルコという。母親が主要な親権行使権を得たので、彼女は新しい彼氏と暮らすことになったアルゼンチンにマルコを連れて行ってしまった。息子と頻繁に会えなくなったのが死ぬほど辛い」

彼の話には心を動かされたけれども、とくに親しかったわけでもない人間から突然こうして感情を吐露《とろ》されると、戸惑いを覚えるほかなかった。

「ぼくは子供がもうひとり欲しい」セネカがはっきり言った。「ファニーとの子であってほしいのに、その一歩を踏みだすのを阻む障壁がある。その障壁とは、トマ、きみなんだ」

わたしは彼を診る精神科医ではないし、もしファニーが子供を欲しくないのなら、障壁となっているのはきっとおまえだよと言ってやりたかったが、ひどい落ちこみようの彼を見ると、さらに追い詰める気にはならなかった。

「ぼくもそう長くは待っていられないのでね」セネカが凄《すご》んでみせる。

「それはきみたち二人の問題で、ぼくには……」

そう言ったところで、アーケードの向こうにファニーが姿を現し、わたしたち二人がいっしょにいるのを見て足をとめた。彼女はわたしに付いてこいというしぐさを見せ、広場をよこぎって教会に入って行った。

「きみに会えてよかった、トマ」椅子から立ちあがるわたしにセネカが言った。「あの当時のことで未解決の問題があるのだろうから、今晩きみがそれに決着をつけてくれるとありがたい」

わたしは挨拶もなしに彼と別れ、教会のなかのファニーを追った。

3

なかに入るなり、香、あるいは木を燻《いぶ》すようなにおいに包まれ、わたしは祈りの場の雰囲気に引きこまれた。正面のポーチから身廊《しんろう》に下りていく階段のある教会は、その簡素さが美しかった。階段を下りたところ、数十本の蠟燭《ろうそく》が燃えている大きな献灯台の前の席でファニーはわたしを待っていた。

告白をするのに最もふさわしい場所？

ジーンズにパンプス、ブラウスという格好は今朝会ったときと変わらない。ただトレンチコートのボタンをかけ、膝を両腕で抱えているようすは、寒さに凍えているかのようだった。

「やあ、ファニー」

血の気のない顔と腫れぼったいまぶた、疲れきった表情だった。

「ぼくらには話すことがある、そうだね？」

わたしの言い方は、思いのほかきつい口調になってしまった。同意するように、彼女は肯いた。車を運転しながら組み立てた筋書きどおりに問いただそうとしたが、わたしを見上げた彼女の目に苦悩を読みとった瞬間、真実を知りたいという確信が初めて揺らぐのを感じた。

「トマ、わたしはあなたに嘘をついたの」

「いつのことだ？」

「今日、昨日、一昨日、二十五年前も……。ずっとあなたに嘘を言いつづけてきた。今朝あなたに言ったことのなかに何ひとつ事実と一致するものはなかった」

「体育館の壁に死体がひとつあると言ったこと、あれも嘘なのか？」

「いいえ、あれはほんとうのこと」

彼女の頭上の、蠟燭の明かりに照らされた古い祭壇画が鹿毛《かげ》色に光って見える。金箔《きんぱく》塗りの木製の額縁《がくぶち》の中央に、慈悲の聖母が片手で御子《みこ》イエスを抱き、もう一方の手は赤く光るロザリオを持つ。

「もう二十五年が経った、体育館の壁に死体がひとつ埋め込められていたことをわたしが知ってから」ファニーは言い足した。

わたしは時が止まってくれるよう望んだ。ファニーにその先を話してもらいたくなかった。「でも、あなたからそれを聞くまで、そこにアレクシス・クレマンの死体もあったことは知らなかった」彼女は続けた。

「きみの言っていることが分からない」

ぼくには分かりたくなかった。

「あの壁のなかには死体が二つあったの！」ファニーは椅子から立ちあがり、叫ぶように言った。「わたしはクレマンのことは知らなかった、アフメッドが何も言ってくれなかったからだけど、もうひとりのことは知ってた」

「もうひとりの死体って？」

彼女が何と答えるか分かったので、わたしの脳みそは熱を帯び、いかにして真実を拒もうかと回転しはじめた。

「ヴィンカの死体よ」やっとファニーは口にした。

「違う、きみは間違ってる」

「今はあなたに真実を言っているのよ、トマ。ヴィンカは死んでしまった」

「それなら、いつ死んだことになっている？」

「アレクシス・クレマンが死んだのと同じ晩。一九九二年十二月十九日、あの雪嵐の晩」

「どうしてきみはそれほど確信が持てるんだ？」

彼女がこんどはロザリオを持った聖母の祭壇画を見つめる。マリアの後ろに後光の差した天使が二人いて、聖母のケープを大きく広げ、貧しい人々がより多くの救いの場をみつけるようにと導く。まさにその瞬間、わたしは真実の傷から逃れるため、そこに逃げこみたいと思った。けれどもファニーが視線を祭壇画からそらしてわたしに目を合わせると、わたしが拠り所にしていたすべてを破壊する言葉を発する。

「なぜなら、わたしが彼女を殺したからよ、トマ」

ファニー

一九九二年十二月十九日、土曜日
女子生徒寮〈ニコラ・ド・スタール〉
疲労困憊《こんぱい》のわたしは欠伸《あくび》ばかりくり返していた。分子生物学の講義ノートの文字が躍り、もはや脳はそれを飲みこめなくなっていた。眠気と格闘していた。何よりも寒さが骨まで貫いていた。寿命に達した暖房ヒーターは、もう埃っぽい生ぬるい空気しか送らなくなっている。眠ってはいけないと思って音楽をかけておいた。ハイファイスピーカーからは、ザ・キュアーのとても陰鬱な曲「ディスインテグレーション」や「プレインソング」、「ラスト・ダンス」……がつぎつぎに流れる。ひとりぼっちなわたしの魂の鏡。
セーターの袖で窓の曇りを拭った。外の景色は現実離れしていた。キャンパスに人影はなく、真珠色に覆われて静まりかえっている。束の間、まだ雪のかけらを落としつづけるパールグレーの灰色の遠い空に視線が吸いこまれる。
胃が焼けるように感じ、悲鳴をあげた。昨日から何も食べていなかった。戸棚も冷蔵庫も空っぽ、なにしろ一フランもなかった。少しは眠ることを自分に許し、目覚ましを午前四時半にセットするのをやめなければと分かっていながら、こんどは罪の意識に苛まれて眠れなくなる。この二週間の休暇中にやろうと計画を立てた復習に思いが向かう。医学部の初年度で、このプレパ同級生の三分の二が振り落とされるのだ。だから、そんなことをする意味があるのかと思ってしまう。というか、それは自分の居場所なのかと。医師を目指しているけれど自分にその適性があるのだろうか？　もし進級試験に滑ったら、わたしの将来はどうなってしまうのか？　先のことを考えるたびに、暗く寂しい景色しか見えてこなかった。それは冬の平原ですらなく、無限に広がる灰色の世界のようだった。コンクリートの建物と高速道路が果てしなく続く灰色の風景、午前五時に鳴る目覚ましのような。大病院の待合室、口のなかに残る不快な金属の味、運悪く不潔な人間の横に座ってしまったときのような感覚。わたしを待っているのはそういうものだと分かっていた。リセの大部分の生徒が誇らしく見せる軽さ、のんきさ、あの楽観主義、どれもわたしがいちども感じたことのないものだった。自分の将来を思うとき、わたしには恐れ、疲労感、空虚、逃避、苦痛しか見えない。

★

でもね、トマ、突然あなたが見えた！　窓ガラスを透《とお》して、風に抗《あらが》って身を屈めるあなたのシルエットが午後の乳白色に染まった冬景色のなかに浮かびあがっていた。すると、いつものように心臓が破裂しそうなくらい膨らんで、一瞬のうちにわたしは優しい気持ちになった。一瞬で、眠気など吹き飛んでしまった。一瞬で、わたしは生きたい、前進したいと思った。なぜなら、あなたといるときだけ、わたしの人生は平穏で、約束に満ち、将来の計画、旅、太陽、子供たちの笑い声をもたらしてくれるから。幸福に向かう細い道があったとしても、あなたとしかそれを辿ることはできないと予感していた。どういう魔法によるものか、わたしが子供時代から背負ってきた苦しみ、泥沼、闇が、あなたといっしょにいると消えてしまうように思えた。でもあなたなしなら、ずっとひとりなのだと分かっていた。

だけどね、トマ、突然あなたの姿が見えたように、その幻想は同じくらいあっという間に消えてしまった。あなたがわたしに会いに来たのでないと分かったから。あなたが階段を駆け上がり、彼女の部屋に入って行くのが聞こえた。あなたはけっしてわたしに会いには来なかった。もうひとりに会いに来るのだった。彼女に会いに。いつだって彼女のため。

わたしはあなたよりもヴィンカのことをよく知っていた。彼女のあの目つき、移動するときの身のこなしや、耳の後ろに髪を撫でつけるときのしぐさ、笑みを浮かべずに口を少し開いた笑い方、そのぜんぶをわたしは知っていた。わたしは、それがただ有害なだけでなく致命的なものであることも知っていた。わたしの母もそうだったから。男たちの理性を失わせる、あの不吉なオーラのようなものを。あなたには言わなかったけれど、母がわたしたち家族を捨てたとき、父は自殺しようとしたのよ。鉄筋コンクリートの錆びた鉄筋で、自分から串《くし》刺しになろうとした。医療保険の問題があるので労災事故ということにしたけれど、あれは自殺未遂だった。あれだけ母から屈辱を受けたというのに、あのバカな男は彼女なしでは生きられないと言って、未成年だったわたしたち三人の子供を見捨てるつもりだった。

トマ、あなたはそれとは違うけど、彼女があなたを破滅させる前にその束縛から自由にならなければいけない。一生あなたが後悔するに違いないことをあなたにやらせてしまう前に。

★

あなたが部屋のドアを叩いて、わたしは開けた。

「ああトマ、元気?」わたしはそう言って、鼻に引っかけていた度入りのメガネを外す。

「やあファニー、ちょっと助けてほしい」

ヴィンカの具合が悪いので看てあげなければいけないし、薬も必要だとあなたはわたしに説明する。わたしの薬入れを空にしたあと、ヴィンカに紅茶をいれてやることまでわたしに頼む。わたしはバカみたいに「うん、やっておく」って、くり返しあなたに答えるだけだった。そしてお茶はもうなくなっていたから、ゴミ入れの底からすでに使ったティーバッグを探すほかなかった。

もちろん、わたしにはそんなことをするしか存在理由がない。傷ついた小鳥のようなヴィンカに奉仕するだけ。でもね、トマ、いったいわたしを何だと思ってるわけ? 彼女がわたしたちの人生を貪《むさぼ》りに来る前、わたしたちは幸せだったでしょ! 彼女がわたしたちにしたことを見てよ! わたしがあなたの気を引こうとして、あなたにやきもちを焼かせようとして、手当たり次第に男子たちに抱かれたのも、ぜんぶあなたのせいでしょ。わたしが自分のことを痛めつけるのは、あなたのせい。

わたしは涙を拭ってから廊下に出た。そこであなたはわたしにぶつかってきたのに、謝りもしなければ、わたしに声をかけることもなく階段を駆け下りていった。

★

それでもやっぱり、わたしはヴィンカの部屋に来ているわけだけど、手に紅茶のカップを持つ自分がどこか間抜けに感じた。あなたたちの会話を聞いたわけじゃないけど、彼女が得意なレパートリーを演じたことは分かっていた。つまり、彼女が人形劇《マリオネット》で気の毒なヒロインを演じたということ。すでに完璧の域に達した、相手をたぶらかす手管《てくだ》を弄して。

わたしはそのバカみたいな紅茶のカップをサイドテーブルに置いて、もう眠りかけているヴィンカを見つめる。心のなかの一部では、男たちが彼女に抱く欲望がどういうものかを理解する。彼女のそばに横たわり、透きとおるような肌を愛撫して、赤い口元、形の整った唇を味わい、反りあがったまつげにキスしたいとすら思う。だけど、もうひとつの部分では彼女のことを憎んでいて、ヴィンカの面影にわたしの母のそれが重なるようなとき、ほんの一秒のことだけれど、わたしは思わず後ずさりしてしまう。

★

もう勉強に戻らなければと思いながら、何かがわたしをヴィンカの部屋に引き留める。まだ半分ほど残っているウォッカの瓶が窓の縁に置いてある。わたしはラッパ飲みで二口ほど喉に流し込む。それから詮索を開始し、机の上に置いてある紙、ヴィンカの日記にまで目を通す。戸棚を開ける、彼女の服をいくつか着てもみた。救急箱の中身を調べる。睡眠薬と抗不安薬があるのを見ても、それほど驚かなかった。

いっぱしのジャンキーのような品揃えだった。睡眠薬〈ロヒプノール〉に抗不安薬の〈トランキセン〉と〈テメスタ〉など。抗不安薬の二箱はほぼ空になっていたけれど、睡眠薬のほうはあまり減っていなかった。これほどの量を、どうやって手に入れたんだろうと不思議に思った。救急箱の底に古い処方箋があり、それを出したのはカンヌの医師フレデリック・リュベンスとあった。この医者が、そんな薬をのど飴《あめ》か何かのように処方しているのは明らかだった。

わたしは〈ロヒプノール〉の特性を知っていた。その分子フルニトラゼパムは、重度の不眠症の治療に処方されるけれど、依存症を生じるほか半減期も非常に長いため、その使用期間は限定されているはずだった。気楽に服用したり長期間の連用をしたりする薬ではなかった。トリップする目的で、それがアルコールやモルヒネといっしょに使われることも知ってていた。わたし自身は試したこともないけれど、それがひどい結果をもたらすことは聞いていた。自制心がなくなって不安定な行動をとり、完全に記憶を失うようなことも頻繁に起こるという。医学部の教員のひとりの、ある救急医が言ったことだけれど、〈ロヒプノール〉の過剰摂取で病院に搬送される例が増えていて、被害者の抵抗を無力化すると同時に記憶も失わせるので、暴行加害者たちがときどきこの薬を使うこともあるのだという。ある事件について聞かされたけど、それによれば、グラース近郊で行われたレイブパーティーで薬を飲みすぎた少女が全身に火がついたまま崖から身を投げたらしい。

　わたしはへとへとだったので頭もはっきりしていなかった。なぜそんなことが頭に浮かんできたのか分からないけれど、ふと〈ロヒプノール〉の錠剤をお茶に溶かしたらどうなるか考えはじめていた。ヴィンカを殺したかったわけじゃない。ただ彼女に消えてほしかった、わたしとあなたの人生から。わたしは彼女が道路の真ん中で車に撥《は》ねられたり自殺したりするような夢をよく見た。殺したいわけではまったくないのに、わたしは錠剤をいくつか手に握りしめた。それから、その錠剤を火傷《やけど》するくらい熱いマグカップのなかに入れた。ほんの数秒でそれはすんだ。わたしという存在が二つに分裂し、もうひとりの自分が、わたしのその一連の動きを外から眺めていた。

　わたしはドアを閉めると自分の部屋に戻る。もはや立っていられなくなっていた。こんどばかりは疲れに負けてしまった。わたしもベッドに横たわる。解剖学のノートと暗記カードを手にとる。勉強しなければ、講義ノートに集中しなければならないのに、自然に目が閉じて眠ってしまう。

★

目を覚ますともう真っ暗で、夜になっていた。ひどい熱でもあるかのように汗をかいていた。ラジオの時計を見ると午前零時半。八時間もぶっ通しで眠ってしまった自分が信じられなかった。そのあいだに、トマ、あなたが戻ってきたのかわたしは知らない。そして、ヴィンカがどうなったかも。

時間を遡ってみて恐ろしくなったわたしは、ヴィンカの部屋のドアを叩きに行った。返事がないのでなかに入る。サイドテーブルに置かれたマグカップは空になっていた。ヴィンカは、わたしが部屋を出て行ったときと同じ格好でまだ眠っていた。少なくともわたしはそう思いたかったけれど、屈んで近づいた時点で、彼女が冷たくなり、息もしていないことに気づいた。心臓が止まるような衝撃にわたしは打ちのめされた。その場に崩れ落ちた。

この話は元々そのように書かれていたのかもしれない。きっと最初から、すべてがこういう死と恐怖のなかで終わることになっていたのかも。そして、つぎにどんなステップを踏むのかも決まっている。だから終わりにするんだ、このわたしも。窓を大きく開け放った。凍てつく寒さがわたしを捉え、食らいついて貪る。飛びおりるつもりで窓枠によじ登ってみたけれど、わたしは踏み切れずに戸惑っていた。それはまるで、夜がわたしのにおいを嗅いでみて、わたしのことを欲しがらなかったかのように思えた。死すらも、わたしのために時間など割《さ》きたくないようだった。

★

取り乱したわたしは、ゾンビのようにふらふらとキャンパスをよこぎる。湖、マロニエ広場、教務課棟。どこもかしこも真っ暗、生気の感じられない死の世界だった。あなたのお母さんの学監室を除いて。そして、わたしはそこに行きたかった。窓ガラスの向こうに、彼女の姿が見えた。わたしは近づいた。フランシス・ビアンカルディーニと何やら議論の最中だった。わたしがいるのに気づいた彼女は、すぐに重大なことが起こったと理解したようだ。彼女とフランシスはわたしのそばに来た。わたしは立っていられなくなって二人の腕のなかにくずおれ、すべてを語る。脈絡のない話、それがわたしの嗚咽に遮られる。〈緊急医療救助サービス《SAMU》〉を呼ぶ前に、二人はわたしを連れてヴィンカの部屋に駆けつけた。最初に死体を調べたのはフランシスだった。頭を振って、フランシスは〈ＳＡＭＵ〉を呼んでもむだだと告げた。

その瞬間、わたしは気を失った。

★

意識が戻ったとき、わたしはあなたのお母さんの学監室のソファーに寝かされていて、脚には毛布が掛かっていた。

アナベルはわたしの枕元にいた。彼女の冷静さには驚いたけれど、お陰で安心もした。わたしはアナベルをいつも尊敬してきた。知りあったときから、わたしにはいつでも思いやりがあって、とても親切にしてくれた。何かをやろうとすると、それを支持してくれて実際に助けてもくれた。リセ卒業後、わたしがプレパの寮に部屋を持てたのも彼女のお陰だった。医学部に進むか迷っていたときはわたしの背中を押してくれたし、あなたがわたしから距離をとりはじめたときだって力づけてくれた。

アナベルは、少しは気分が良くなったかとわたしに尋ね、何が起こったのか細かく話すように言った。

「どんな些細な点も忘れずにね」

その指示に従って、わたしはヴィンカを死に追いやった宿命のような連鎖を思い返す。わたしの嫉妬と惑乱、過量の〈ロヒプノール〉を飲ませたこと。自分のやったことを正当化しようとしたら、アナベルが人差し指をわたしの口に当てた。

「あなたが後悔したところで、ヴィンカは生き返ってはこないでしょう。あなたのほかに、だれか彼女の死体を見た？」

「見たとしたらトマしかいないけれど、その可能性はないと思います。あの寮には、わたしとヴィンカだけが休暇中も家には帰らないで残っていたんです」

アナベルはわたしの腕に手を置き、じっと視線を合わせると重々しく告げる。

「今からしばらくは、ファニー、あなたの人生でいちばん重大な瞬間になります。難しい決断をしなければならないし、躊躇するような時間もない」

わたしはアナベルの目を見つめていた。でも何を言われるのかまったく想像がつかなかった。

「あなたは選ばなければいけない。一番目の可能性、それは警察に電話をして事実を述べること。今晩から、あなたは留置場で寝ることになる。起訴されて裁判になれば、検察と世論があなたをめった斬りにする。この事件にメディアは夢中になる。あなたは、嫉妬に燃え、冷酷にもいちばんの親友、だれからも愛されていたリセのヒロインを殺した性悪の女子にされる。あなたはもう成人だから、長期刑の宣告を受けるでしょうね」

わたしは打ちのめされたけれど、アナベルは容赦しなかった。

「刑務所から出たときあなたは三十五歳、その後も生きているあいだずっと〝人殺し〟のレッテルを貼られる。べつの言い方をすれば、まだほんとうには始まっていないあなたの人生は、もう終わってしまっているということ。今夜あなたは地獄に足を踏み入れてしまった。もはや脱出することはできないでしょうね」

わたしは溺れかけていた。頭に一撃を食らい、水も飲んでしまい、息ができなかった。少なくとも一分間は黙り、それから口を開く。

「二番目の可能性は何ですか？」

「あなたが地獄から抜け出すために闘う。もしそうするのなら、わたしはあなたを助けようと思う」

「どうすればそんなことができるのか分かりません」

あなたのお母さんは椅子から立ちあがった。

「それは、直接あなたには関係ありません。まずはヴィンカの遺体を消さなければならないでしょう。それ以外のことは、あなたにとっては知らなければ知らないほどいいということ」

「死体を消すなんて、そんなことできないと思いますが」

そのとき、フランシスが学監室に入ってきて、ローテーブルの上にパスポートとクレジットカードを置く。それから受話器を手にとってある番号に電話をかけると、スピーカーに切り換えた。

「こんばんは、ホテル・サント＝クロチルドでございます」

「どうも。明日の晩なんですが、まだ二人用の部屋は空いてますか？」

「まだ一室だけ残っています……」ホテルの係員は答え、それから料金等の説明を始めた。

フランシスは満足して、部屋を予約すると答えた。アレクシス・クレマンの名で。

アナベルはわたしに作戦の準備が整ったことを目で知らせ、つぎの段階に進むかどうかわたしの返事を待った。

「あなたの考えがまとまるように、二分間だけひとりにします」アナベルは言った。

「二分も必要ないです、地獄か生きるかを決めるには」

彼女の目を見て、それがアナベルの望んでいた言葉だと分かった。彼女はわたしの横に座って肩を抱いた。

「ひとつあなたに理解しておいてもらうことがある。わたしが言ったとおりに行動してくれないとうまくいかない。質問したり、理由や説明を求めたりしないこと。それがただひとつの条件だけど、これを変えるわけにはいきません」

どうすればそんな作戦が可能なのかわたしには分からなかったし、ほとんど信じられないことだったけど、アナベルとフランシスが苦境に対処して、この取り返しのつかない事態をうまく処理してくれそうな気がした。

「些細なことでもミスを犯したら、それでもう終わり」アナベルが真剣な面持ちで告げる。

「あなた自身が刑務所に行くことになり、わたしもフランシスといっしょに刑務所に行かざるをえなくなります」

わたしは黙って肯き、自分が何をやるべきかを聞く。

「作戦だけど、今のところそれは、明日の朝しっかりしていられるように寝に行くこと」彼女の返事はそれだった。

いちばん変だったことを知りたい？　あの晩、わたしはすごくよく眠れたの。

★

翌朝、アナベルがわたしを起こしに来たとき、彼女はジーンズに男物のブルゾンを着ていた。髪はシニヨンにして帽子で隠し、ドイツのサッカーチームのエンブレムがついたキャップを被っていた。アナベルが赤毛のカツラとヴィンカのピンク地に白の水玉のセーターを見せたとき、わたしは彼女の作戦が分かった。演劇部で、彼女がわたしたちにやらせる即興演技の稽古《けいこ》と同じ、つまりだれかほかの人間に成り代わることだった。まさにアナベルが、ときどき劇の配役を決める際の基準にしていたもの。違うのは、即興演技が五分で終わりではなく丸一日のあいだ続くことで、しかも演じるのは舞台劇でなく、自分の人生を賭けた芝居であることだった。

ヴィンカの服を着てカツラを被ったときの感覚を、わたしは今でも忘れない。絶頂、興奮、成就の感覚。わたしはヴィンカだった。彼女の軽さ、自然さ、当意即妙さ、そして彼女にしかないあの洗練された軽薄さが、わたしのものになった。

アナベルがアルピーヌのハンドルを握って、わたしたちはリセから出た。わたしは窓ガラスを下げてリセの守衛に手を振り、途中のロータリーでも作業員たちに手で挨拶をした。アンティーブ駅に着くと、前夜の運休の穴埋めでパリ行き臨時列車も増発していることが分かった。切符はあなたのお母さんが買った。パリまでの旅はほんの一息のように感じた。わたしは、乗客がなんとなくわたしのことを記憶に留めるよう、だけど一か所に長く留まらないようにして全車両を歩き回った。パリに着いた時点でアナベルは、サン゠シモン通りのホテルを選んだのは半年前に泊まったとき夜間の受付が年寄りの男で、きっとごまかしやすいだろうと考えたのだと打ち明けた。実際、午後十時前後にチェックインしたとき、明朝は夜明け前に出発したいので前払いすると伝えた。わたしたちはヴィンカがそこに泊まったように思わせるのに充分な痕跡を残した。チェリーコークを注文しようと考えたのはわたしで、ヴィンカのＤＮＡが残るへアブラシの入った化粧ポーチを残したのはアナベルだった。

いちばん変だったことを知りたい？　あの日わたしは〈ロヒプノール〉一錠とビールを二缶ほど飲んだけれど、あれがわたしの人生で最も陶酔感を味わえた一日だったということ。

★

現実への降下、それは前日の興奮に比例するものだった。翌朝になったら何もかもが陰鬱で、不気味さを取りもどしていた。目を覚ましたとたん、わたしは落ちこんだ。罪の意識を抱え、自己嫌悪に苛まれながら、こんな自分が一日たりとも生きつづけるなんてありえないと思った。でも、あなたのお母さんには約束をした。自分の人生をすでに破滅させたうえに、彼女まで道連れにすることはできない。夜明けを待って、わたしたちはホテルを出てメトロに乗る。まず十二号線でバック通りからコンコルドまで、そして一号線でリヨン駅まで。昨晩、アナベルはわたしのためにニースまでの切符を買っておいてくれた。時間をずらして、彼女はモンパルナス駅からランド地方のダクス行きに乗るはずだった。

駅正面のカフェで、アナベルがわたしに、辛い時期はこれからで、自分の過去を引きずって生きることを学ばなければならないと告げた。でも、すぐに彼女はつぎのように言いそえた。わたしならそれができるだろうと確信している、なぜなら、わたしが彼女と同じように闘う女であり、そういう人間しか自分は尊重しないからだ、と。

アナベルがわたしに思いださせてくれたのは、わたしたちのような女性はゼロから出発しなくてはならないということ。その人生は絶えることのない戦争であり、何についても、いつでも闘わなければならない。強者と弱者、それは人が思っているのと違うことが多々あって、多くの人が何も言わずに自分だけの苦しい闘いを進めている。彼女はこうも言っていた。ほんとうの難題は長期にわたって嘘をつきつづけることだ、そして、人に嘘を上手に言うには、まず自分に嘘をつくことだと。

「ファニー、嘘をつくにはたったひとつの方法しかないのを知っている？　それは真実を否定すること。つまり、あなたの嘘が真実になるまで、あなたの嘘によって真実が抹殺されなければいけないということなの」

アナベルはホームの車内までついてきて、わたしの頰にキスをしてくれた。血の記憶といっしょでも人は生きていけるというのが、彼女の別れの言葉だった。彼女がそれを知ってい

というより、昔から知っている母とファニーの性格から考えて、どうしてもありうる話だとは思えなかった。

「ファニー、待ってくれ！」

彼女は教会の外に走り出たところだった。ほんの数秒前まで気絶しそうだったファニーが今、必死なようすで走り去ってしまった！

くそ！

階段でつまずき、ふらふらしながら教会前広場へと出るあいだに、ファニーはもう遠くに行ってしまっていた。追いかけようとはしたが、わたしは足首を挫いてしまった。何よりファニーまではかなり距離があったし、彼女はわたしよりもずっとすばしこかったのだ。足を引きずりながら村をよこぎり、バシェット坂を精一杯の速さで駆け下りた。車をみつけて駐車違反のカードを握りつぶすと、運転席に座って何をすべきかと考えた。

母だ。母と話をしなければならない。ファニーの告白を裏づけることができるのは、その真偽を解きほぐすことができるのは、母しかいなかった。教会のなかでマナーモードにしていたスマートフォンを通常モードに戻すと、父からの新しいメッセージはなかったが、マキシムから電話をしてほしいというSMSが届いていた。彼に電話をかける。

「話したいことがあるんだ、トマ。ぼくはあることを発見した。非常に重大なことで……」

声の調子から緊張しているようすが伝わってくる。それが恐怖によるものとは断定できないが、動揺しているのは確かだ。

「電話ではだめだ。あとで待ち合わせよう、〈鷲の巣〉で。今ちょうどサンテクスのパーティーに来たばかりで、少しは選挙運動もしないと」

「話してくれ」

ベンツを運転しながら、静かな車内で自分の考えをまとめようとする。一九九二年十二月十九日の土曜日、リセ・サン＝テグジュペリのキャンパス内で、数時間の間隔をおいて二つの殺人が行われたことになる。最初に殺されたのがアレクシス・クレマン、二番目がヴィンカ。二件の殺人事件がほぼ同時に起こったことで、母とフランシスは、わたしたち三人――マキシムとファニー、そしてわたし――を守るためのシナリオを瞬時に書きあげた。まずは二つの死体を消し、つぎに犯行現場をコート・ダジュールからパリへと移すという驚くべき作戦。

そのシナリオは、どこか小説のようだが――若者たちを守るために親同士が結託してあらゆるリスクを負うという――、ヴィンカの死の物語でもあるので、わたしの脳が受けつけようとはしなかった。

ファニーが言ったことを反芻していると、ある一点がどうしても気になり、医師に電話をして確かめることにした。ニューヨークの主治医に電話をしたかったが、週末は閉まる医院の番号しか知らなかったので、ほかに連絡できる相手もいないわたしは兄に電話をすることにした。

電話で話す機会が少ないと言ってしまうと、当然のことのように聞こえるかもしれないが、英雄の弟でいると気後れもするのだ。兄に電話をするたびに、彼が子供たちを治療できるはずの時間を奪っているという思いに駆られ、その結果、会話もどこかぎくしゃくしたものになるのだった。

「おい、弟よ、元気か！」兄はすぐ電話に出た。

いつもどおり昂揚《こうよう》ぎみで、あまり話し好きでないわたしはそのエネルギーに圧倒される。

「やあ、ジェローム、調子はどう？」

「トマ、挨拶はいいから、おれに何がしてほしいのか言ってくれ」

今日の兄はわたしの用件を容易にしてくれた。

「今日の午後、母さんに会ったんだ。兄さんは母さんの心筋梗塞を知っていた？」

「まあね」

「どうして言ってくれなかった？」

「おまえには言うなって母さんが言ったからさ。心配させたくなかったんだろう」

よく言うよ……。

「ロヒプノールって、知っているよね？」

「もちろん。とんでもない薬だけど、最近はほとんど処方されてないな」

「自分で服用したことはある？」

「ないけど、どうして知りたいんだ？」

「今書いている九〇年代を舞台にした小説に使いたい。その致死量っていうのは、だいたい何錠に相当するんだろう？」

「まったく分からないが、配合によるだろうな。ふつう一錠中に一ミリグラムのフルニトラゼパムが入ってる」

「ということは？」

「ということは、体質によると言えるかな」

「それではあまり役に立たないよ」

「ニルヴァーナのカート・コバーンはあれを飲んで自殺を図った」

「ショットガンで頭を撃ちぬいたんじゃなかったっけ？」

「おれが言ってるのは、その数か月前の自殺未遂のことだよ。五十錠ほど飲んだらしい」

ファニーが言ったのはいくつかなので、とても五十錠には及ばない。

「十五錠程度ならどうなるかな？」

「ひどくラリって、しかもアルコールといっしょなら、おそらく昏睡《こんすい》に近い状態になるだろうな。ただし、もういちど言うけど、配合次第なんだ。九〇年代、製薬会社は二ミリグラムの錠剤も商品化していたから、それだと、十五錠を〈ジム・ビーム〉といっしょにやれば昇天できるのは確実だな」

振り出しに戻った……。

そのとき、考えていなかった問いが頭をよぎる。

「兄さんは、二十年ほど前カンヌにいたフレデリック・リュベンスという開業医を知ってる？」

「ドクトル・マブゼ（フリッツ・ラング監督の映画『ドクトル・マブゼ』や『怪人マブゼ博士』などに登場する悪役の主人公）！　カンヌの近辺で知らぬ者はいないという医者だよ」

「あの〝マブゼ博士〟か、それが彼のあだ名だったの？」

「ほかにもいくつかあったな」ジェロームが鼻で笑いながら言った。「ヤクチュー・フレッド、売人フレディ、フレディ・クルーガー（映画『エルム街の悪夢』の殺人鬼）……。彼自身も依存症で、同時に売人でもあった。考えつく闇取引なら何にでも手を出したらしい。ドーピング、不法医療行為、処方箋の偽造……」

「医師会からは除名処分になったの？」

「なった。でも、おれはそれでも遅すぎたように思っている」

「リュベンスはまだコートにいるのかな？」

「あれだけの薬を種類も何も選ばず体内に入れたんだ、長生きはしなかった。おれがまだ学生だったころに死んだよ。おまえのつぎの本は医学スリラーか？」

2

リセに着いたときは、もうほとんど夜だった。車両用遮断機は上がったままになっていた。リストに名前があるかだけを守衛がチェックしていた。わたしの名前はどこにも書かれていないはずだが、彼はわたしが数時間前に出て行くのを見ていたので、わたしのことを覚えており、構内に入れてくれて、湖の近くに用意された駐車場に停めるよう指示した。

リセの夜景は、陽の光の下で見るよりも統一感と調和があってすばらしかった。ミストラルに吹き清められた夜空は明るく星がいっぱいだった。駐車場から見える反射鏡や松明《たいまつ》や電飾がリセ全体に魅惑的な雰囲気を添え、参加者たちを祝賀会場まで招いていた。入学年次ごとの催し物があり、体育館に集まるのは一九九〇年から九五年入学の同期生たちだ。

会場に来てみて、わたしはある種の違和感にとらわれた。それはまるで〝九〇年代、いちばん醜いファッション〟がテーマの仮装パーティーのようだった。四十代の男女が、衣装棚から〈コンバース〉や穴あきで股上の深い〈リーバイス〉の501、〈ショット〉のフライトジャケット、大きな格子柄のシャツを引っぱり出していた。もっとくだけた者はバギーパンツに〈タッキーニ〉のジャージー、〈シェビニオン〉のダウンジャケットを着ていた。

離れた場所にシカゴ・ブルズのジャージーを着たマキシムの姿が見えた。もう国民議会議員に当選したかのように、人々が彼をとりかこんでいる。あちこちでマクロンの名が聞かれた。そこに集まった企業家や自由業者や幹部社員たちは、今後この国を統治する大統領が、まだ四十にもなっておらず、英語を話し、経済の仕組みを知っていて、思想的な溝を超えて自らの意思を現実的な手法で提示する人物であることに、いまだ驚きを隠しきれずにいた。この国においてもし何かが変わるとすれば、今をおいてほかにないということか。

マキシムがわたしに気づき、手で合図を送ってきた。十分後？　わたしは肯き、それまでのあいだと思い、人が集まるなかへと入っていく。体育館をよこぎってビュッフェまで進むと、まるで皮肉のように、ビュッフェのテーブルは、二十五年前からその内側でアレクシス・クレマンとヴィンカの死体が朽ち果ててきた壁にぴったり沿うように置かれていた。壁には色紙や古いポスターが隙間なく飾られていて、最初の違和感を除けば、わたしは朝と同じく、とくに居心地の悪さは感じなかった。悪い波長は感じられなかった。だが、自分の脳がヴィンカの死を拒むための全防御システムを張り巡らせていることは分かっていた。

「ムッシュー、飲み物はいかがです？」

ありがたい、今回はちゃんとアルコール類もあった。それだけではなく、バーテンダーまでいて客の好みのカクテルを作ってくれるのだ。

「カイピリーニャ（サトウキビが原料の蒸留酒カシャッサ、ライム、砂糖で作るブラジルのカクテル）をお願いできるかな？」

「かしこまりました」

「二つにしてください！」背後から声がした。

ふり返るとオリヴィエ・モンスがそこにいた、マキシムの夫でアンティーブの市営メディアテックの館長を務めている。わたしは彼らのかわいい娘二人のことを褒め、〝必ずしも良かったとは言えない古き良き時代〟のエピソードをいくつか話題にする。彼のことは気取ったインテリといった記憶があったが、話してみると感じのいいユーモアのある人物であることが分かった。二分ほど会話をしたところで、彼は、マキシムが数日前からひどく不安になっているように感じると明かした。その原因を自分には隠しているに違いない、でもわたしなら何かを知っているのではないかと言うのだった。

わたしは真実を半分だけ言おうと決め、近づく選挙を背景に、マキシムの敵陣営の者たちが出馬を諦めさせようと不都合な過去がないか、しらみつぶしに調べているのだと説明する。政治に関わる者に付き物の代償だろうといくらか突き放した曖昧《あいまい》な言い方をした。自分はマキシムを手伝うためにここにいるわけだし、いずれそんな威嚇《いかく》も遠い思い出にすぎなくなると慰めるほかなかった。

幸い、オリヴィエは信じてくれた。まさにそれが人生の奇妙なところだ。本来なら心配性なのはわたしのはずだが、なぜかこのわたしには人を安心させる不思議な能力がある。

バーテンダーが飲み物を作ってくれたので、わたしたちは乾杯し、参加者たちの衣装をネタに冗談を交わす。その点では、オリヴィエもわたしと同じく地味な身なりだった。だが〝地味〟という形容詞はこの場にいる大多数の人間に当てはまらないようで、多くの女性たちが、当時へのノスタルジーからだろう、へそを出す装いを選んでいた。それ以外の女性たちは、デニムのショートパンツだったり、ティーシャツの上に肩紐のついたワンピースを着ていたり、首にチョーカー、あるいはバッグの持ち手にバンダナを括《くく》りつけたりしていた。幸いなことに、だれも〈バッファロー〉の超厚底ブーツを履くだけの勇気はなかったと見える。これらすべては何を意味しているのだろうか？　単に楽しみたいだけか、それとも失われた青春時代の何かを留めておきたいのか？

わたしたちは二杯目のカクテルを頼んだ。

「こんどはカシャッサを遠慮なく入れてくれ！」わたしは注文をつけた。

バーテンダーはきまじめにカクテルをかなりきつくしてくれた。わたしはオリヴィエと別れ、カクテルを片手に野外テラスに集まる喫煙者のグループに合流した。

3

パーティーはまだ宵の口で、すでに会場の舞台裏ではあからさまにコカインや大麻の密売が始まっていた。昔からずっと、わたしが避けてきた世界。デペッシュ・モードのティーシャツにつぎはぎを当てた古い革ジャンを着たステファン・ピアネッリが、仮設の鉄柵に肘をつき、ノンアルコールのビールを片手に電子タバコを吸っていた。

「結局、コンサートには行かなかったのか？」

彼は並んだテーブルの下に隠れて遊んでいる五歳くらいの男の子を頭で示した。

「両親がエルネストの面倒を見てくれるはずだったんだが、土壇場で問題が起きて来られなくなった」ピアネッリは理由を述べた。

ピアネッリの偏執的な性格は息子の命名にまで及んでいた。

「エルネストという名前を選んだのは、きみか？」

「そうだが、だからどうなんだ？　きみはこの名前が嫌いか？」彼は片方の眉を上げ、険悪な目つきになった。

「いやいや、好きだよ」気分を害するつもりはないので、わたしはその場を繕った。

「息子の母親に言わせると、紋切型なんだそうだ」

「母親って、だれなんだい？」

彼の顔がこわばった。

「きみの知らない女性だ」

ピアネッリの言葉に笑いたくなった。他人の私生活に関心を持つことが正当な権利だと思いこんでいる彼が、自分だけはその対象ではないと言っているようなものだ。

「セリーヌ・フルパンだろう、違うか？」

「そうだ、彼女だ」

彼女のことはよく覚えていた。最終学年A、つまり文系クラスにいて、あらゆる不公平に対して絶えず憤っており、何かというと授業をボイコットすると言いだす女子だった。ピアネッリと双璧をなす彼女も、やはり文学部に進んだ。極左運動のなかで、二人は学生や少数派の権利を主張する数々の闘争に関わった。最近、と言っても二、三年前、わたしはニューヨークからジュネーヴに向かう飛行機のなかで彼女に再会した。見事な変身。〈レディ・ディオール〉のバッグを持った彼女はスイス人医師といっしょで、見るからに首ったけのようすだった。言葉は二言三言交わしただけだったが、とても陽気で、人生を謳歌《おうか》しているようすが伝わってきた。もちろん、ピアネッリにそれは言わなかった。

「ちょっとした情報があるんだ」彼は話題を変えるために言った。

　一歩ほど立ち位置をずらした彼の顔に、飾りを照らす白熱電球の光が当たった。その顔にも、しばらく眠っていない黒ずんだ隈と充血した目が見てとれた。

「リセの工事の資金繰りに関する情報か？」

「正確には違う。この件については研修生に調べさせたんだが、秘密はかなり厳重なようだ。その研修生は、何か嗅ぎつけたらきみに連絡を取ることになっている」

　ピアネッリは息子の姿を目で追いながら、手を振った。

「それとはべつに、おれは例の工事の最終プランに目を通すことができた。とんでもなく大規模な工事だぞ。法外な費用がかかるものもあるが、おれにはその有用性が見えない代物だった」

「工事のどの部分のことを言ってるんだ？」

「広大なバラ園の計画、〝天使たちの庭〟のことだよ。聞いたことあるか？」

「ない」

「とうてい正気の沙汰《さた》とは思えない。瞑想の場を築こうという意気込みらしいが、何と、それが現在のラベンダー畑から湖まで広がるというんだ」

「何なんだ、その瞑想の場というのは？」

　ピアネッリは肩をすくめた。

「例の研修生が電話で教えてくれたんだが、おれもぜんぶ理解したわけじゃない。それと、もうひとつきみに伝えておくことがある」

ふいに彼はわたしを怪しむような態度を見せ、ポケットから紙片を取りだしてそこに書かれた自分のメモを見た。

「フランシス・ビアンカルディーニの死亡に関する警察の報告書を見たんだ。あの哀れなおっさんは、かなり痛めつけられたようだ」

「拷問されたってことか?」

意地の悪い炎がピアネッリの目を光らせた。

「ああ、相当にな。おれが言っていた報復という見方を裏づけている」

わたしはため息をつく。

「ステファン、いったい何の報復なのか言えるのか? またいつものマフィアと資金洗浄? ほんの数秒でいいから考えろよ、まったく。もしフランシスが彼らのために動いていたとして、ぼくはそう思っていないが、その彼がどうして殺されなければならないんだ?」

「〈ンドランゲタ〉の連中を出し抜こうとした可能性がある」

「何のために? フランシスは七十四歳だったんだぞ、充分すぎるくらい金もあった」

「どんなにあってもあの連中には足りないのさ」

「もういい、どうしようもないな、きみは。それで、フランシスが犯人の名を血文字で書こうとしたというのはほんとうの話か?」

「いや、それは例の女性記者が記事をドラマチックにするための脚色だったと白状した。だがそれとはべつに、フランシスは死ぬ直前に電話をかけたらしい」

「だれにかけたのか、分かっているのか？」

「きみの母上にだよ」

わたしはピアネッリが放った爆弾の雷管を外さなければと思い、動揺を見せないように言う。

「当然だろうな、隣同士だし、二人は小学校からいっしょだったんだ」

肯きはしたものの、彼の目は〝ほかの人間にならいざ知らず、おれにはそんなお伽噺《とぎばなし》をしてくれるな〟と言っていた。

「母は電話に出たのかな？」

「それは直接きみが聞けばいいだろう」彼は言った。

ピアネッリはノンアルコールのビールを飲み終えた。

「おーい、帰るぞ、明日はサッカーの練習があるんだろう」彼は息子を呼んだ。

4

会場に目をやると、マキシムはまだ人に囲まれていた。反対側の奥にも二つ目のバーが設けてあり、どこか非合法の賭博場のような雰囲気を漂わせ、主にストレートのウォッカを提供しているようだった。

わたしもウォッカ（ミントフレイバー）を頼み、そのあと、こんどはレモンフレイバーを頼んだ。あまり感心なことではないが、わたしには家に連れて帰る子供もいないし、翌朝サッカーの練習に付き添う予定もなかった。ノンアルコールのビールもホウレンソウのスムージーも好きではなかったし、ついでに言えば、来週は刑務所にいるかもしれないのだ……。

本気で母をみつけなければいけない。どこに逃げてしまったのだろう？　わたしが真実を突き止めるのを恐れた？　フランシスと同じ残虐な仕打ちを受けるのが怖かったのか？

三杯目のウォッカ（チェリーフレイバー）は、酩酊《めいてい》状態にあったほうがよく考えられるのだと自分に言い聞かせながら飲む。長い目で見れば嘘なのだが、酔いが回るまでのあいだに短い幸福感が訪れることもあり、そのあいだいくつもの考えがぶつかり合って、頭が完全に混乱する前に閃《ひらめ》きが生まれるのだ。母はわたしのレンタカーに乗って出かけた。もちろんＧＰＳが搭載されている。レンタカー事務所に電話をして、たとえば車が盗難に遭ったので、現在どこにあるのか場所を特定してほしいと頼めないだろうか？　やってみる価値はあるだろうが、あいにく土曜日の晩なので容易でないことは予想できた。

締《し》めのつもりでウォッカ（オレンジフレイバー）を頼んだ。頭はフル回転していた。気分も最高潮、それも長続きはしないだろうが、幸運にも絶妙な思いつきが頭をよぎった。単純に車のなかに置き忘れたｉＰａｄの位置情報を調べればいいのではないか？　ユーザーが同意を余儀なくされているモダンな監視システムは、それを可能にしてくれるのだ。スマートフォンで専用のアプリを起動させた。設定さえ正しければかなり有効であり、たいていの場合は良い結果が得られる。わたしはメールアドレスとパスワードを入力して、息をひそめて待つ。地図上にiPadのアイコンが点滅しはじめた。それが今でも車内にあるのなら、車はアンティーブ岬の南端の、わたしも知っている場所、レストランの客や海沿いをトレッキングする旅行客が車を停めるケレール浜辺の駐車場に停まっているはずだ。

　わたしはすぐ父に電話をかける。

「母さんの車がどこにあるか分かったんだ！」

「どうやって？」

「細かいことはいいから、車はケレール浜辺の駐車場にある」

「だけどいったい、アナベルはそんなところで何をやってるんだ？　まったく」

　やはり今回も父にしては心配しすぎているように思えたので、何かを父が隠しているのではないかと察した。だが聞いてみても頑なに否定するので、わたしはつい、きつい言い方にならざるをえなかった。

「父さん、ぼくは怒ってるんだよ！　自分が困っているときは電話をしてくるくせに、あなたはぼくのことを頭から信用していない」

「分かった、おまえの言うことは正しいよ」父は認める。「アナベルは出かけたとき、ある物を持って出たんだ……」

「何を？」

「わたしの猟銃を一丁持ち出している」

　足元に深淵が開いたように感じた。武器を手にした母など、わたしの想像を超えていた。

だが三秒ほど目を閉じると、あるイメージが頭に浮かぶ。自分の願いに反して、わたしには猟銃を手にした母アナベルの姿が簡単にイメージできるのだった。

「使い方を知っているんだろうか？」わたしは父に尋ねる。

「とりあえずアンティーブ岬まで行ってみる」父は答える代わりにそう言った。

それが良い対応なのか分かるはずもないが、ほかに妙案もなかった。

「用件をすましたら、ぼくもそちらへ向かうから。父さん、いいね？」

「いいよ、でも早くしてくれ」

わたしは電話を切った。周囲の雰囲気が変わっていた。アルコールで抑制が利かなくなり、参加者たちの気が緩みはじめていた。耳を聾《ろう》するばかりの音楽。わたしはマキシムを探したがみつからない。会場から出てわたしを待っていると言ったマキシムの言葉を思いだした。

〈鷲の巣〉、そうだった……。

体育館を出て、花咲く崖の細道を登りはじめる。道には標識がつけられ、足元を照らす電球とランタンに導かれながら進む。

岩山の先端の下まで来て上を仰ぐと、闇のなかにタバコの赤い点が見えた。手すりに肘をついたマキシムが手で合図を送ってきた。

「登るときに注意したほうがいい！」彼が叫ぶ。「夜は、ほんとに危なっかしいから」

わたしは慎重を期してスマートフォンのライトを点け、足を滑らせないように登りはじめた。教会を出たときに挫いた足首がうずく。一歩一歩がきつい。岩山を登っているうち、今朝は吹いていた強風がやんでいることに気づく。空は雲に覆われ、星はひとつも見えなかった。半分まで登ったところで悲鳴が聞こえ、わたしは顔を上げた。墨絵のような夜空に二つのシルエットが浮かびあがる。ひとつはマキシムで、もうひとつの影がマキシムを手すり越しに突き落とそうとしていた。わたしは大声を張りあげ、友人を助けようと駆け上がったが間に合わなかった。マキシムは十メートル近くも落下してしまった。

犯人を追いかけたが、痛めた足のせいでまったく追いつけそうになかった。引き返してみると、参加者の幾人かが倒れたマキシムをとりかこみ、救援を呼んでいるところだった。

涙が溢れ、わたしは目をしばたたく。一瞬、OBたちに交じってヴィンカが歩いている姿を見たように思った。幻のように透きとおった、その魅惑的な美少女は、スリップドレスの上に黒い〈パーフェクト〉のライダースジャケットをはおり、網タイツにレザーのショートブーツという格好で夜を切り裂くように歩いていた。

近寄りがたいその幻は、周囲にいるほかのだれよりも生き生きとしていた。

アナベル

一九九二年十二月十九日、土曜日

わたしの名前はアナベル・ドゥガレ。一九四〇年代の終わりにイタリアはピエモンテの小村で生まれました。学校では、子供たちがわたしを〝オーストリア女〟と呼んでいました。現在のわたしはリセ・プレパの生徒と教師たちから〝学監先生〟あるいは〝教頭先生〟と呼ばれています。わたしの名前はアナベル・ドゥガレ、今日、深夜を迎える前にわたしは殺人犯になっているでしょう。

とはいっても、冬休み二日目の今日の夕方、悲劇の終わりを暗示するようなものは何もありません。夫のリシャールは、学園をわたしひとりに任せて、三人の子のうち二人を連れて休暇に出かけています。今朝は早くから息をつく暇もないほど忙しかったけれど、わたしは物事を決めることとテキパキ動くことが好きなのです。悪天候が地域一帯に混乱をもたらし、信じがたい騒動を引きおこしています。午後六時、ようやく今朝から初めての一息つける時間を持てました。自分の〈サーモス〉がもう空になっていたので、職員室の自動販売機までお茶を買いに行こうと思いました。椅子から立ちあがりかけたそのとき、学監室のドアが開き、わたしの許可もなく少女がずかずかと入ってきました。

「こんばんは、ヴィンカ」

「こんばんは」

　わたしは不安を感じながらヴィンカ・ロックウェルを見つめました。この寒さだというのに、少女はタータンチェックのワンピースに〈パーフェクト〉のライダースジャケット、ヒールのあるショートブーツという格好でした。すぐに彼女がトリップ状態にあると分かりました。

「何が望みなの？」

「追加の七万五千フラン（約百五十万円）をくださること」

　わたしはヴィンカをよく知っていて、高く評価していました。わたしの息子が彼女に恋して悩んでいることもよく分かっていました。彼女はわたしが部長をしている演劇部の部員でもあり、最も才能豊かなひとりでもあります。知的で肉感的、突飛なところもあって、それが魅力になっているのです。教養があり芸術家肌の優秀な生徒です。わたしに自分で作ったというフォークソングを聴かせてくれたことがあります。優雅なリフレインはＰＪハーヴェイとレナード・コーエンの影響を受けたもので、宗教的な美しさがありました。

「七万五千フラン？」

　わたしに茶色い封筒を差しだし、わたしから何も言わないうちに向かいの肘掛け椅子に座るのです。わたしは封筒を開いてなかの写真を見ました。わたしは自分が驚かないことに驚いたくらいです。わたしにとっては打撃ではありませんでした。というのも、これまでの人生の決断はすべて、弱気になってはならないという唯一の目標に沿って下してきたからです。それがわたしの強みでした。

「ヴィンカ、気分が悪そうに見えるけど」わたしは封筒を返しながら言った。

「保護者会の方々に薄汚い先生のだんなさまの写真をお見せするつもりなので、気分が悪くなるのは先生のほうだと思います」

　少女は身体を震わせていました。熱があり興奮もしていて、疲れきっているようでした。

「どうしてわたしに追加の七万五千フランを頼むんでしょうね？　リシャールはもうあなたにお金を払ったということかしら？」

「十万フランはもらっていますけど、不足です」

　リシャールにも彼の実家にもお金はありません。わたしたち家族のお金はぜんぶわたしが出しています。それはわたしの養父ロベルト・オルスィーニから受け継いだもので、彼がこのコート・ダジュール一帯に左官の別荘《ヴィラ・ド・マソン》（イタリア移民の左官職人が建てた安価で頑丈な住宅）を建てては稼いだお金なのです。

「ヴィンカ、そんな大金すぐには用意はできませんね」

　わたしは時間を稼ごうと思いましたが、ヴィンカは一歩も譲りません。

「なんとかしてください！　今週末までには払ってもらいますから」

　少女は投げやりになっていて、自制もできない状態に見えました。おそらくアルコールと向精神薬を同時に口にした結果なのでしょう。

「あなたは何ひとつ手に入れられませんよ」わたしは荒々しい口調で告げました。「強請りをするような人間には軽蔑《けいべつ》しか感じませんから。あなたにお金を渡すなんて、リシャールはほんとうにばかなことをしたものです」

「分かりました。今後起こることは、学監先生、あなた自身が望んだことですからね！」ヴィンカは立ちあがってわたしを脅迫すると、ドアをバタンと閉めて出て行きました。

★

わたしは学監室にしばらく残っていました。あの少女に夢中になったせいで、せっかくの学業を棒に振りつつあるわたしの息子のことを思ったのです。物事を下半身でしか考えられない夫リシャールのことも考えました。わたしが守らなければならない家族のこと、そしてヴィンカのことも考えました。彼女が持つある種の毒のあるオーラ、わたしはそれがどこから来るのかを知っています。あとになって、ようやくすべての人が気づく〝そうありつづけることが不可能なもの〟に由来するのです。まるで彼女が二十歳という特別な年齢をけっして超えることのないよう運命づけられた流れ星でしかない、というような。

長い熟考のあと、わたしは外に出て、雪に行く手を阻まれながらニコラ・ド・スタール寮に向かいました。あの少女を説得しなければならないと思ったのです。部屋のドアを開けたとき、彼女はわたしがお金を持ってきたのだと思ったようです。

「ヴィンカ、よく聞きなさい。あなたは健康な状態ではありません。わたしがここにいるのはあなたを助けるため。なぜあんなことをしたのか説明してちょうだい。どうしてお金が必要なんですか？」

あの子は逆上して、わたしを脅しました。そこで、医師を呼んであげようか、それとも病院に連れて行ってあげようかと提案してみたのです。

「あなたはふつうの精神状態にありません。あなたが抱えている問題の解決法をいっしょにみつけましょう」

彼女を落ち着かせようと全力を尽くしましたが、取りつく島もありませんでした。まるで何かに憑《つ》かれたように、どんなことでもしかねないようすで、落涙と嘲笑を交互にくり返すのです。それから突然、ポケットから妊娠検査薬の結果を取りだしました。

「これが先生の愛しいだんなさまのやったことなんですけど！」

長年のあいだ、どんなことにもたじろぐことなどなかったこのわたしが、そのとき初めて動揺を覚えました。ふいの容赦ない亀裂がわたしのうちに開き、なす術がありませんでした。内側から揺さぶられる感覚にわたしは慄《おのの》きました。自分の人生の燃えはじめる様が目に見えました。わたしの人生、家族全員の人生。何もしないでいることは許されません。わたしたち家族の生活が、この十九歳の放火魔の手によって燃え尽くされ灰になってしまうのを許すわけにはいきませんでした。ヴィンカがわたしを侮《あなど》りつづけるあいだに、わたしはブランクーシの小さな彫像のレプリカに目をとめました。わたしがルーヴル美術館で次男のトマに買ってやったプレゼントで、次男はすぐそれをヴィンカへの贈り物にしたのです。わたしの目を白いベールが覆ったように感じました。彫像を摑むと、わたしはそれをヴィンカの頭に叩きつけます。その衝撃で、ヴィンカは布人形のようにくずおれました。

★

空白の時間は長く続き、そのあいだ、時の流れは止まったままでした。もう何も存在しません。わたしの意識は、外の雪景色のように凍りつき、微動だにしませんでした。やっとわれに返ったとき、ヴィンカが死んでいるのを認めるほかありませんでした。ひとつだけ明確に分かったのは、とにかく時間を稼がなければならないということです。ヴィンカをベッドまで引きずり、傷を隠すため横向きに寝かせ、そして毛布を掛けました。

幻の荒野を思わせる青白いキャンパスをよこぎり、暖房の利いた学監室に戻りました。椅子に座ってからフランシスに電話をかけましたが、三度かけても彼からの返事はありません。こうなれば、すべてはおしまいです。

動揺して焦ってはいましたが、目を閉じて精神を集中させようと努めました。考えることで多くの問題を乗り越えられると、わたしは人生のなかで学んだのです。最初の考えが浮かびました。何より自明な点、それはつまり人にみつけられる前にヴィンカの遺体を始末することです。不可能ではありませんが、実行するのは難しく、多くの仮定とそのシナリオを検討してみても、毎回、同じ問題点、同じ結論、すなわちロックウェル家の後継ぎである若い女性の失踪は本校に深刻な打撃を与えるという予想に行き着いてしまうのです。彼女を捜しだすためには、常識外の手段も用いられることでしょう。警察がリセのなかを徹底的に捜索して科学分析を行い、生徒たちは聴取され、そしてヴィンカの交友関係も洗われるはずです。リシャールとの仲を知る証人がいるかもしれません。あの写真を撮った人物もいつかは現れて強請りを続けるか、あるいは警察に協力するのでしょう。逃げ道はないのです。

人生で初めて、わたしは罠にはまったように感じました。降参するほかないと。ちょうど午後十時、警察に電話をしようと心に決めました。受話器をとろうとしたとき、アゴラに沿ってアフメッドを連れたフランシスがこちらに歩いてくるのを見たのです。わたしは彼を外まで迎えに出ました。彼もまた、これまで一度も見せたことのないような表情をしていました。

「アナベル！」すぐに尋常でないことが起こっていると察した彼が叫びます。

わたしは彼の腕に飛びこんで言いました。「フランシス、わたし、恐ろしいことをしてしまったの」

★

こうしてわたしはヴィンカ・ロックウェルとの恐るべき対決のことを彼に話したのです。

「気をしっかり持て」わたしが話し終えると、彼が声を低くして言いました。「こちらからも、きみに話さなければならないことがあるんだ」

自分はすでに絶壁の縁に立っていると思いこんでいました。でも、アレクシス・クレマンの殺害と、その殺害にトマとマキシムが直接関わっているという事実を聞かされたとき、今日という一日のうちでそれは二度目のことでしたが、わたしは息が詰まり、まったく何をどうすべきか分からなくなってしまったのです。フランシスは、アフメッドの助けを借り、体育館が工事中であるのを利用して、そこの壁にアレクシス・クレマンの死体を埋め込んだと打ち明けたのです。当初は、事件に関わらせたくないのでわたしには黙っているつもりだったそうです。

彼はわたしを強く抱きしめると解決法をみつけると断言してくれました。そして、それまで二人が生き抜いてきた人生の試練をわたしに思いださせたのです。

★

最初に思いついたのは彼でした。

逆説的ですが、ひとりの失踪よりも二人の失踪のほうが人々の不安を煽らないと言いました。ヴィンカの殺害がアレクシス・クレマンの殺害を打ち消し、その逆もまた可能にするはずだ、もし二人の運命を繋ぎ合わせることができるならば、と。

たっぷり二時間かけて、わたしたちはシナリオを練りました。フランシスには、ヴィンカとアレクシス・クレマンの噂のことを話しました。トマがわたしに打ち明けた、彼を打ちのめしたあの手紙が噂を裏づけることになるだろうということも。フランシスは希望を抱いたようですが、わたしはその楽観主義には賛成しませんでした。死体を隠すことができたとしても、捜査はリセを中心に周辺にまで及ぶでしょうし、わたしたちに対する圧迫は耐えがたいものになると思ったからです。彼もその点には同意し、是非を細かく検討して自首まで考えたのです。わたしたち二人の人生において初めて、敗北を認めるつもりになっていました。意志と勇気がなかったからではありません、ごく単純な理由で、どうしても勝てない闘いもあるのです。

突然、夜の静寂のなかに何かを叩く音が響いて、わたしたちは驚きました。二人が同じ動きで窓のほうに目をやると、血走った目つきの少女が窓ガラスを叩いていたのです。ヴィンカ・ロックウェルの幽霊がわたしたちを呪うためにやって来たのではありません。それは、わたしが休暇中も寮にいることを許可していたファニー・ブラヒミでした。

「学監先生！」

わたしはフランシスと目を見合わせました。ファニーはヴィンカと同じ寮に部屋を持っているので、てっきり死んでいる学友を発見したと伝えに来たのだと思いました。

「これで終わりね、フランシス」わたしはつぶやきました。「警察を呼ばないと」

ところがドアが開き、ファニーが泣きながらわたしに抱きついてきたのです。そのときはまだ、わたしたちが抱えるすべての難問に神が救いの手を差しのべてくださったとは思いもよりませんでした。イタリア人の神。モンタルディチオの小さな礼拝堂で幼かったわたしたちが祈りを捧げた神。

「わたし、ヴィンカを殺してしまいました！」少女が殺害を自白するのです。「ヴィンカを殺してしまったんです！」

15　学校でいちばんきれいな子

ほかの者たちから自分を守る最良の方法は、その者たちに似るのを避けることである。

マルクス・アウレリウス・アントニヌス

1

〈アンティーブ中央病院〉の急患センターを出たのは、午前二時だった。死のにおいとはどういうものか？　わたしにとってそれは薬のにおいであり、病院の廊下に漂う消毒液や中性洗剤のにおいである。

マキシムは少なくとも八メートルの高さからアスファルトの遊歩道に転落した。その脇の土手に植わった木々の枝に引っかかったお陰で、背骨、骨盤、脚、胸骨の複雑骨折を免れたのだった。

わたしの車にオリヴィエを乗せ、病院まで救急車の後を追ってきた。わたしは病院に到着した際にマキシムを垣間見ただけだった。頸部コルセットをはめられた傷だらけの身体はいくつかの副木《ふくぼく》で固定されていた。血の気を失った顔は白く、複数の管に隠れてよく見えなかったが、その姿を見て彼を守ることができなかった自分を悔やむほかなかった。

オリヴィエが話すことのできた医師たちの所見はかなり深刻だった。マキシムは眠らされていた。ノルアドレナリンを投与したが、血圧は低いままで、わずかな効果しか見られなかった。脳震盪《のうしんとう》と外傷性脳損傷を起こしており、脳内出血が危ぶまれた。わたしたちは待合室にいたが、病院の関係者から待っていても意味がないと説得された。全身のＣＴスキャンを行えば損傷の全容が明らかにはなるが、慎重を要するとの予後診断であり、今後七十二時間の経過が極めて重要で、その後の推移を左右するとのことだった。医師たちは口をつぐんでいるが、わたしはマキシムの命が一本の糸で繋ぎとめられているのだと分かった。オリヴィエはどうしても残ると言い張り、わたしには少し休むようにと主張する。

「きみはほんとにひどい顔をしているし、ぼくはひとりでいたい、分かるだろう」

わたしは忠告に従う、というより警察が聴き取りに来る場に居合わせたくなかったので、降りしきる雨に打たれながら駐車場をよこぎった。数時間のうちに天候が激変していた。風がやんで空は灰色の綿のような低い雲に覆われ、その隙間に電光が走り轟音《ごうおん》を響かせていた。

母のベンツのなかに落ち着くと、スマートフォンを調べる。ファニーからも父からも連絡はなかった。前後して二人に電話をしてみたが、どちらからも応答はなかった。いかにも父らしい態度。おそらく母をみつけて自分は安心したので、後は野となれ山となれということなのだ！

エンジンをかけたが、そのまま駐車場に留まる。寒かった。目を閉じる、喉がカラカラで、アルコールのせいでまだ頭がぼんやりしていた。これほど疲れたことはあまりない。昨晩は機内で眠らなかったし、その前の晩も同じようなものだった。時差ぼけとウォッカの飲みすぎ、おまけにストレスのしわ寄せが一挙に来ていた。もはや何にも集中できず、考えがまとまらなかった。雨音に囲まれ、ハンドルに俯《うつぶ》せになった。

話したいことがあるんだ、トマ。ぼくはあることを発見した。非常に重大なことで……。最後に話したときマキシムが言った言葉が頭のなかで耳鳴りのように響いていた。それほど急いで何を伝えたかったのだろう？　非常に重大なこととは？　先は暗かった。まだ調査は終わっていないが、わたしはヴィンカをみつけられないだろうと思いはじめていた。

アレクシス、ヴィンカ、フランシス、マキシム……。事件の犠牲者のリストが膨らみつつあった。そこに終止符を打ち込むのは自分しかないと思う。だがどうやって？　車内に漂うにおいがわたしを子供時代に連れもどす。母が昔からつけていた香水だった。〈ゲラン〉のジッキー。プロヴァンス地方の爽《さわ》やかな息吹――ラベンダー、柑橘類、ローズマリー――と、革とジャコウのより濃厚で深みのある、神秘的でめくるめくような香り。しばらくのあいだ、夢中でその香りを嗅ぐ。すべてがわたしを母のもとへと向かわせる……。

ルームランプを点ける。ごく現実的な疑問、こういう車はいったいいくらするものなのか？　十五万ユーロ（約千八百万円）ほどだろうか。この車を買うのに、いったい母はどこからお金を持ち出してきたのか？　両親はどちらも結構な額の年金を受けとっているだろうし、立派な家もある。コート・ダジュールにおける不動産価格が中流層にもまだ手が出せた一九七〇年代に買ったものだった。しかし、この車はどう考えても母には似合わない。ふとあることが閃いた。母アナベルはたまたまこのオープンカーをわたしに使わせたのではない。あれは計画的だった。午後の母とのやりとりを思いだす。母はわたしにほぼ事後承諾を迫った。彼女の車を使う以外の可能性がわたしにはなかった。でも、どうして？

キーホルダーを調べてみる。車のエンジンスターターのほか、家の鍵、郵便受けの長い鍵、ここまでは分かるが、もうひとつ、黒いゴムのカバーに覆われた、かなり風格のある鍵もあった。そしてそれらを束ねる革製のキーホルダーには、楕円《だえん》形の中央にAとPを組み合わせたクロムメッキの文字が浮き出ている。Aがアナベルだとすれば、Pはだれなのか？

わたしはGPSのスイッチを入れ、登録済みの住所を見てみたが、それらしきものはない。目的地の最初に表示された〝自宅〟を押してみると、今いるこの病院は自宅のあるコンスタンス区とは二キロほどしか離れていないのに、カーナビは海沿いの道をニース方向に向かう入り組んだ二十キロほどのルートを提示するのだった。

怪訝《けげん》に思い、わたしはサイドブレーキを戻して駐車場を出た。母にとっての〝自宅〟とはどこなのか、提示されたルートを辿るとどこへ向かうのかが知りたかった。

2

雨が降る真夜中、道路状況はまったく問題がなかった。二十分も走らないうちに、カーナビに導かれて目的地に着いた。そこはカーニュ＝シュル＝メールとサン＝ポール＝ド＝ヴァンスの中間に位置する場所だった。〈オーレリア・パーク〉、フランシスがガルソニエールを所有していたレジデンスで、彼が殺された場所である。レジデンスを防御する錬鉄製の厳しい門の三十メートルほど手前の道路脇に車を停めた。昨年、押し込み強盗が多発して以来、保安対策は段違いに強化されたはずだ。まるで歩哨《ほしょう》のような門衛が詰所前に立っていた。

一台のマセラッティがわたしの車の脇を抜けて門の前まで進んだ。車の入り口は二か所、左側が訪問者用で門衛に許可を得る必要があり、右側は居住者用でセンサーがナンバーを認識すると自動的に開門するらしい。わたしはエンジンをかけたまま、しばらく考える。AとPの組み合わせは、Aurelia Park《オーレリア・パーク》、つまりフランシス自身も開発と施工に携わった高級別荘群のことだったのだ。そして突然、すべてに合点がいった。これまでわたしが気にもしていなかった偶然の一致などではなかった。〝オーレリア〟は、母のミドルネーム〝オレリー〟の英語名だ。元々はイタリア語の発音で〝アウレリア〟だったが、ほんとうは母自身も、アナベルよりも好んでいる名前で……。そこでもうひとつの確信が訪れた。すなわち、このオープンカーを母に贈ったのはフランシスだったということだ。

母とフランシスは愛人同士だったのか？　そんなことは考えたこともなかったが、今はそれがまったくありえない話でもないと思われた。わたしはウィンカーを点けると居住者用のレーンに入った。土砂降りなので、門衛がわたしの顔を識別できないのはほぼ確実だった。センサーがベンツのナンバーを識別し、門が開いた。そのナンバーが登録されているということは、とりもなおさず母がここを頻繁に訪れていたことを意味するのだろう。

徐行しながらマツとオリーブの林の細い車道を進んだ。一九八〇年代末に完成した〈オーレリア・パーク〉は、その広大な敷地に、設計施工者が希少な外来の樹木を混植し、地中海沿岸の自然を再現する公園を造ったことで話題となった。鳴り物入りの計画は盛んな論議を巻き起こしたが、それは敷地を縦断する人工の川を引いたせいでもあった。

〈オーレリア・パーク〉には、互いに充分すぎるほどの距離を置いた邸宅が三十軒しか建設されなかった。かつて読んだ『ロプス』誌の記事によれば、フランシスの邸は二十七番であったと記憶している。その邸はパーク内のいちばん高い場所にあり、生い茂る木々に囲まれていた。闇を透して大きなヤシとモクレンの樹影が見えた。わたしはイトスギの生け垣よりもさらに背の高い錬鉄細工の門の手前で車を停めた。

門に近づくとカチッと音がし、目の前で門が開きはじめた。わたしが手にしている母のキーホルダーは、要するにここでは万能の〝開けゴマ〟の役目を果たし、邸の電子システムを作動させるスマートキーだったのだ。石畳の上を歩いていくと、水の流れる音がした。遠くのせせらぎが聞こえるのではない、足の下を流れる川の音のようだった。スイッチがあるので押してみると、庭と複数のテラスに明かりが灯った。邸を一周してみて、わたしは理解した。建築家フランク・ロイド・ライトが設計した傑作〈落水荘《らくすいそう》〉と同じように、フランシスの邸宅は小川の真上に建てられていたのである。

そのモダンな建物はプロヴァンス風でも地中海風でもなく、むしろアメリカの現代建築を思わせた。片側のみが固定された張り出し部分に建つ二層構造になっており、ガラスと明るい色の石とコンクリートを材料に、豊かな緑と岩肌を見せる高台の地形にはまるような設計だった。

わたしが近づいただけで電子ロックは解除された。アラームが鳴るかもしれないという恐れもあった。それらしきボックスが見えたからだが、何も起こらなかった。なかにも押しボタン式のスイッチがあったので押してみると一斉に明かりが灯った。邸のなかも優雅で、目をみはるような内装が見わたせた。

一階にはサロンとダイニング、そして広く開かれたキッチン。日本の建築に見られるように、その空間には壁らしきものが存在せず、それぞれのスペースは明かりを透す隙間のある木製パネルで仕切られていた。

その内部に足を踏み入れて全体を見わたしてみた。わたしはフランシスのガルソニエールがこういう雰囲気だとは想像していなかった。どこを見ても繊細さとぬくもりが感じられた。白亜《はくあ》の石で造られた暖炉、明るいカシワの木を使った見え掛かりの梁、角に丸みを持たせたクリ材の家具類。ホームバーのカウンターに中身が半分ほど残った〈コロナ〉ビールの小瓶が置いてあり、最近だれかがここを訪れたことを物語っている。そして、その小瓶の横に置かれていたのは、タバコの箱と日本の版画を漆塗りしたライター。

マキシムの〈ジッポー〉……。

間違いない、うちの両親の家でわたしと話をしたあと、彼はここを訪れたのだ。そしてこの場で発見したものに驚愕したマキシムは、後片付けはおろかタバコとライターまで忘れて飛びだしたのだろう。

庭を望む大きな引き窓まで近づいたとき、フランシスが殺されたのがまさにそこだったことに気づいた。暖炉の近くで拷問を受けたのち、死んだも同然に見捨てられたのだろう。それから磨かれた寄せ木張りの床を這って、この小川を見下ろす大きなガラスの壁まで辿りついたのだ。そこでフランシスは、やっとのことでわたしの母に電話をかけることに成功した。だがわたしは、実際に母がその電話を受けたのかどうかは知らない。

3

わたしの母……。

この家に染みついた母の存在をわたしは感じている。家具、あるいは装飾のひとつひとつに母の趣味が透けて見えた。ここも、やはり彼女のわが家だったのだ。何かが聞こえたような気がして、ぎょっとしてふり返ると母と向き合うことになった。

正確に言えば、向き合ったのはサロンの向かい側の壁に掛かった母の肖像写真《ポートレート》である。わたしはソファーの後ろの壁に設えた本棚に飾られている写真を見ようと近づいていった。そして近づいていくにしたがって、わたしがこれまで気づくことのなかった歴史が理解できるように思えた。その十五枚ほどの写真には、何年にもわたってフランシスとアナベルが生きてきた、もうひとつの人生を回顧する光景が刻まれていた。二人はいっしょに世界一周の旅をしていた。写真を目で追っていくと、わたしも知っている様々な象徴的な場所が写されていた。アフリカの砂漠、雪に覆われたウィーン、リスボンのトラム、アイスランドのグトルフォスの滝、トスカーナ地方のイトスギ、スコットランドのアイリーン・ドナン城、ワールド・トレード・センターが崩壊する前のニューヨーク。

だが、それらの場所よりも、二人が浮かべる笑みと穏やかな表情を見て鳥肌が立った。わたしの母とフランシスは愛しあっていたのだ。何十年にもわたって、二人は完璧な愛の物語を生きてきたが、それは二人だけの秘密だった。だれにも疑われることなくずっと続けてきた世間の目の届かない恋愛だった。

でも、なぜだ？　どうして二人は自分たちのことをけっして公にしなかったのだろう？

心の奥底で、わたしはその答えを知っていた。いや、推測することができた。それは、二人の例を見ない複雑な個性が原因なのだろう。アナベルとフランシスは二人とも断固としたきつい性格の持ち主なので、自分たちのためだけに造られた泡のなかで互いを慰めるほかなかったのだ。強靭な二つの個性は、世界を相手にいつも手を組んできた。世界の凡庸さを相手に立ち向かい、他人という名の地獄とは絶えず距離を置いてきた。美女と野獣。礼儀作法を、規範《コード》を、結婚という慣習を意に介さない二つの非凡な個性なのだ。

わたしは自分が泣いていることに気がついた。きっとそれは、母が微笑んでいる写真のいくつかに、わたしの子供時代の母が〝オーストリア女〟の冷たい仮面の下からときおり見せたあの優しさをみつけたからだろう。わたしが変だったわけではなく、あれは夢でなかったのだ。あのもうひとりの母は確かに存在した。わたしは今、その証拠を目の前にしていた。

涙は拭っても止まってくれない。その二重生活、だれのものでもない彼ら二人だけの特異な愛の物語にわたしは心を打たれた。真の愛とは、結局のところ、あらゆる規範やしきたりから解放されたものではないのか？　いわば化学的に純粋なその愛を、フランシスとわたしの母は身をもって証明したというのに、このわたしは書物を通じ、それを夢見て空想するだけで満足していたのだ。

壁に掛けられた最後の写真がわたしの注意を引いた。それは小さなセピア色の非常に古い、どこかの村の広場で撮ったクラス写真だった。万年筆で〝モンタルディチオ、一九五四年十月十二日〟という書き込みがあった。三列のベンチに座った子供たちは十歳前後と思われる。どの子も黒炭のように黒い髪をしていた。いくらか離れて座る、金髪で明るい目の色の少女を除いて。全員がカメラのレンズを見つめているなか、丸顔だが頑なな表情の少年ひとりだけがよそ見をしている。写真屋がシャッターを押した瞬間、フランシスは首を回して、その〝オーストリア女〟だけしか見ていなかった。学校でいちばんきれいな子。彼ら二人の物語のすべてが、すでにこの写真のなかに刻みこまれていた。すべてが子供時代のその場所で、二人が成長するのを見守ったイタリアの小村で培《つちか》われていたのだ。

4

天井から吊《つる》された無垢材の階段が寝室へと向かっている。二階の間取りを見てみると、主《あるじ》の寝室と書斎、ドレッシングルーム、蒸し風呂《ハマム》などを備えた大きな専用スペースが広がっていた。一階よりもさらに多くのガラスが用いられ、内と外の境界を曖昧にしていた。この邸宅は類いまれな場所に建てられていた。木々がごく身近に感じられ、せせらぎと雨音が溶けあっている。ガラス張りのテラスの先は屋内プールになっていて、そのプールからは、フジやミモザ、サクラなどの植わった空中庭園と空を眺めることができた。

ある部屋の前に来たとき、一瞬、わたしは自分の発見するものが恐ろしくなって引き返そうとした。だが躊躇している場合ではなかった。部屋のドアを開けると、より私的な領域が現れた。そこにも写真があった、それらはわたしの子供時代の写真だった。ほぼ毎年撮ったものだろう……。またしても、今朝からずっと頭から離れずにいた印象、つまりヴィンカについての調査を進めていくにしたがって、むしろ自分自身の調査をしているという感覚が確実に深まっていた。

いちばん古いものは白黒写真だった。〝一九七四年十月八日、Tの誕生、〈ジャンヌ＝ダルク産院〉にて〃。セルフィーという言葉がまだない時代の自撮りだった。カメラを持つのはフランシス。産んで間もない新生児を抱えたわたしの母を抱きしめる彼。赤ん坊はわたしだ。

驚愕、だが間違いない。真実がわたしに襲いかかった。昂《たか》ぶる感情の波に飲みこまれた。波が引き返し、あとに残されたカタルシスの泡のなかでわたしは茫然自失の状態にあった。すべてが明らかになり、すべてが本来の場所に収まったが、苦痛も伴った。わたしはその写真に釘《くぎ》付けになったまま、フランシスを見つめていたが、鏡を覗いているように感じる。なぜそれが今まで見えなかったのか？　わたしはすべてを理解した。なぜこれまで自分がリシャールの息子だと思ったことがなかったのか、なぜ以前からマキシムを自分の弟のように感じていたのか、なぜフランシスが攻撃されるたびにわたしは本能に任せていきり立つのか。

矛盾する感情の渦に巻きこまれ、わたしはベッドの端に腰かけて目を拭った。フランシスの息子だと知ったことでひとつの重圧から解放されたわけだが、その父親とはもう話せないと思うと悔しかった。リシャールはその家族の秘密を、また妻の二重生活を知っていたのかという疑問がわたしを苛む。おそらく知っていたのだろうが、それも定かではない。リシャールは長年のあいだ見て見ぬふりをしていたのかもしれないし、なぜ自身が犯す数限りない過ちをアナベルが大目に見てくれるのか不思議に思っていたのかもしれない。

ベッドから立ちあがり部屋から出たところで、産院での写真を持って行こうと思い立ち、部屋に戻った。それが自分の出自の証しであるように感じ、持ち去ろうと心に決めたのだった。額を外してみると、壁にはめ込まれた小型金庫があった。テンキーで六桁《けた》の数字を入力しなければならない。わたしの生年月日？　うまくいくなどと思ってはいないが、試してみたい気持ちを抑えられなかった。ときには、単純すぎることも……。

金庫が解錠の音とともに開いた。奥行きは狭く、なかに手を入れてみると、出てきたのは一丁の拳銃だった。フランシスが賊に襲われたとき、それを使う時間さえなかったという例の武器だろう。同時に、小さな布袋に入った三八口径の弾薬が一ダースほどもみつかった。わたしはこうした武器に魅せられたことがない。ふだんなら嫌悪感しか覚えなかったと思う。しかし、小説を書くときの資料として関心を向けざるをえなかった。手で拳銃の重みを量る。小型で重さのある旧型〈スミス&ウェッソン〉M36のようだ。炭素鋼のフレームに木製グリップは、有名な〈チーフスペシャル〉だろう。

この写真の後ろに拳銃があったというのは、いったい何を意味するのだろう？　幸せと真の愛情は、どんな手段を用いても守る必要があるということか？　それをわがものにするために、彼が血と涙の対価を支払ったということか？

わたしは弾倉に弾薬を五発入れ、拳銃をベルトに挟んだ。その使い方が分かっているのか自信はなかったけれど、いたるところに危険が存在するのは確かなことだった。なぜなら、ヴィンカの死に責任があると思われた者たち全員を抹殺しなければならないと決意した人物がいるからだ。そして、そのリストに載っているつぎの名前は間違いなくトマ・ドゥガレだろうから。

階段を下りきったところで、わたしのスマートフォンが鳴った。出るか迷った。非通知で午前三時にかかってくる電話が良い知らせであるはずはなかった。でも結局、電話に出ることにする。警察からだった。アンティーブ警察署の警視正ヴァンサン・ドゥブリュイヌからで、母が死体で発見され、父がその殺害を自供しているという話だった。

アナベル

アンティーブ
二〇一七年五月十三日、土曜日
わたしの名前はアナベル・ドゥガレ。一九四〇年代の終わりにイタリアはピエモンテの小村で生まれました。そして、このあとの数分間、それがおそらくわたしの人生最後の時となるのでしょう。

去年の十二月二十五日でした、フランシスが真夜中に電話をしてきて「トマとマキシムを守ってくれ……」と告げるだけの時間しかなく事切れたのです。

その夜、過去が舞いもどってきたのだとわたしは理解しました。一連の脅迫と危険、そして死が。後に、フランシスが絶命する前に耐えなければならなかった苦しみのことを新聞の記事で読み、わたしはその古い話が始まったときと同じように、血と恐怖のなかで終わるしかないと覚悟したのです。

それでも二十五年のあいだ、わたしたちはその過去を遠ざけておくことに成功していました。われわれの子供たちを守るため、いかなる痕跡も残さないように注意し、すべての扉を閉めて鍵を二重にも三重にも掛けておきました。時とともに警戒することがわたしたちの第二の特性となって、ある種の病的に見えるような行動もふつうに思えてしまうほどでした。ただ、日によっては、何年ものあいだあれほど自分を苦しめていた不安が蒸発してしまうということもありました。わたしは警戒を緩めました。たいへんな誤りでした。

フランシスが死んだとき、わたしも死のうと思いました。心が千々《ちぢ》に裂かれ、そのまま死ねるのではないかと思いました。病院に搬送される救急車のなかで、わたしのなかの一部がすがりついている手を離してフランシスのそばに行きたいと願っていたのですが、わたしを呼びもどす何かの力が命を繋ぎとめました。

わたしは息子を守るためにまだ闘わなければならなかったのです。舞いもどってきた脅威はわたしからフランシスを奪いましたが、トマを奪うようなことはさせません。

わたしの最後の闘いはひとつの作業を終えること、すなわち息子の人生を危うくする人物を抹殺することです。そして、わたしが愛したただひとりの男の死を償わせることでした。

退院したあと、わたしは記憶を遡り、これだけの年月を経たあとに復讐を望むような人物について、自分なりの調査を行いました。その報復行為からは、凶暴な強い憎しみ、恐るべき、揺るぎない決意が伝わってきました。わたしはもう若くはないですが、頭は明晰《めいせき》です。自分の問いへの答えをみつけることに時間を割きました。それでも、何ひとつ手がかりらしきものがみつからなかったのです。復讐を考えそうな関係者はすでに死んでいるか、かなりの高齢者かでした。わたしたちは気づきませんでしたが、平穏だったわたしたちの人生の歯車を破壊し、暴走させようと仕組んだ何かがあったはずです。ヴィンカは秘密を抱えたまま死んでしまいました。わたしたちにはその存在すら知りえなかった秘密、今日になってそれが周囲に死をばらまきながら表面に浮かびあがってきたのです。

わたしは必死に手がかりを求めましたが、みつかりませんでした。先ほどトマが地下室に入れておいた物を運び出してキッチンのテーブルに置くまでは。ふいに明白な事実が目の前に現れました。ある何気ないことの裏に隠されていた真実は、わたしたちのだれひとりとしてその意味に気づくことなく、ずっと以前からわたしたちの鼻先に置かれていたのでした。

すべてを変えてしまう、たったひとつの細部。

★

アンティーブ岬に着いたときはまだ昼間でした。バコン通り沿いに建つ白壁の邸の正面に車を停めましたが、そこから見たのでは建物の大きさなどは判然としませんでした。仕方なく、車を二重駐車して門のインターホンを押すと、生け垣を刈り込んでいた庭師が、家の主はティール゠ポワルの小道まで犬たちの散歩に出ていると教えてくれました。

わたしは数キロ先のアンドレ゠セラ通りとガループ小路が交差する近くにあるケレール浜辺の駐車場まで車を走らせました。人影がないのを確かめてからトランクを開けると、リシャールには無断で持ち出した猟銃を取りだしました。

自分を勇気づけるために、かつて日曜の朝になると養父に連れて行かれた山林での猟のことを思いだそうとしました。彼といっしょに行くのは楽しみでした。あまり会話を交わすことはなかったのですが、長いおしゃべりよりも同じ時間を過ごせることに意味があったのだと思います。今でも、あのアイリッシュ・セッターの〝ブッチ〟のことを懐かしく思いだします。絶えずヤマウズラやヤマシギやノウサギの居場所を嗅ぎだそうとして、獲物をみつけると、ブッチはわたしたちが撃つまで絶対に目を離さないのです。

銃を手に持ち、クルミ材のよく磨かれた銃尻《じゅうじり》を撫でつつ、そこに彫られた飾りの繊細な模様に見とれました。銃身を折って、二発の実包を装弾しました。それから波打ち際に沿う狭い小道へと進みます。

五十メートルほど行くと柵があり、それ以上先へ進むのを阻んでいました。〝この先は危険につき進入禁止〟。水曜日の大しけのせいで土砂崩れが起きたのでしょう。柵は無視して、岩を越えて進みました。

潮風が気持ちよく、アルプス山脈までが見わたせ、その息を呑《の》むような眺望に、自分がそこからやって来たことを思わずにはいられませんでした。急な傾斜の曲がり道を抜けたところで、ふいに人影が見えました。背の高いすらりとしたフランシスの殺害者。連れている三頭の大型犬が一斉にわたしめがけて駆け寄ってきます。

わたしは猟銃を肩に当てました。視線が標的に向かいます。彼女が照準に入りました。これを外せばつぎの機会はない、よく分かっていました。

ほんの一瞬の、乾いた銃声が響いたあの瞬間、わたしの記憶にすべてが舞いもどってきました。

イタリアの情景そのもののモンタルディチオ村、小さな学校、村の広場、嘲《あざけ》り、暴力、血、屈しなかった誇り、三歳のトマの愛らしい笑顔、ほかの男とは違うフランシスとの長く続いた愛。

わたしにとって大切だったすべてが……。

16　夜がまだおまえを待っている

夜がまだきみを待っていることに心を向けろ。
ルネ・シャール

1

嵐の夜、アンティーブの道路という道路には不器用な画家がキャンバスに誤って流してしまった絵の具のような泥水が溢れていた。

朝の四時だった。雨のなか、わたしはフレール＝オリヴィエ通りにある警察署の前を行ったり来たりしていた。レインコートは着ていたものの、頭はびしょ濡れ、シャツの襟のなかにまで雨が伝っていた。耳にスマートフォンを当てたまま、わたしはニースでは名の通った弁護士に、父の勾留期間が延長されるようならば立ち会ってくれるよう説得しているところだった。

つぎつぎと押しよせる災難に、わたしはほとんど押しつぶされていた。一時間前に〈オーレリア・パーク〉を出てすぐ、スピード違反で捕まった。動転していて、高速道路に入るなり、母のオープンカーを時速百八十キロで飛ばしてしまった。呼気検査器に息を吹き込むよう指示され、カクテルとウォッカの飲みすぎの代価として、その場で免許停止の処分を受けた。そこから立ち去るために、わたしにはステファン・ピアネッリに電話で助けを求めるほかなかった。彼はもう母の死のことを知っていて、すぐに駆けつけると言ってくれた。彼はダチアのSUVダスターで現れ、その後部座席にはぐっすり眠る幼いエルネストを乗せていた。車内にはきつい菓子パンのにおいが漂い、その車体は、洗車などいちどもしたことがないようだった。警察署に向かいながら、あらましを伝えてくれたのは彼で、ドゥブリュイヌ警視正から聞いた内容を補足するものだった。母の死体はアンティーブ岬の海沿いの小道の岩場でみつかった。発見したのは自治体警察官で、銃声を聞いて不安になった近くの住人からの通報を受け、最初に母の死を確認したのだった。

「トマ、きみには気の毒だが、彼女は恐るべき状況で殺害されていたよ。アンティーブでこんな事件は見たことがない」

ルームランプは点けっぱなしだったので、ピアネッリが震えているのが見えた。顔は青ざめ、自分の身近な人間を襲った恐ろしい事件に動揺していた。いずれにせよ、彼もわたしの両親をよく知っていたのだ。このわたしのほうは、もはや麻酔注射を打たれているも同然の状態だった。疲労と悲しみと苦しみが限界を通りこしていた。

「現場の近くで猟銃がみつかっているが、アナベルは銃弾で殺《や》られたわけじゃなかった」彼は言った。

わたしにそれ以上話すのはかなり辛そうだったが、余すところなく真実を教えてくれと頼まざるをえなかった。

そして今は、先ほど警察署から出てきたわたしが、母の顔が銃尻で殴られ見るも無惨な状態になっていたという真実を弁護士に説明しているところだった。そんなことをリシャールがするはずがないのは、もちろん明らかなことだった。彼が犯行現場に行ったのはわたしがその場所を教えたからであって、彼が到着したとき母はもう死んでいたのだ。リシャールは現場の岩場で泣き崩れ、間の悪いことに、母の遺体を前にして「これは、わたしがやったんだ！」と何度も叫びながら号泣していたという。もちろんそれを言葉どおりに受けとってはならないと、わたしは弁護士に説明した。犯行の自供というより、この殺人を回避できなかったことへの後悔の言葉であることは明白だった。とくに問題もなく弁護士はその説明を受け入れ、弁護を担当しようと約束してくれた。

電話を終えたときも、雨は一向にやむ気配がなかった。雨宿りのため、まったく人影のないド＝ゴール将軍広場のバス停へと逃げこみ、そこから兄と姉に母の死を告げるため、辛い電話をハイチのポルトープランスと、パリにかけた。ジェロームは、いつものように気丈な態度を崩さなかったが、かなり衝撃を受けたようだった。姉との会話は、じつに現実離れしていた。パリの十七区の自宅で寝ているところだと思ったが、新しい彼と週末旅行でストックホルムに来ているとのことだった。姉が去年、夫と別れていたことも知らなかった。その理由などについては説明をぼかしながらわたしに離婚したことを告げ、わたしからは家族に訪れた不幸な出来事を伝えた。姉は泣きじゃくってしまい、わたしも、また彼女のそばで寝ていた彼も、慰める術を知らなかった。

それから長い時間、嵐のなか、わたしは広場をあてどなく歩き回るひとつの影となってい た。広場には水が溢れていた。舗装のアスファルトが一部流され、下水道が詰まってしまったのだろう。照明の当たった噴水が金色の水を高く噴き上げ、雨とぶつかり合い、なびく霧となっていく。

ぐっしょりと雨に濡れたわたしの心は黒焦げとなり、脳も焼かれ、肉体は破壊されていた。足元は蒸気のような霧に覆われ、広場の境界も、歩道の縁も、路面の標識も見えなくなっている。そして同時に、わたしの価値観や指標となるすべてのものも見えなくなったように感じた。これまでの長い年月、わたしを痛めつけてきたこの話のなかで、自分に振り当てられた役割はじつのところ何だったのか、もはや分からなかった。それは終わりの見えない転落。自分が犯罪を仕掛ける側というより、むしろ被害を受ける側に立たされた暗い犯罪映画《フィルム・ノワール》のシナリオのような。

2

突然、霧を貫く二つのヘッドライトがわたしに向かって近づいてきた。丸みのあるボディーのダチア、ステファン・ピアネッリが戻ってきたのだ。

「トマ、乗れよ！」窓ガラスを下げて彼が言った。「どうせきみは家にどうやって帰るのか分からないだろうと思ったけど、そのとおりだったな。家まで送ってやろう」

限界まで来ていたわたしは、否応もなく彼の提案に従った。助手席は、表現のしようもないほど散らかっていたので、先ほどと同じように、後部座席で眠っているエルネストの横に座った。

ピアネッリは『ニース・マタン』の支局からの帰りだと言った。新聞は夜のもっと早い時刻に刷り上がっていたので、母の死に関する記事は朝刊には間に合わなかった。それでも彼は支局に戻り、電子版用の記事を書いたのだと言う。

「親父さんに関する容疑は根拠が薄いので、まったく触れなかった」彼はわたしを安心させた。

フォントンヌ区方面に向けて海岸沿いを走っているとき、ピアネッリは、昨夜マキシムの容態を病院まで聞きに行った帰り、ばったりファニーと会ったと話しだした。

「ひどく神経質になっていたな。あんな彼女を見るのは初めてだった」

疲れた頭のなかで警報が鳴った。

「きみに何を話したんだ？」

車はカジノ〈ラ・シエスタ〉の角の信号で停まった。この赤信号の長さときたら、世界一かもしれない……。

「すべて話してくれたよ、トマ。ヴィンカを殺したのが彼女で、きみの母上とフランシスがそれを闇に葬る手助けをした、とね」

わたしがスピード違反で捕まったとき、助けに来てくれたピアネッリがなぜあれほど動揺していたかが分かった。彼はわたしの母が殺された状況に衝撃を受けていただけでなく、ヴィンカ殺害の真相を知らされたばかりだったのだ。

「クレマンがどうなったのかも、ファニーは話したのか？」

「いや」ピアネッリは白状する。「おれには、それがパズルで唯一欠けているピースなんだ」

信号が青になった。ダチアは国道に入り、コンスタンス区に向かって走る。わたしはぐったりしていた。頭がぼんやりしていた。この一日がけっして終わってくれないように思った。波がぜんぶを運び去ってくれればいいのに。過剰なまでの新事実、過剰なまでの悲劇、わたしにとって大切な者たちをまだ覆っている、あまりにも大きな脅威。そういう状況に置かれているにもかかわらず、わたしは絶対にしてはならないことをやってしまう。警戒を緩めたのだ。人間を信じたいから、二十五年間の沈黙を破る。ピアネッリが信頼に値する男であり、新聞記者という立場にあっても友情を優先してくれるだろうと思いたかった。

わたしは持ち札を見せる。クレマンの殺害、そして今日になって知ったすべてのことを。

両親の家に到着すると、ピアネッリは門の前に車を停めたが、エンジンはかけたままだった。そのまま三十分ほど古いSUVの車内で会話を続け、状況をより明確にしようと試みた。彼は辛抱強く、わたしが午後に起こった出来事の記憶を辿る作業に協力してくれた。母は、わたしとマキシムが話していたことの一部を耳にしたに違いない。彼女もわたしと同じように、例の詩集に記された献辞と哲学小論文のアレクシス・クレマンによる添削の筆跡が異なっていることに気づいたのだろう。わたしとは違い、母はその発見からフランシスの殺害犯を特定することができた。そしてその相手と待ち合わせたか、あるいは殺害するつもりでアンティーブ岬まで追い詰めた。簡単に言うと母は、わたしたちができなかったこと、つまり際限のない殺意を燃やす怪物の正体を暴くことに成功したのだ。

その慧眼《けいがん》が災いして命を失った。

「まあ、休むことだ」ステファンはわたしの肩を抱きながら言った。「午前中に電話するよ。マキシムのようすを見に病院に行くつもりだ」

珍しく優しい言葉をかけてくれたが、わたしには答える元気もなく、車のドアを閉めた。門を開閉するリモコンを持っていないので、門扉《もんぴ》をよじ登って越えるしかなかった。記憶では、地下のガレージから家に入るドアに両親が鍵をかけることはめったになかったはずだ。無事にサロンに入ることができたが、わたしは明かりを点けることすら面倒に感じた。バックパックをテーブルの上に置き、フランシスの拳銃もそばに置いた。濡れた服を脱ぎ捨て、ふらふらと歩いてサロンの反対側にあるソファーに倒れこんだ。ブランケットに包《くる》まり、睡魔に身を委ねる。

わたしは自分の役を演じたが、すべての場面で負けてしまった。不運に打ちのめされた。

心の準備などしていなかったところに、人生で最悪の一日に出くわしてしまったのだ。昨日の朝早くコート・ダジュールに乗り込んだとき、わたしは一騒動があると分かってはいたが、それが容赦なく人を滅ぼすすさまじさを伴うとは思っていなかったのだ。

17　天使たちの庭

おそらくわたしたちが死ぬとき、おそらく死のみが、わたしたちに果たせなかった冒険の手がかりと続きを与えてくれるのだ。
アラン＝フルニエ

二〇一七年五月十四日、日曜日

目を開けると、正午過ぎの誇らかな太陽がサロンに差しこんでいた。ぶっ通しで午後一時まで眠ったことになる。深く重い眠り、お陰でわたしは腹黒い現実を完全に断ち切ることができた。

スマートフォンの呼び出し音で目が覚め、答えるのに手間取り切れてしまったが、残されたメッセージを聞いた。弁護士の電話を借りたリシャールからで、勾留が解けたのでこれから帰宅するという内容だった。折り返し電話をしようと思ったが、もうバッテリーが切れていた。トランクは車に置いたままなので、充電器を家中探したがみつからず、諦めるほかなかった。固定電話から〈アンティーブ中央病院〉にかけてみたが、マキシムの容態を教えてくれそうな相手とは話せなかった。
シャワーを浴び、父の衣装戸棚から着られそうなもの、〈シャルヴェ〉のシャツにビキューナ地のジャケットを借りた。バスルームを出て、エスプレッソを三杯立てつづけに飲みながら、青い濃淡の層が次第にぼやけつつある海を見つめた。キッチンには、わたしが地下室から運び出した古い物が昨日からそのままになっていた。スツールに置いた大きな段ボール箱、無垢の木のカウンターにもわたしの小論文や通知表、ミックステープ、そしてツヴェターエワの詩集、わたしはまた詩集を開いた。

ヴィンカに
わたしは肉体のない魂だけになりたい
あなたからけっして離れないですむように。
あなたを愛すること、それが生きることだ。
アレクシス

ぱらぱらとページをめくり、もういちど、こんどは注意深く見ていった。『わたしの女性の兄』というタイトルの〈メルキュール・ド・フランス〉社から出版されたもので、わたしがずっと詩集だと思っていたのは誤りだった。それは散文エッセーで、ヴィンカによる、あるいは彼女に本を贈った者による無数の書き込みがあった。下線の引かれた箇所の一例を読むと、「それが（……）愛しあう二人の女性がなす完全なる実体に唯一欠けているものです。不可能なもの、それは男性という誘惑ではなく、子供を必要と思うことへの抵抗なのです」とあった。

その「愛しあう二人の女性がなす完全なる実体」という表現がわたしの心の何かに触れた。わたしは椅子のひとつに腰かけて読みつづけた。

愛しあう二人の女性……。すばらしい文体の――一九三〇年代初期に書かれた――レズビアンの愛を称揚する詩的な文章だった。宣言の類いではない、二人の女性が両者の血を持つ子供を産むことの不可能性についての不安感が漂う考察である。

そこでわたしは初めから気づかずにいたことを理解した。それによって何から何までもが変わってしまう事実。

ヴィンカは女性たちを好んでいた。少なくともヴィンカはひとりの女性アレクシスを愛していた。男女に共通した中性的な名前。フランスではほぼ男性のみに使われるが、アングロサクソンの国々では主に女性名として使われる。その発見に大きな衝撃を受けたけれど、わたしはまた間違った判断をしつつあるのではないかと恐れた。

だれかが門のチャイムを鳴らした。父とばかり思ったので開門のボタンを押し、テラスまで迎えに出た。だが、そこにいたのはリシャールではなく、わたしはひどく痩《や》せた若い男と向かい合うことになった。透きとおるような明るい色の目、整った顔立ちの若者だった。

「コランタン・メリユーです、ピアネッリさんの助手をしています」自転車用のヘルメットを脱ぎ、赤毛の髪を立たせながら彼は自己紹介した。

　ジャーナリストの卵が塀に立てかけた自転車はひどく変わっていて、フレームは竹製、革製サドルの下にはバネがついていた。

「心からお悔やみ申しあげます」神妙な面持ちで言ったのだろうが、その若い顔に似合わない濃い髭に隠れてよく見えなかった。

　わたしはコーヒーを勧めて家のなかに招いた。

「喜んでいただきます、もしアルミニウム製カプセルのものでなければ」

　わたしたちはキッチンに行き、メリユー青年はコーヒーマシンのそばにあった湿気防止用の紙袋に入ったコーヒーを手にしながら言う。

「お探しの情報、手に入れましたよ！」

　わたしがコーヒーをいれているあいだ、コランタン・メリユーは空いているスツールに腰かけ、いろいろな書き込みのあるメモ帳を取りだした。コーヒーカップを彼の前に置くとき、ショルダーバッグに入った『ニース・マタン』の最新版が目に入った。海沿いの小道の写真に〝恐怖に襲われた街〟と大きなタイトルを打ってあった。

「特別に難しくはなかったんです。リセの工事資金については面白そうな情報をあちこちから拾うことができました」

　わたしは彼の正面に座って肯き、先を続けるよう促した。

「ドゥガレさんの見方が正しかったようで、サンテクスの工事資金の出所は、ごく最近になって受けたという、大口の、それも予想外の単独寄付でした」

「ごく最近というと？」

「今年になってすぐの時期です」

フランシス・ビアンカルディーニが殺されてしばらく後。

「しかし、だれからの寄付だろう？　ヴィンカ・ロックウェルの家族かな？」

わたしの頭に浮かんだのは、孫娘ヴィンカの死をけっして受け入れなかった祖父アラステア・ロックウェルが、ある意味で自分の死後の報復を目論《もくろ》んだのではなかったかということだった。

「まったく違います」メリユーはカップに砂糖を入れながら答えた。

「じゃあ、だれなんだ？」

〝ヒップスター〟はメモ帳を見る。

「あの寄付の裏には、あるアメリカの文化財団がいます。ハッチンソン&ドゥヴィル財団」

すぐには、これといって何も思いつかない名前だった。メリユーがコーヒーを一口飲んだ。

「名前が示しているように、この財団は二つの家族が金を出して運営しています。ハッチンソン家とドゥヴィル家は第二次大戦後、カリフォルニアで仲買業者として財をなし、今では北アメリカで数百もの代理店を擁する大企業です」

メリユーはメモ帳に書かれた種々の数字を挙げた。

「財団はメセナ活動として芸術と文化に資金を提供していますね。支援先としては、主に学校と大学、それに美術館です。セント・ジャン・バプティスト高校、バークリー音楽大学、カリフォルニア大学ロサンゼルス校、サンフランシスコ近代美術館、ロサンゼルス・カウンティ美術館……」

メリユーはデニムのシャツの袖をまくり上げようとするが、彼自身の皮膚《ひふ》かと思うほど肌に密着していて思うようにいかない。

「財団の最近の理事評議会で、異例の提案があって評決にかけられました。理事のひとりが、初めてアメリカ国外への資金提供を提議したんです」

「リセ・サン＝テグジュペリの拡張および改築工事のこと？」

「そのとおり。活発な議論がなされたようです。計画それ自体は悪くないけれど、かなり突飛な案も含まれていて、たとえば、湖のそばに造る天使たちの庭という名の庭園です」

「ステファンが言っていた広大なバラ園のことか」

「ええ、それです。立案者の意図というのが、ヴィンカ・ロックウェルを偲《しの》ぶための瞑想の場にしたいというものでした」

「ちょっと尋常じゃないね。でも財団はなぜ、そんなまともでない計画を受け入れたのだろう？」

「もちろん理事の多くは反対したんですが、二つの家族のうちのひとつが、たったひとりの女性の相続人しかいなくなっていました。その女性は若干の精神上の問題を抱えていて、理事の何人かは信任していなかったのですが、定款《ていかん》上、その女性が多くの票を持っていて、さらに何票かを味方につけて過半数を得たんです」

　わたしはまぶたを揉む。理解しがたいという思いと同時に、目的にこれほど近づいたことはないという矛盾する感覚にとらわれたのだ。立ちあがってバックパックを取りに行く。あることを確かめる必要があった。なかからサンテクスの九二年から九三年度の卒業アルバムを出した。そのページをめくっているあいだに、メリユーが説明を終える。

「そのハッチンソン&ドゥヴィル財団を意のままに支配する相続人の名前は、アレクシス・シャーロット・ドゥヴィル。ご存じですよね。あなたがサンテクスに在校当時、彼女は教師でしたから」

　アレクシス・ドゥヴィル……強烈なカリスマ性を漂わせていた英米文学の教師。

　あぜんとさせられたわたしは、当時マドモワゼル・ドゥヴィルと皆から呼ばれていたその人物の写真に見入った。卒業アルバムでも、彼女の名は〝A・C・ドゥヴィル〟とイニシャルのみが記されていた。ようやくアレクシスがみつかった。母とフランシスを殺害した犯人。マキシムを殺そうとした人物。そして、間接的にであるが、ヴィンカに不吉な運命への道を歩ませた張本人。

「この地に何度か滞在をくり返したあと、現在の彼女は一年の半分をコート・ダジュールで過ごしています。アンティーブ岬にある別荘、旧フィッツジェラルド邸を買ったんです。どこか分かりますか?」

　早くもわたしは家を飛びだしていたが、もう車がないことに気づいた。見習い記者の自転車を拝借しようとも思ったが、結局、ガレージから地下室に下りて、わたしは昔乗っていたモビレットを覆うビニールシートを払いのけた。十五歳のときのように、バイクに乗ってペダルを漕《こ》ぎ、プジョー103を始動させようとした。

地下室の寒さと湿気でエンジンが固着してしまったようだ。道具箱をみつけ、モビレットのそばに戻る。消音器をとり、スパナを使って点火プラグを外した。油で真っ黒になっていた。リセに行く前に何十回もやっていたように、ぼろきれでそれを拭き取り、サンドペーパーで磨いたあと元に戻した。ひとりでに手が動いた。記憶のどこかに刻まれた動作、それほど大昔のことではないのに、まだ夢いっぱいの人生だったように思う。

また始動を試みる。いくらか良くなったものの、回転を遅くすると止まってしまう。スタンドをたたみ、サドルにまたがって門へ向かって下りていった。エンジンは窒息しそうになりながらも、連続音をあげはじめた。道路に出て走らせながら、あと数キロだけでもエンジンが持ちこたえてくれと祈る。ぐずぐずしている場合ではなかった。

リシャール

頭のなかで数々のイメージが交錯する。耐えがたい光景、非現実的だった。最悪の悪夢以上に目を背けたくなる。破裂し、陥没して砕かれた妻の顔だった。アナベルの美しい顔が血まみれの肉塊、というか仮面になっていた。

わたしの名前はリシャール・ドゥガレ、生きるのに疲れた。

人生が戦争だとすると、わたしは単に攻撃されたのではない。人生という塹壕《ざんごう》のなかで、銃剣で腹を裂かれてしまったのだ。最も苦しい戦闘の場で、無条件降伏するほかなかった。

サロンに金色の粒子をばらまく光のなかで、わたしは身動きしないでいる。この家は空っぽで、これからも永遠に空っぽなままだろう。この試練を実感できない。わたしはアナベルを失ってしまった。だが、いつ、ほんとうに彼女を失ったのだろう？　数時間前、アンティーブ岬の海岸でだろうか？　いや数年前から？　それとも数十年前？　あるいは、より正確を期するなら、じつはアナベルを失ったわけではないのだ。なぜなら、けっして彼女はわたしのものになったことがないからだが、それをわたしは認めるべきなのだろうか……？

わたしはテーブルに置かれた拳銃から目を離せない。なぜそれがここにあるのか分からない。グリップが木で、古い映画に出てくる〈スミス＆ウェッソン〉。回転式弾倉には三八口径の実弾が五つ詰めてある。手に持ち、鋼鉄の重みを感じてみた。銃がわたしを呼んでいる。わたしが抱えている全問題の手っ取り早い解決法になることは言うまでもない。短期的な観点だが、死はわたしの苦しみを和らげてくれるだろう。〝彼女なりのやり方でわたしを愛する〟この不可解な女性――要するに愛されていなかったのだが――のそばで生きた四十年間、その奇妙な結婚生活すべてを忘れることができる。

事実を言えば、アナベルがわたしのやることに目をつぶってきたのだ。要するに自分は、いないよりはましな存在ということだ。彼女といっしょに暮らすのは苦痛だったが、彼女なしに生きるとなればわたしは死を選んでいただろう。わたしたち夫婦は暗黙の了解で、世間に対してわたしが公然と浮気な夫である――実際にわたしはそうだった――とふるまうことで、逆にアナベルは噂や好奇の目から守られていたことになる。何事も何人もアナベルの弱みにつけ込むことはできなかった。彼女はあらゆる色分け、あらゆる規範、あらゆる不文律《ふぶんりつ》から逃れていた。その奔放さがわたしを魅了した。いずれにせよ、人は相手の謎めいた部分をいちばん愛するのではないだろうか？　わたしは彼女を愛していたが、彼女の心を摑むことは不可能だった。彼女を愛していたのに、守ってやることはできなかった。

〈チーフスペシャル〉をこめかみに当てたとたんに呼吸が楽になった。このテーブルに拳銃を置いたのがだれなのか知りたいと思った。トマだろうか？　わたしの息子ではない息子。この息子も、けっしてわたしを愛さなかった。目を閉じるとトマの顔が目に浮かんだ。幼かった当時のトマ、一ダースほどの記憶とともに。感動と苦痛の入り混じったイメージ。利発で好奇心旺盛だが、いい子すぎたあの子を前にして、自分が父親でないと思わざるをえないことに苦しんだ。

引き金を引け、男なら。

恐ろしいから死を諦めたのではない。モーツァルトのせいだ。アナベルからのSMSを受信するときの通知音、ハープとオーボエの三小節だった。わたしは飛び上がった。拳銃を置くと、スマートフォンに走り寄った。リシャール、あなた宛の手紙があります。A。

確かにたった今、アナベルのスマートフォンから送られてきたメッセージだ。だが彼女は死んでいて、スマートフォンを家に置いて出かけたのだから、ありえないことだった。説明がつくとすれば、彼女はメッセージを定刻に送るようセットしたということか。

リシャール、あなた宛の手紙があります。A。

手紙？　どの手紙のことだ？　スマートフォンを調べたが、それらしきものはみつからなかった。わたしは家を出て門の郵便受けを見に行く。宅配寿司のチラシといっしょに空色の厚い封筒、それを見て、遠い昔にわたしたちがラブレターをやりとりしていた当時のことを思いだした。切手の貼られていない封筒を開けた。おそらくアナベルは昨日の午後、自分でそれを郵便受けに入れたか、あるいは宅配を頼んだというほうが事実に近いのかもしれない。最初の行を読む。「リシャール、もしあなたがこれを受けとったのであれば、それはわたしがアレクシス・ドゥヴィルに殺されたということです」

三枚の手紙を読むのに、わたしにはとてつもなく長い時間がかかった。そこで知ったことに、わたしは当惑し、衝撃を受けた。死後の告白だった。そして彼女なりの愛の手紙でもあった。それはつぎのように結ばれていた。「今となっては、わたしたち家族の運命はあなたの手中にあります。わたしたちの息子を守り、救える力と勇気を持つ最後の人間があなたなのです」と。

18　夜と少女

ぼくたちはジグソーパズルの最後のピースをいくつか持っていたけれど、どう置いても穴が残ってしまった（……）、国名を挙げることのできない国々のように。

ジェフリー・ユージェニデス

1

モビレットは寿命を全うした。ハンドルを握るわたしは、がむしゃらにペダルを漕ぐ。ダンサーのように立ったまま五十キロの重しを引きずって、まるで難関モン・ヴァントゥ（〝風の山〟を意味する南フランスの独立峰。ツール・ド・フランスの難場として名高い山岳ステージの舞台）に立ち向かうかのように。

アンティーブ岬の入り口、バコン通り沿いにあるフィッツジェラルド邸は、道路からだとまるでトーチカのように見えた。その名前にもかかわらず、当の別荘にアメリカ人作家は住んだことがないが、このコート・ダジュールもほかの場所と変わらず、伝説というのは根強いものなのだ。目的地の五十メートル手前でモビレットを歩道に残し、わたしはガードレールを乗り越える。岬でもこの辺りは、金色の砂浜ではなく鋸歯《きょし》状の崖で、足を踏み入れることはできない。ミストラルに削られた切り立つ岩が続き、海を遥か下に見る絶壁となる。転落して首の骨を折るのも覚悟のうえで、岩の上を這い、そこから別荘の裏側に行けそうな急斜面をよじ登った。

　こうしてわたしはプールサイドに立った。空色の海に突き出るような細長いプール、そこから岩を削った階段が海面の小さな浮き橋まで続いていた。崖に掛かったようなフィッツジェラルド別荘は、そのまま海へと繋がっていた。狂騒の時代《レザネ・フォール》に建てられたモダニズム建築のひとつであり、アールデコの影響と地中海的な雰囲気のあいだを漂っている印象を与えた。白く上塗りされた幾何学的なスタイルの建物正面は平屋根を被り、日陰棚《パーゴラ》のあるテラスを備えていた。この時刻だと、空と海とが輝く青となって溶けあっていた。それはいわば無限の色だった。

　アーケードの延びる回廊にはサロンが設けてあった。わたしは柱廊に沿って半開きになった大きな窓まで進み、そこから別荘のなかに入る。

　ハドソン川の代わりに地中海《グランド・ブルー》の眺望が開けていることを除けば、この大きなサロンの、徹底して装飾を省き細部にまで神経が行き届いている空間は、トライベッカ地区にあるわたしのロフトにいくらか似ていた。インテリア関連の雑誌やブログで目にするような空間である。本棚にも、だいたいわたしの家と同じ書籍が並んでおり、正統派で文学的、国際的であるという、わたしとほぼ同じ文化的趣味を示していた。

同じく、怪しいばかりに整頓された内部は、子供がここに暮らしていないことを示していた。子供たちの笑い声、ぬいぐるみ、隅々にまで散らばる〈レゴ〉、テーブルの上や下にこびりついたビスケットのかけらなど、生活の滋味《じみ》のようなものが行きわたることのない住居の冷たさだった。

「ほんとうに無謀というか、虎穴《こけつ》に入ってくるというのがあなたのご家族の習性のようですね」

ふり返ったわたしは、十メートルほどの距離をおいてアレクシス・ドゥヴィルと向き合うことになった。彼女の姿はすでに昨日のサンテクス五十周年の記念祭の式典会場で目にしていた。ジーンズに縦縞《たてじま》のシャツ、Vネックのセーター、そして〈コンバース〉のスニーカーという簡素な服装ながら、彼女はどんな場合にあっても気品と優雅さを失うことのない女性のひとりだった。近寄りがたさは、彼女のそばを離れない尖《とが》った耳のドーベルマンと体毛が小麦色のアメリカン・スタッフォードシャー・テリア、頭部が幅広のロットワイラーという、三頭の大型犬がさらにその印象を強める。

犬たちを見ただけで、わたしの全身が緊張した。何ひとつ防御するものを持たずに家を出たことを悔やんだ。怒りで頭がかっとして、そのまま両親の家を飛びだしてきたのだ。つけ加えるなら、わたしは自分の武器が頭脳だと信じて生きてきた。それは恩師ジャン゠クリストフ・グラフから学んだことだが、アレクシス・ドゥヴィルが母に対して、そしてフランシスとマキシムに対してやったことを考えると、わたしは直情的に行動したことを後悔していた。

　真実の源泉まで辿りついたのはいいが、わたしはまったくの無力だった。実際のところ、アレクシス・ドゥヴィルの口から聞き出すことなど何もなかった。すべてを理解できたのではなかったか？　もちろん、恋愛感情が何であるかを理解できるということが前提ではあるが……。それでもわたしは、この教養ある自由で美しい二人の女性が当時、互いに目のくらむような戦慄《せんりつ》を感じ合ったことを比較的すんなり想像することができた。知的な共感、肉体への恍惚、規範を破る陶酔といった昂揚感。抵抗はあるものの、アレクシス・ドゥヴィルとわたし自身に、それほどの違いはないと認めるほかなかった。二人は二十五年前に同じひとりの少女を愛し、以来けっして立ち直れなかったのだから。

　すらりと背が高く、年齢が分からないほど肌理《きめ》の細かい完璧な肌のアレクシス・ドゥヴィルは、髪をシニヨンに結い上げていた。状況を制しているという自信が読みとれた。犬たちはわたしから目を離さず、余裕綽々《しゃくしゃく》のドゥヴィルはわたしに背を向け、壁のあちこちに飾られた写真に見とれる。ダラネグラがわたしに魅力的だと言った例の写真だった。モデルがモデルだけに、写真家は実力以上のものを創造していた。少女の不安定で見る者を陶然とさせる美しさを完璧に表現していた。若さが持つ儚い一面。バラたちの生きる命……。

2

わたしは攻勢に出る。

「あなたはヴィンカを愛していると思いこんでいるようだが、それは間違いだろう。人は愛する者を殺したりはしない」

写真を見つめていたドゥヴィルが見下すような冷たい視線をわたしに向けた。

「その答えはとても簡単、ときには人を殺すことが究極の愛の行為となります。でも問題はそういうことではないですね。ヴィンカを殺したのはわたくしではない、あなたです」

「ぼくが？」

「あなた、あなたのお母さん、ファニー、フランシス・ビアンカルディーニ、あるいはその息子……。その度合いにいくらか差があるにしても、あなたたちの全員に責任がある。全員が有罪ということです」

「アフメッドから聞いたんだね、そうだろう？」

ドゥヴィルがわたしに近づくと番犬たちもそれに従った。ギリシア神話の〝夜の女神〟、月に向かって吠える犬の群れを率いるヘカテーを連想させる。悪夢と抑圧された欲望、そして人間の男女が最も不純で最も脆弱《ぜいじゃく》な姿を見せるという精神領域に君臨するヘカテー。

「反論しようのない証言があっても、わたくしはヴィンカがあの男と駆け落ちしたと思ったことなどありません」アレクシス・ドゥヴィルは興奮しはじめた。「何年ものあいだ、わたくしは真実を追求してきました。そして冷酷な運命のいたずらでしょうか、わたくしがもはやすべてを諦めたときになって、真実が目の前に差しだされたのです」

犬たちも興奮し、わたしに向かって唸り声をあげる。わたしはパニックに襲われた。犬を見るだけで全身が麻痺してしまう。視線を合わせないようにしても、犬たちはわたしの不安を嗅ぎとっている。

「今から七か月と少し前、あるスーパーの野菜と果物の売り場で、アフメッドが買い物をしているわたくしに気づいた」ドゥヴィルは続ける。「彼はわたくしに話すことがあると言ったのです。ヴィンカが亡くなったあの晩、フランシスはアフメッドに、彼女の部屋まで行ってヴィンカの持ち物のいくつかを持ってくるように指示した。同時にあなたたちに嫌疑がかかりそうな痕跡を消すように、と。アフメッドはヴィンカのコートのポケットに、わたくしの写真と手紙がいっしょに入っているのをみつけた。つまりは、最初からわたくしがアレクシスであると分かっていたのはアフメッドひとりだけだったわけですね。愚かなあの男は、二十五年間もそのことを秘密にしていましたが」

彼女は冷静を装ってはいたが、激しい怒りが伝わってきた。

「アフメッドは故国に帰るためのお金を必要としていて、わたくしは情報を得たいと思っていた。五千ユーロを渡すと、彼はすべてを打ち明けたのです。体育館の壁に死体が二つ埋め込まれていること、サンテクスを血で汚した一九九二年十二月の深夜の出来事、そしてあなたたち一味が何ひとつ処罰を受けなかったことも」

「ひとつの話を何度くり返し語っても、それだけでその話が真実になるわけじゃない。ヴィンカの死に責任があるのはただひとり、あなただ。罪を負うべき者が実際に武器を手にした者とは限らないし、あなた自身そのことは分かっているはずだ」

　痛いところを突かれたからだろう、アレクシス・ドゥヴィルは初めて顔をしかめた。女神から無言の命令を受けた三頭の犬がわたしをとりかこむ。冷たい汗が背骨を伝った。もう恐怖を制御できない。ふだんならパニックが起こる前に、自分の恐怖が合理的ではない過剰反応であると自分に言い聞かせることで対応できた。だが今は、実際に人を攻撃するようしつけられた獰猛《どうもう》な犬たちを前にしているのだ。恐怖に襲われながらも、わたしは続ける。

「当時のあなたのことは覚えている。あなたが漂わせていた魅惑とオーラ、全生徒があなたに憧れていた。その筆頭がぼくだったのかもしれない。優秀で美しく、生徒を尊重し、彼らを上に引きあげる術を知る三十歳の若い女性教師。高等師範受験準備クラス《イポカーニュ》一年の女子たちは全員が自分をあなたに似せようとしていた。あなたは、ある種の自由と、ある種の独立心のシンボルだったんだ。ぼくにとってあなたは、凡庸な世界における知性の勝利を表していた。男ではジャン゠クリストフ・グラフ、女性ではあなたが……」

　わたしが恩師の名を口にしたとたん、ドゥヴィルは意地の悪い笑い声をあげた。

「ああ、あの惨めなグラフのことですね！　彼も愚かでした、違った意味で、教養豊かで愚かな男。彼もまったく気づかなかった。何年ものあいだ、あの熱心さでわたくしにつきまといました。情熱的な詩や手紙を書いてきました。彼は、あなたがヴィンカを理想化していたように、わたくしを理想化していた。あなたのような男性の特性なのでしょうね。あなた方はわたくしたちを理解していると主張しますが、わたくしたちのことを知らない、知ろうとしないのです。わたくしの言うことを聞かないし、聞きたいとも思わないのです。あなた方にとって、わたくしたちはロマンチックな夢想の媒体でしかない！」

自分の言い分を補強するためか、彼女はスタンダールの言葉「ひとりの女性に関わりはじめた時点で、もうあなたはあるがままの彼女を見ることができず、あなたの望むとおりの女性を見ることになる」という〝恋愛の結晶作用〟（スタンダールが随筆集『恋愛論』のなかで述べた、岩塩坑に捨てられた小枝がダイヤモンドのような結晶をつけるように相手を美化する傾向のこと）を引用した。

けれども彼女のインテリぶった言い分を、わたしとしては放っておくことはできなかった。彼女はヴィンカを愛しつつ破滅させた、そのことをわたしは認めさせたかった。

「あなたは否定するが、ぼくはヴィンカを知っていた。少なくとも、彼女があなたを知るまでは。そしてぼくには、彼女がやたらと酒を飲んでクスリを乱用する少女だったという記憶はない。あなたは彼女を精神的に支配するためあらゆることを試みて、それに成功したんだ。あなたにとっては容易な獲物、喜びと情熱を発見したばかりの少女だったから」

「わたくしはヴィンカを堕落させたと？」

「違う。あなたが彼女を麻薬とアルコールの世界に追いこんだのは、ヴィンカの判断力を失わせて、自分の意のままにしたかったからだろう」

牙《きば》を見せる犬どもは、わたしの手のにおいを嗅ぎはじめた。ドーベルマンが太股《ふともも》に顔を密着させるので、わたしはそばのソファーの背にぶつかるまで後ずさりするほかなかった。

「あなたのお父さまに近づくようヴィンカの背中を押したのは、それが、わたくしたち二人が子供を持つための唯一の方法だったからです」

「子供を持ちたいと望んだのはあなただった、それが真実だよ。あなただけが望んでいたんだ！」

「違います！　ヴィンカも子供を欲しがっていました！」

「あのような状況で？　とても信じられない」

アレクシス・ドゥヴィルが憤然とする。

「あなたにはわたくしたちを裁けない。今日では、女性同士のカップルが子供を持ちたいと望むことが受け入れられ、認められ、敬われることすらあるのです。人々の意識が変わり、法律も変わり、科学も進歩しました。でも一九九〇年代初頭には、そのぜんぶが否定され、拒絶されていた」

「あなたにはお金があるのだから、ほかのやり方もあったはずだ」

彼女は反論する。

「そのことなら、わたくしは何ひとつ持っていませんでした。真の進歩主義者というのは、皆がそう思っている人たちとは違います。カリフォルニアのドゥヴィル家が寛容であるというのはただの見せかけです。わたくしの家族の者たちは、全員が揃いも揃って偽善者、卑《ひ》怯《きょう》で無慈悲な人間です。わたくしの生き方を、性的指向を非難しました。あの当時、家族はもう何年も前からわたくしへの金銭的援助を断っていました。あなたのお父さまに狙いを定めることで、わたくしたちは一石二鳥、つまり子供とお金を得ようと思ったのです」

話し合いは空転していた。どちらも自分の立場を変えるつもりはなかった。きっと責任の所在を明らかにすること自体に意味がないのだ。わたしたち二人ともが有罪であり無罪であり、被害者であり加害者でもあるからだ。そして、おそらく唯一の真相は、あの一九九二年、ソフィア・アンティポリスのリセ・サン゠テグジュペリにひとりの少女がいて、近づく者すべてを魅了し惑わせたということにあるのかもしれない。なぜなら彼女といっしょにいるだけで、「闇夜をどうしたらよこぎれるか？」という不安をなくしてくれるという、常軌を逸した幻想にとらわれてしまったからだ。

3

緊迫感がみなぎっていた。三頭の犬に壁際まで追い詰められたわたしは、今にも襲いかかられるものと覚悟する。さし迫った危険、早鐘のように鳴る鼓動、冷や汗でシャツが肌にへばりつき、回避不能の死の訪れを感じた。たったひとつの動作、ほんの一言でドゥヴィルは、わたしの生に終止符を打てるだろう。やっと調査の終点に辿りついた今になって、わたしは殺すか殺されるかの二者択一の結論しかないのだと悟った。恐怖を抑え、わたしは続ける。

「養子を迎えるか、あなた自身が妊娠する方法を選ぶこともできたはずだ」

破壊的で熱病のような妄想にとりつかれたドゥヴィルは、人差し指をわたしの顔から数センチまで近づけて威嚇した。

「お話になりませんね！　わたくしはヴィンカの子が欲しかった。彼女の遺伝子、完全さ、優雅さ、美しさを備えた子供。それは、わたくしたち二人の愛の延長」

「あなたが医者のリュベンスを利用してヴィンカに与えたロヒプノールの処方箋の件を、ぼくは知っている。じつに奇妙な愛ではないかな、それを開花させるために、相手を薬物依存症の状態に閉じこめておくなんて。そうは思わないか？」

「このちっぽけな野郎が……」

ドゥヴィルの気取った口調が崩れた。彼女にも大型犬を抑えつけておくことがもはや難しくなっていた。わたしは胸が締めつけられ、ほとんど気を失いそうになっていた。そんな感覚を振りきり、とどめを刺そうと続ける。

「あなたはヴィンカが死ぬ前、最後に言った言葉を知ってるか？　彼女はこう言ったんだ。〝アレクシスに強要された。わたしは彼となんか寝たくなかった〟って。ぼくは二十五年間もその言葉の意味を誤解していて、そのせいでひとりの男の命が奪われてしまった。だけど今は、それが〝わたしはアレクシス・ドゥヴィルに強要されて、あなたのお父さんと寝たけれど、わたしが望んだことじゃない〟という意味だと分かったんだ」

わたしは呼吸困難に陥った。全身がわなわな震える。その悪夢のような状態から抜け出すには、自分を二つに分裂させるほかないと感じた。

「これで分かっただろう、ヴィンカはあなたが人間のくずであるとはっきり気づきながら死んだ。だから、あなたがいくら無数の〝天使たちの庭〟を造らせようが、過去の事実を書きかえることなんてできない」

激怒したドゥヴィルが犬たちに攻撃の合図を送る。

最初はアメリカン・スタッフォードシャー・テリアが恐るべき瞬発力でわたしを後ろ向きに押し倒した。木張りの床に倒れこみながら、頭が壁に、それから鉄製の椅子の角にぶつかる。犬の牙が首に食いこみ、喉仏を探っているのが分かった。猛犬を振り払おうとしたが、とうてい無理だった。

三発の銃声が聞こえた。一発目がわたしの首を食いちぎろうとしていた犬を跳ね飛ばし、ほかの二頭を追いはらった。つぎの二発は、わたしがまだ床に転がっているなかで鳴り響いた。冷静さを取りもどそうとしている間に、わたしはアレクシス・ドゥヴィルが暖炉の近くで血しぶきを上げながらワルツを踊るように回転するのを目にした。それから半開きになった大きな窓のほうを見た。逆光のなかにリシャールのシルエットが浮き上がる。

「もうだいじょうぶだ、トマ」力強い声で彼が言った。

六歳のわたしが悪夢にうなされたときと同じ口調だった。リシャールの手は震えていない。フランシス・ビアンカルディーニの〈スミス&ウェッソン〉の木製グリップをしっかり握っていた。

父はわたしを助け起こし、同時に番犬がいつ攻撃しに戻ってくるかと警戒を怠らない。肩にリシャールの手が置かれた瞬間、わたしは六歳のころに戻ったような気がした。そして思った、わたしたちの前の世代の、絶滅危惧種となったフランシスや父のような男たちのことを。粗くごつごつとしていて、異なる時代の価値観を生き方の指針にしている男たち。その男っぽさが恥ずかしいもの、時代遅れのもの、今日では軽蔑の対象となっているような価値観。けれども、わたしの人生行路において二度までも、幸運にも、そんな男たちに出会えたのだ。彼らはわたしの命を守るため、自らの手を汚すことをためらわない。

そして、血の海に手を突っ込むことすら厭わない。

いくつかのエピローグ

夜のあと

気の優しい者たちの悲運

アレクシス・ドゥヴィルの死と父の逮捕からの数日間は、わたしが人生において体験した最も奇妙な日々となった。わたしはヴィンカとクレマンの失踪に関する警察の捜査が再開されるに違いないとすっかり覚悟して毎日の朝を迎えていた。ところが留置所にいる父は、その危機を名人芸で回避してみせたのだ。数か月前からアレクシス・ドゥヴィルと不倫の関係にあったと主張したのである。彼の説明によると、その事実を知った妻が猟銃を持って夫の愛人に会いに行った。危険を察知したアレクシス・ドゥヴィルは自己防衛のためにわたしの母を殺害し、そのあとこんどは彼女がわたしの父に殺されてしまった。筋書きに漏れはなかった。父は関係者全員に信じられる明確な犯行動機を提供した。その第一の長所は、二つの殺人を痴情のもつれの領域内に留めた点である。父の弁護人が裁判を待ち望むほどだった。というのも、アレクシス・ドゥヴィルによる母の殺害が極めて残忍であり——また彼女の精神医学上の既往症、そしてわたしが番犬に襲われた事実も含め——、父の報復がほとんど正当だったとみなされたことによって、無罪ではないにせよ軽い量刑への道が開かれることになったからだ。ことに一過性の情痴犯罪と想定されたため、ヴィンカにも、またクレマンの件にも関連性が及ばないという利点もあった。

しかし、それらの状況の進展ぶりは、あまりにも順調すぎるように思えた。

★

その後の数週間、幸運の女神が微笑んでくれているように感じていた。マキシムが昏睡状態から脱し、容態は驚くばかりの改善を見せた。六月、彼は国民議会の議員に選出され、閣外相の候補としてその名が報道されることもあった。襲撃事件の捜査のため、犯行現場となった体育館周辺は保全の対象とされ、その結果、解体工事は予定どおりには開始されないこととなった。そして状況に鑑《かんが》み、ハッチンソン&ドゥヴィル財団の理事会がリセ・サン＝テグジュペリへの基金拠出を撤回したため、予定されていた工事は無期延期となり、学校当局はそれまでの主張と正反対の演説を展開しはじめる。サンテクスの責任者たちは、環境および文化保護の立場から、自然豊かなキャンパスに変更をもたらすことに対する懸念を示し、さらには学校関係者全員の愛着の対象でありリセの魂とも言える一部分を必然的に失う危険があると主張するようになった。自明の理である。

★

父の逮捕を知ったファニーがまた連絡をしてくるようになった。ある晩、まだ意識のないマキシムの病室内で、わたしたちは一九九二年のあの夜のことについてすべての事実を語りあった。ヴィンカの死に責任がなかったと知ったファニーは、自分の人生を取りもどしたようだった。その後しばらくして、彼女はティエリー・セネカと別れ、体外受精・胚移植《IVT.ET》を受ける目的で、バルセロナにある生殖補助医療の私立病院に電話をしたという。マキシムの容態が良くなってからは、わたしたち三人は病室で頻繁に会うようになった。

その数日のあいだ、三人を刑務所へ送るに違いない、あの壁のなかの二つの死体が準備する惨めな宿命から逃れられたかもしれないと、本気でわたしは信じた。その数日のあいだ、例の気の優しい者たちの悲運にわたしたちが打ち勝ったのではないかと、ほんとうにわたしは思ったのだ。

だが、わたしは人を信頼するという間違いを犯し、その相手による裏切り行為を考慮に入れていなかった。その相手とはステファン・ピアネッリである。

★

「きみは気を悪くするだろうが、おれはヴィンカ・ロックウェルの死の真相を語る本を出すことにしたよ」と新聞記者は、六月末、わたしを招いたアンティーブ旧市街にあるパブのカウンター席で一杯飲みながらさらっと言った。

「真相って何の？」

「唯一無二の真相だ」ピアネッリが平然と答える。「アンティーブ市民は、ヴィンカ・ロックウェルとアレクシス・クレマンの身に何が起きたのかを知る権利がある。サンテクスの生徒の保護者たちは、二十五年前から壁のなかに二つの死体が隠されているリセに子供たちを通学させていることを知る権利がある」

「だっていいか、ステファン、きみがそれをすれば、ファニーとマキシム、そしてぼくを刑務所に送ることになるんだぞ」

「真実は、明らかにされなければ、ならない」記者は調子をとるかのようにカウンターを手のひらで叩きながら言った。

それから話題をはぐらかすために大演説を始め、数ユーロの計算を間違えただけで職を失ったスーパーのレジ係の一件と、それとは対照的な、彼の言い分によれば、政治家や企業主に対する裁判所の寛容主義についてまくし立てた。続けて、リセ最終学年のころから変わることなく反復してきたいつもの演説、階級闘争と「株主に隷従《れいじゅう》するための道具である」資本主義に対する憤りを語った。

「だがな、ステファン、それがぼくらにどう関わってくるんだ？」

彼は深刻な、だが嬉しさも見える目つきでわたしを挑むように見た。それは、今回、最初に会ったときから彼が望んでいたと思われる、わたしとの対決のようだった。そして、わたしがおそらく初めて感じとったのは、われわれに代表される者らに対し、どれだけピアネッリが本能的な憎悪を募らせていたのかということだった。

「きみらは二人の人間を殺した。それは償わなければいけないだろう」

わたしはビールを一口飲み、余裕があるところを見せようとする。

「ちょっと信じられないな。きみがそんな本を書くわけがない」

そこでステファンはポケットから厚い封筒を取りだし、わたしに見せた。パリのとある出版社とサインを交わしたばかりの出版契約書で、『ある奇妙な事件――ヴィンカ・ロックウェルの真実』と銘打った近く刊行予定のノンフィクションに関するものだった。

「気の毒だけど、きみが主張する内容を裏づけるものは何ひとつない。そんな本を出せば記者としての信用を失うぞ」

「証拠なら、体育館の壁のなかにあるさ」記者はせせら笑いながら言った。「本が刊行され次第、おれは保護者会の連中を焚《た》きつけるつもりだ。そうなれば、すさまじい圧力の前に、リセの当局としては壁を壊さざるをえなくなる」

「ヴィンカとアレクシス・クレマンの殺害はもう時効になっている」

「そうかもしれない。法的には議論のあるところだが、きみの母親とアレクシス・ドゥヴィルの殺害は違うだろう。司法はそちらに取りかかって、すべての殺人事件を関連づけるのさ」

わたしの知っている出版社だった。信用のある出版社とは言えないが、ピアネッリの本を大々的に宣伝することはできる。もしほんとうに彼が本を出すのなら、それは恐ろしい破滅へと通じる。

「きみがなぜぼくらを有罪にしたいのか理解に苦しむ。しばらくのあいだの栄光に浴したいからか？　それはきみらしくない」

「おれは自分の仕事をする、それだけだ」

「きみの仕事は友人を裏切ることか？」

「よせよ。おれの仕事は記者として行動することであって、おれたちが友人だったことなんかいちどもないからな」

わたしは、川を渡るカエルとサソリの寓話《ぐうわ》を思いだした。絶対に刺さないと誓い、カエルの背中に乗せてもらったサソリの話だ。「どうして刺した？　おまえのせいでどちらも死んでしまうじゃないか」と川の真ん中で詰問するカエルに、「それがわたしの性《さが》だから」とサソリは答えた。

ピアネッリはビールをまた注文し、わたしの癒えない傷口を掻きまわす。

「じつにわくわくする話じゃないか！　まさに現代版の『ボルジア家』！　ネットフリックスが連続ドラマに仕立てること間違いなし、そう思わないか？」

わたしはこの哀れむべき万年記者が自分の家族の破滅を喜ぶようすを目にして、殺してやりたい気分になった。

「なぜセリーヌがきみを捨てたのか分かったよ」わたしは言う。「きみが下劣すぎるからだ、手の施しようもないクソ記者で……」

ピアネッリがわたしの顔めがけてビールを浴びせようとしたが、わたしのほうが一瞬だけ速かった。一歩下がってそれを避けると同時に、顔にジャブを決め、腹にパンチを食らわせると彼は膝をついた。

わたしがパブをあとにしたとき、まだピアネッリは立てずにいたが、勝負に負けたのはわたしのほうだった。そしてこんどばかりは、わたしを救ってくれる人間はいなかった。

ジャン＝クリストフ

二〇〇二年九月十八日
アンティーブにて

親愛なるトマへ

あまりにも長くご無沙汰したが、きみにさよならを言うためこの手紙を書く。これが大西洋をよこぎったとき、確かにわたしはこの世での存在を終えているだろう。

逝《い》く前に、きみには別れの挨拶をしておきたいと思った。そしてわたしにとって、きみの教師であったことがどれだけ幸せであったか、わたしたちが交わした議論を、いっしょに過ごした時を、どれだけ幸せな気持ちで思い返したかを強調しておきたいと思う。トマ、きみはわたしの教師生活のなかで出会えた最も良い生徒だった。最も優秀で最高点をとっていたという意味ではなく、きみが間違いなく最も寛大で繊細、人間的であり、ほかの者たちへの思いやりがあったという意味だ。

絶対に悲しまないでほしい！　わたしが去るのは、これ以上続ける力がなくなったからだ。これは信じてもらいたいのだが、わたしに勇気がなかったからではなく、人生がわたしに耐えることのできない試練を与えたからだ。そして、わたしが陥ってしまった地獄から誇りを持って出られる唯一の方法、それが死であったということになる。今となっては、わたしの忠実な友であった本ですら、もはやわたしに救いの手を差しのべられなくなった。

わたしの悲劇は呆《あき》れるほどに月並みだが、だからといって苦しみが和らぐこともない。幾年ものあいだ、わたしは密かにある女性を愛していたのだが、拒まれることを恐れ、当人にそれを打ち明けられずにいた。その長い年月、彼女が生きて、笑い、話すのを見ることがわたしにとっての酸素だった。彼女との知的な心の通じ合いはほかに例がないほどに思えたし、彼女も同じ思いを抱いているのではないかと、ときに感じられたこともあり、それが落ちこんでいる際のわたしを生命に繋ぎとめてくれていた。

気の優しい者たちの悲運というきみの理論について何度か考えたこと、そして無邪気にも、それに反証ができるものと期待したことを白状するが、人生はわたしを甘やかしはしなかった。

不幸にしてこの数週間で、わたしは自分の恋心がけっして相互的なものにならないということ、そして、おそらくその相手が、わたしが思っていた女性とは別人であったということを理解した。つまりわたしは、自分の運命を変えられるような人間ではなかったということなのだ。

親愛なるトマ、自分を大切に、そしてわたしのことで悲しまないように！　きみに忠告することなどとてもできないが、自分の闘いをよく選ぶことだ。すべてに闘う価値があるわけではないのだから。ときにはほかの者に助けを求めて、わたしがしくじったことに打ち勝ってほしい、トマ。人生に関わっていくことだ、なぜなら孤独はわたしたちを殺すのだから。

きみの今後の人生に幸運が訪れんことを。人生の乱気流をいっしょによこぎる心の友をみつけることに挫折したわたしだが、きみは成功するものと確信している。なぜなら、わたしたちが好きな作家のひとりツヴァイクが「人々の内にありながら、独りでいるくらい最悪なことはない」と書いているからだ。

自分の望むことは諦めないように。きみをほかの子とは違う男子にさせたものを捨てないように。下らない連中から自衛すること。ストイックな人間の系譜において、あの連中から身を守るためのいちばんの方法は、彼らに似ないことだそうだ。

そして、わたし自身の運命が正反対のことを証明するように見えるかもしれないが、わたしは己《おのれ》の弱さが最大の武器であると信じて疑わない。

友情をこめ、きみを抱擁する。

ジャン＝クリストフ・グラフ

産院

アンティーブ、〈ジャンヌ＝ダルク産院〉
一九七四年十月九日

フランシス・ビアンカルディーニは音を立てぬように部屋のドアを押す。バルコニーに面した大きなガラスドアからオレンジ色の秋の陽が燦々と降りそそいでいた。午後の遅い時刻、遠くの小学校から聞こえてくる下校時のざわめきだけが産院の静けさを破る。

フランシスは部屋のなかにゆっくり歩を進めた。腕に抱えているのは、クマのぬいぐるみが息子トマのため、ブレスレットがアナベルのため、二箱の〈カントゥチーニ〉（トスカーナ州プラート発祥のアーモンド風味の硬いビスケット）と瓶詰めのサクランボのシロップ漬け〈アマレーナ〉は、母子をほんとうによく世話をしてくれた看護師たちへのプレゼントだった。それらを車輪付きのテーブルの上に置くときにも、アナベルの目を覚まさぬように注意した。

屈んで小さなベッドを覗くと、新生児が顔を向ける。

「おい、元気か？」

フランシスは赤ん坊を抱きあげてから椅子に座り、子供が生まれたすぐあとの厳かで魔法のような時を存分に味わう。

深い喜びを噛みしめつつ、そこには後悔と無力感が入り混じっていた。アナベルは産院から出たのち、彼といっしょに帰宅することはない。彼女は夫リシャールのそばに、トマの法的な父親の元へと帰るのだ。なんとも居心地の悪い立場だが、それに甘んじるほかなかった。アナベルは彼にとって運命の女性だが、同時にまた世の中の規範などに当てはめることのできない女性である。約束事に対しては極めて特異な視点を持ち、愛をすべてに優先させ、彼のことをこの上なく愛している。

二人の関係を公にしないことを、結局、彼は納得させられた。「秘密にするからこそ、わたしたちの愛には価値がある」と彼女は言いきった。「愛を人目にさらせば、ありふれたものになってしまい、神秘性が失われる」と。彼にとっては、自分が最も大切だと思うものを、潜在的な敵の目から隠しておくという利点はあった。それを皆に見せることはない、弱みを握られることだってありうるのだから。

★

フランシスはため息をつく。がさつ者を楽しみながら演じているが、それは仮面である。アナベルを除けば、だれも実際の彼を知らない。だれも彼が内に秘める暴力と死の欲動を知らない。それが激発したのは一九六一年、場所はモンタルディチオ、彼が十五歳のときだった。夏の夜、広場の噴水の近く。酔っている若者の一団がいた。そのうちのひとりがアナベルに近寄った。彼女は何度か押し返したけれど、若者は彼女に触れるのをやめない。それまでフランシスは離れた場所にいた。若者たちはみんな年上だった。彼らはトリノの塗装職人とガラス職人たちで、村に近い農地に温室の建設と修理のために来ていた。そして、だれひとり止めようとしないと分かると、フランシスは若者たちのそばに行き、当の若者に広場から出て行くよう頼んだ。当時の彼はあまり大柄とは言えず、どちらかというとのろまのような印象を与えた。せせら笑いを返事と見たフランシスは、若者の喉元を摑むと顔に右フックを叩きこんだ。その体軀に似合わない雄牛のような力に加え、憤りに突き動かされていたのだ。若い職人に一発かましたあとも殴りつづけ、ほかの者たちが止めることさえできなかった。幼いころから話すことが不得意で、そのせいでアナベルにもずっと話せないでいた。言葉が喉に引っかかったまま出てこなかった。だからその晩は、拳《こぶし》で話すことにした。そのバカな若者の顔を目茶苦茶にして、アナベルに「おれがいるから、絶対にだれもきみに悪さはしない」というメッセージを送ったのである。

殴るのをやめたとき、若い職人は気を失っており、顔は血まみれ、口のなかに折れた歯が詰まっているというありさまだった。

この事件は地域一帯を騒然とさせた。数日後、フランシスを尋問しようと憲兵隊《カラビニエリ》がやって来たが、すでに彼はイタリアを出てフランスに去っていた。

何年も経って彼と再会したとき、彼女は自分を守ってくれたことを感謝したが、じつは彼女自身もフランシスを恐れていたのだと白状した。それでも二人は親密になり、彼女のお陰で、フランシスは腕力の行使を抑えられるようになった。

静かに揺すっているうち、息子は眠ってしまった。トマの額にキスをしてみた。柔らかで陶酔を誘う、ミルクパンとオレンジの花の香りを思わせる赤ん坊のにおいにフランシスは感動した。腕のなかのトマのなんと小さいことか。きれいな顔から漂う平穏は未来を約束するメッセージのように思えた。だがこのちっぽけな傑作はとても壊れやすそうに見える。

フランシスは自分が泣いていることに気づいた。悲しいからではない、赤子のか弱さに震えあがったのだった。頬を伝う涙を拭い、自分のできる細心の注意を払って、トマを起こさぬよう新生児用ベッドに寝かせた。

★

ガラスドアを開けて病室からバルコニーに出た。ブルゾンのポケットから〈ゴロワーズ〉の箱を出し、フランシスはタバコに火を点けたあと、ふと思いつき、それを最後の一服にしようと決める。面倒を見なければならない家族ができた今、自分の身体も大事にしなければいけないと思った。息子というのは、いつまで父親を必要とするのだろう？　十五歳？　二十歳？　それとも一生だろうか？　いがらっぽいタバコの煙を吸いこみながら、大きなボダイジュの生い茂った葉と葉を透して届く日没前の日差しを存分に味わっておこうと目を閉じた。

トマの誕生により重大な責任を負うことになったが、彼はそれを全うするつもりでいる。子供を育て、守っていくことは、一瞬たりとも警戒を怠ることのできない息の長い闘いだ。何の前触れもなく、最悪の事態が襲ってくることもあるだろう。油断は許されない。だが、フランシスはたじろぎはしない、根っから頑丈にできているのだから。

ガラスの引き戸を開ける音がし、フランシスは現実に引き戻された。ふり返ると、口元に笑みを浮かべたアナベルがすぐそばに来ていた。彼女を抱きしめたとたん、先ほどまでの不安はすべて消えた。暖かなそよ風が二人を包み、フランシスはアナベルが近くにいてくれるかぎり何にでも立ち向かえると思った。腕っ節だけでは無力なのだ、賢さもなければ。自分たち二人なら、いつだって危険を先取りできるに違いない。

危険を先取りする

ピアネッリが出すという本への不安はあったものの、マキシムとファニー、そしてわたしは、そんな不安など存在しないかのように日々を送っていた。もう何かに恐れながら生きる齢ではなかった。他人を説き伏せたり自分を正当化したりする年齢はもう過ぎていたということだ。わたしたちはただひとつのことを互いに約束し合った。それは何があろうとも今後は一丸となって立ち向かうということだ。

わたしたちは嵐の襲来を予感しながらも――それが押しよせては来ないものと、わたしは密かに期待していたのだが――三人いっしょにいられるその日その日の喜びを分かち合った。

わたしの内で何かが変わり、新たに自信のようなものが生まれていた。わたしをじわじわと苦しめていた不安が消えた。自分のルーツを新しく発見したことで、以前とは違う人間になった。もちろん後悔もある。母とは死を通じてしか誤解を解くことができなかったし、リシャールが逮捕されるまで彼を身近に感じられなかった。フランシスがだれであったのかを知ったうえで、その彼と話すことができなかったという悔いもあった。

三人の〝親たち〟が辿った人生の道筋について、わたしは多くのことを深く考えさせられた。

それらはどれも類を見ない道であり、苦悩と熱狂と矛盾に彩られている。ときには怖じ気づくこともあっただろうが、敬うほかない犠牲の精神を示すこともあった。彼らは生きて、愛し、人を殺した。激情に流されたこともあったかもしれない。だが、おそらく精一杯の努力をした結果だったのだろう。ありきたりの運命に取り込まれぬように、精一杯のことをしたのだ。危険な恋愛《アバンチユール》と責任感との折り合いを、なんとかつけようとした。彼ら固有の文法に従って〝家族〟という言葉をできるかぎりうまく拒絶しようとした。

その血筋を引くわたしは、彼らの模倣をするのではなく、遺産を伝承し、そのうちのいくつかを受け入れていくほかない。

人間の感情の複雑さを否定してもむだなことだ。生き方は無数にあり、矛盾し合う渇望に蝕まれているため、概《おおむ》ね不可解なのだ。わたしたちの生命は脆く、尊いと同時に、取るに足りないものでしかなく、あるときは孤独の凍りつくような水に、あるときは若返りの泉の温かな水に浸ることもある。いずれにせよ、わたしたちは人生を自在に操ることなどできたためしがない。それは、ほんの些細なことで反転してしまう。一言の囁き、ちょっとした目の輝き、余韻を残す微笑が、わたしたちを高みへと持ち上げ、あるいは虚無のなかに突き落とす。人生は不確実なものであるが、それでも、わたしたちは心の機微《きび》によって、知る術のない神の目論見のなかに自分たちの場所を見いだせると期待し、その混沌《カオス》を操れるかのごとくふるまうほかないのである。

★

七月十四日の晩、わたしたちはマキシムの退院祝いで、わたしの両親の家に集まった。オリヴィエとマキシムと娘たち、ファニー、ポリーヌ・ドラトゥールも。じつは彼女が頭の良い、とても面白い女性と分かって仲直りをしていたのだった。わたしがステーキと、子供たちの喜ぶホットドッグを焼いた。赤ワインはニュイ＝サン＝ジョルジュの栓を抜き、アンティーブ湾で打ちあげられる花火を見るため、みんなでテラスに落ち着いた。花火が始まったとき、だれかが門の鐘を鳴らした。

わたしは客を残したまま、庭の照明を点けてから門へと向かう。ステファン・ピアネッリが門の鉄柵の向こうに立っていた。伸びた髭と長髪、充血した目の下には隈ができており、疲れたようすだった。

「何か用か、ステファン？」

「やあ、トマ」

酒くさい息だった。

「入れてくれないのか？」鉄柵を握り、わたしに聞いた。

わたしが開けようとしない鉄柵は、今後ずっと彼とのあいだに壁があることを示すシンボルだった。彼は裏切った。だからわたしたちの仲間には絶対になれないのだ。

「ステファン、どこでもいいから、さっさと消えてくれないかな」

「いい知らせを持ってきてやったんだ、大先生。おれは、本を出してきみと張り合うのはやめたぞ！」

彼はポケットから四つ折りにした紙を出し、それを柵のあいだからわたしに差しだす。

「きみの母親とフランシスだが、とんでもない食わせ者だったよ！」記者は吐きだすように言った。「運よく本が出る前に、その記事をみつけた。ほんと赤っ恥をかくところだった！」

轟音とともに、花火が空いっぱいに打ちあがるなか、わたしは紙を広げる。『ニース・マタン』の古い記事で、日付は一九九七年十二月二十八日、例の悲劇の五年後だった。

リセ・サン＝テグジュペリで建造物損壊の被害

高度技術集積都市《テクノポリス》ソフィア・アンティポリス内の学校施設がクリスマス当夜、計画的な破壊行為の標的とされた。最も被害が大きかったのは、国際リセ敷地内の体育館。

被害の状況は、十二月二十五日にグランゼコール準備クラスの責任者アナベル・ドゥガレさんが確認した。多数の落書きのほか、侮辱的な文言が総合運動施設内の壁に書きなぐられていたという。さらに犯人らは、体育館の複数のガラス窓を破り、消火器の薬剤を噴射、更衣室のドアも破壊した。

被害届を出した同責任者によると、外部の者の犯行と見て間違いないとのこと。

捜査を担当する地方警察《ジャンダルム》が現場検証を行ったが、それと併行して学校は、ただちに落書きなどの消去作業と、来年一月五日の開校に間に合うよう、被害のあったスポーツ施設の修繕工事を開始する予定だという。

クロード・アンジュヴァン

記事には二つの写真が掲載されていた。最初の写真は、破壊された体育館の被害状況を伝えたもので、壁の落書き、床に転がる消火器、割れたガラス窓が写されていた。「ヴィンカとアレクシス・クレマンの死体なんてみつかるわけがない」ピアネッリが吐きすてるように言った。「当たりまえだろう、どう思う？　きみの母親とフランシスが犯行の痕跡をそのまま残しておくはずがない。そんなミスを犯すほどばかじゃないんだ。彼らは頭が良すぎたし狡猾すぎた。大先生、ひとつだけ言っておいてやろうか。きみときみの仲間は二人に感謝しなければいけないぞ、泥沼の地獄からきみたちを救い出してくれたんだからな」

二枚目は、端正なスーツを着てシニヨンを結った母が平然とした表情で立っている写真だった。その後ろに、ほぼ専売特許となっているレザーベストを着たフランシス・ビアンカルディーニのがっしりした体軀も写っている。片手に左官用の鏝《こて》、もう一方の手には鏨《たがね》が握られていた。

事実は一目瞭然だった。一九九七年、事件から五年後、つまり母が辞職する数か月前、彼女は愛人とともに体育館の壁から死体を取り除く決断をした。頭上にダモクレスの剣を吊したまま生きることなどありえなかった。フランシスの介入を正当化するため、建造物損壊の被害をでっち上げたのだ。修繕工事はクリスマス休みの真っ最中に進められた。それはリセがほとんど無人になる年間で唯一の時期だった。フランシスが死体を移動させ、どこかに葬ってしまうための便宜が図られたということだ。

死体が発見されることをあれほど恐れていたのに、すでに二十年前にそれはリセの敷地内から運び出されていた。

頭が空っぽになっていたが、ふたたび写真のフランシスを見た。彼の鋭い視線は、写真を撮った者を、さらには、いちどでも彼の進む道に立ちはだかろうとする者すべてを射貫《いぬ》くかのように見えた。何事にも動じない視線、いくらか空威張りのようにも見えるが、「おれはだれをも恐れない、なぜならいつも危険を先取りするからだ」と言っているようだった。

つべこべ言い足すこともなく、ピアネッリは立ち去った。わたしはゆっくりと通路を上がって仲間の待つ場所へと戻る。もう何も恐れることはないのだと実感できるまで、長い時間が必要だった。通路を登りきったところで、もういちど新聞記事を見る。写真の母を細かく見ると、その手にはキーホルダーが握られている。おそらく体育館の鍵なのだろう。それは過去の鍵、だがわたしの未来への扉を開く鍵でもあった。

小説家の特権

人は作家になるために書くのではない。すべての愛に欠けているあの愛にそっと近づくためである。

クリスチャン・ボバン

わたしの前に置かれた〈Bic〉クリスタルボールペンと方眼ノート。いつでもこれだけがわたしの武器だった。

わたしはいつも自分が座っていた場所、閲覧室奥の窓際の席に座った。窓からは、平方形の小さな中庭の、かなり時代錯誤な石畳とツタに覆われた噴水が見える。蜜蠟ワックスのにおいが漂う閲覧室。わたしの後ろの書架に並ぶ文学概論の古い書籍も埃を被っていた。

ゼリーが定年退職したあと、リセの理事会は演劇部が入る校舎にわたしの名前を与えることを決めた。わたしは辞退し、代わりにジャン＝クリストフ・グラフと命名することを提案した。ただし、落成式で生徒たちを前に話をすることだけは承知した。

さて、ボールペンのキャップを外し、わたしはメモを取りはじめる。これまでの人生、ずっとこれしかやってこなかった。書くこと。それは正反対の二重の働きを伴う、つまり壁を築き、扉を開けるという。現実の破滅的な残酷さをくい止めるための壁を築き、もうひとつの並行世界《パラレルワールド》——ありのままの現実ではなく、そうあるべき現実——へと脱出するための扉を開ける。

いつもうまくいくとは限らないが、数時間のあいだ、フィクションがほんとうに現実よりも強い力を持つことがある。おそらくそれは一般的には芸術家、ことに小説家にとっての特権であって、ときには現実との闘いにも勝てることがあるということなのだろう。

書いては消し、また書く。文字で黒くなったページが増えていく。少しずつ、もうひとつの具体的な姿を見せはじめる。例の一九九二年の夜、十二月十九日から二十日にかけての夜、実際に起こったことを説明するため、入れ替え可能な話のことだ。

想像していただきたい……。雪、寒さ、夜。想像していただきたい、フランシスが死体を壁のなかに埋め込もうとヴィンカの部屋まで向かったときのことを。彼はまだ暖かいベッドに横たわる死体に近づいた。雄牛のような力で、少女を、まるで王女のように抱え上げる。だがそれは、魔法のお城に連れて行くためではない。コンクリートと湿気のにおいが漂う、暗い凍てついた工事現場まで少女を運ぶためだ。彼のほかにはだれもいない。いっしょにいるのは自分の内に潜む悪魔と亡霊たちだけ。アフメッドは帰らせてある。ヴィンカの身体を地面に敷いたシートの上に置き、それから工事現場の明かりをぜんぶ点けた。少女の死体に魅了された。その上にコンクリートを流すなどとはとても考えられなかった。その数時間前、彼は何の躊躇もなくアレクシス・クレマンの死体を処分した。だがこんどは、同じようにはいかなかった。辛すぎた。少女の死体を見つめる。死体に毛布を掛けてやるため近づいた、少女がまだ寒さを感じられるかのように。それから一瞬のあいだだが、彼は頬を涙で濡らし、少女がまだ生きていると想像した。その幻想はあまりにも強烈で、少女の胸がかすかに呼吸をしたように見えた。

その幻想が消えたのは、ヴィンカがほんとうに息をしていると理解した瞬間だった。

何てこった。どうしてこんなことがありうるんだ？　アナベルはブロンズの彫像で頭を殴ったはずだ。この小娘は腹いっぱいに酒と薬を飲みこんでいた。確かに抗不安薬には鼓動を遅くする作用はあるが、彼が先ほど調べたとき、まったく脈がなかったことは確認してあった。彼は少女の胸に耳を当てて鼓動を聞いてみる。そんな快い音楽を彼は聴いたことがなかった。

フランシスはためらわない。己の務めを果たすため、少女にシャベルの一撃を加える気はなかった。そんなことはできなかった。自分の4WDまで少女を運び、後部座席に寝かせた。そして、所有する狩猟小屋のあるメルカントゥール山塊に向けて車を走らせる。アントローヌ村の近くにあって、その付近で野生のヤギ〝シャモワ〟の狩りをするときたまに泊まる小さな山荘である。ふだんなら二時間で行けるところを、雪で道路の状態が悪く二倍も時間がかかった。アルプ゠ド゠オート゠プロヴァンスの県境に着いたときはもう朝になっていた。山荘のソファーにヴィンカを寝かせ、暖炉の火を焚き、外に積んであった薪を充分すぎるほどなかに運びこんでから湯を沸かす。

運転中にじっくりと考え、やるべきことを決めた。目を覚ました少女が、姿を消してゼロからやり直すつもりなら、彼は助けるつもりだった。ほかの国で、名前を変えて、違う人生を始める。証人保護プログラムのように。異なるのは、それを政府機関に依頼するのではないことだ。〈ンドランゲタ〉に連絡をとるつもりでいる。しばらく前から、カラブリア州のマフィア組織が資金洗浄を求めて彼に接触してきていた。おそらく彼らにヴィンカの出国の手配を頼めるだろう。フランシスは自分が泥沼に足を突っ込みつつあると分かっていたが、人生は人が耐えられる試練しか与えないという考え方を好んでいたのだ。〝善は悪をもたらし、悪は善をもたらす〟。それが彼の人生だった。

たくさんのコーヒーをいれ、椅子に座るとひたすら待った。そして、ヴィンカが目覚めた。それから何日も、何か月も、何年もが経った。焦土と化した領分を過去に残してきたひとりの若い女性が、どこかで、二度目に生まれたかのように、人生に復帰した。

★

どこかで、だからヴィンカは生きている。

以上がわたしなりの物語である。この話は、推定されるフランシスのマフィアとの関係、ニューヨークに送金がされていた事実、わたしがマンハッタンで偶然にヴィンカを見かけた件など、わたしが入手したすべての情報および手がかりに基づいている。

それが真実であったと、わたしは思いたい。事がそのように運んだ可能性がたとえ千分の一しかなかったとしても。ここまで調査が進んだ今、だれもこのような物語の見解に反論のしようはない。これがわたしの小説家としてのヴィンカ・ロックウェル事件への寄与である。

★

わたしは執筆を終え、筆記用具をしまい、図書館をあとにして外に出た。ミストラルに煽られた黄色い木の葉が秋の陽のなかをくるくる回りながら飛んでいく。わたしは良い気分になっている。以前より人生が恐ろしくなくなった。だれであれわたしを攻撃すればいい、勝手にわたしを判断すればいい、わたしに大損害を与えればいい。わたしの手元には、頭を齧った古い〈Ｂｉｃ〉のボールペンと角がすり切れた方眼ノートがある。武器はそれだけだ。取るに足りない物だが、強力な武器だ。

その二つだけが、夜をよこぎるわたしの助けとなり、これまでずっと頼りになってくれた。

記述内容の真偽について

ニューヨークという町はわたしにとって、いわば〝愛の物語《ラブストーリー》〟そのものだったので、わたしの初期の小説はまず北アメリカを舞台にしています。それから徐々に、プロットの一部がフランスへと移りました。数年前からは、自分が子供時代を過ごしたコート・ダジュールにてわたしの物語を展開させたいと望むようになったのです。たくさんの思い出のあるアンティーブの町の周辺がとくにその対象となりました。

しかし望むだけでは充分ではない。なぜなら小説を書くというプロセスは不安定かつ複雑で不確かなものだからです。降雪によって麻痺したリセのキャンパスと、自分たちもそうであった若者に翻弄される大人たちについて書きはじめて、ようやくわたしはその時が訪れたのだと感じました。そういう経緯があり、本書『夜と少女』の舞台としてわたしは南フランスを選んだのです。それらの場所を、二つの時代から触れることに大きな喜びを覚えました。

とは言うものの、小説は現実ではないし、語り手が作者と混じり合うこともありません。つまり、トマが本書のページのなかで生きる物語は、彼だけのものです。シュケット通りや『ニース・マタン』紙、〈カフェ・デ・ザルカード〉、〈フォントンヌ病院〉は実際に存在していますが、創作上の変更が加えられています。トマが通った中学校《コレージュ》、高校《リセ》、そこの教師たち、友だち、近親者たちはまったくの創作であるか、あるいはまた、わたし自身の記憶とは異なる存在なのです。つまり、ご安心ください、わたしは体育館の壁にまだだれも埋め込んではおりませんので……。

訳者あとがき

「夜の問題は残ったままだ。どうやってよこぎろうか？」。巻頭に掲げられたアンリ・ミショーの言葉がただならぬ夜の訪れを暗示する。続く章のエピグラフはシューベルトの歌曲『死と乙女』で名高いマティアス・クラウディウスによる詩で、死神に優しく誘われる乙女の命の危うさが示される。夜と死と少女という本書の主要なキーワードが冒頭から提示され、いったいどんな物語が待ち受けているのかと、読者は意表を突く展開を期待しながらページをめくりはじめる。その期待が裏切られることはない。

内容に踏み込むまえに、二〇一八年四月にフランスで本書が発表された際の騒ぎをお伝えしよう。前年の二〇一七年、ギヨーム・ミュッソはデビュー作を除くすべての著書を出版してきたXO出版（XO éditions）を離れ、フランス最大手の出版社グループであるアシェット・リーヴル傘下のカルマン＝レヴィ社（Calmann-Lévy）に移った。一八三六年創業、古くはバルザック、デュマ、スタンダール、近年ではパトリシア・ハイスミス、マイクル・コナリーなどの著作を刊行する老舗である。移籍の理由は、長らくコンビを組んできた女性編集者のあとを追ったからだという。作家が出版社を変えるという、普通はあまり人々の関心をひかない話題がフランスで大きな反響を呼んだ。時を同じくして、サッカーのブラジル代表ネイマールがFCバルセロナからパリ・サンジェルマンに移ったこともあり、作家ミュッソのそれも共に〝世紀の移籍〟と騒がれたのだった。サッカー界のスーパースター並みにその動向が話題となったのは、二〇一一年から現在に至るまで〝フランスで最も売れている作家〟という肩書を途切れさせることなく保持しているからだろう。さらに騒ぎに輪をかけたのは、本書が移籍後初の作品ということで、出版社が大きな期待をかけるのは当然だとしても、初版四十万部というフランスでは前例のない数字でカルマン＝レヴィ社がミュッソを迎えたことである。高揚感が伝わってくるではないか。期待に違わず、二〇二一年六月における本書の国内累計販売部数は百三十万部以上という圧倒的な数字を記録している。

さて、フランス人にとってバカンスは欠かせないが、七、八月ともなると、南へと向かう高速鉄道TGVの車内で、あるいは浜辺でと、どちらを向いても新刊書を読み耽る人々の姿が目に入る。そういう事情があって、作家たち、そして各出版社はバカンス前の三か月間に刊行を集中させることになる。人々は休暇に出かけるまえ、手当たり次第に本を買うので駅や空港のキオスクにも話題の新刊が平積みになる（当然ミュッソの作品が多くのスペースを占めている）のだが、こうした光景がフランスの夏の風物詩ともなっているのだ。

そんな人気作家のミュッソも、二〇〇一年発表のデビュー作『*Skidamarink*（スキダマリンク）』は千六百部しか刷られなかったという。ちなみにスキダマリンクとは、英語圏ではだれでも知っている童謡の歌詞だが言葉自体に意味はないらしい。ルーヴル美術館から「モナ・リザ」を盗んだ犯人が、互いを知らない四人の人物のもとに切り取った「モナ・リザ」の断片を送りつけ、彼らに北イタリアのとある教会に来るよう命じるというプロットで、その刊行は同じルーヴル美術館を舞台にしたダン・ブラウンの『ダ・ヴィンチ・コード』に先立つこと二年前だった。同作品は長らく絶版となっていて、古本市場では数百ユーロ（数万円）もの値がつき、押しも押されもせぬベストセラー作家となったミュッソに愛読者から復刊の依頼が相次いでいたようだ。初版刊行から約二十年後の二〇二〇年、カルマン＝レヴィ社が再版を決定、瞬く間にベストセラーとなり、単行本のほか電子版とオーディオブックまで勢揃いということになった。

ミュッソの経歴については、すでに拙訳『ブルックリンの少女』（集英社文庫、二〇一八年）の「訳者あとがき」で触れているので、彼が本書の舞台となるアンティーブで一九七四年に生まれたことと、事件現場となった〈リセ・サン＝テグジュペリ〉がある高度技術集積都市《テクノポリス》ソフィア・アンティポリス内の高校《リセ》で、執筆に専念するようになる以前、実際に経済学の教師を務めていたことだけを記しておく。

ミュッソ作品の持ち味は、他の追随を許さないサスペンスの仕掛け、そして何よりスピーディーな展開にある。それならどの小説にも当てはまるのでは、との反論をいただきそうだが、そのめまぐるしいほどのスピード感については前述の「訳者あとがき」でも指摘した。人気作家のラファエルは、失踪した婚約者アンナの行方を追って、友人の元警部マルクの助けを借りながら、パリとその近郊、そしてニューヨークまで調査の手を伸ばす。マルクも、東フランスのナンシーからニューヨークへと飛び、ラファエルに合流。だが刑事の本性に突き動かされたのか、ひとりでアメリカ中西部へと向かってしまう。物語はてんでばらばらで全方向に向かうかに見えながら、すーっと魔法のように収束し、数週間あるいは数か月も経過したように思えるのだが、読み終えた時点でじつは三日間の出来事でしかなかったのだと思い返して呆気にとられてしまう。サスペンスとスピード感、この二つが、いわばミュッソにとっての無敵の武器なのであって、それは本書においても踏襲されているのだ。

一九九二年十二月のある夜、南仏コート・ダジュール一帯は前例のない雪嵐に見舞われた。冬休みで無人となった〈リセ・サン゠テグジュペリ〉に残っていた寮生と教員、構内官舎に住んでいる十八歳のトマ・ドゥガレとその母親などほんの数人が、常軌を逸した感情の暴発に翻弄されることになる。

嵐が静まった翌朝、トマが熱烈に恋するヴィンカ・ロックウェル、特異なオーラで周囲の者を魅惑してやまない少女が、若くアポロンのように美しい哲学教師のアレクシス・クレマンと出奔してしまったことが発覚する。ヴィンカと親しかった三人の仲間トマ、マキシム、ファニーのほか、トマの母アナベル、そしてマキシムの父フランシスは、そのたった一夜のせいで例外なく後の人生を台無しにされる。これが前段である。

前段を受けた二十五年後の二〇一七年五月、運命の日が訪れる。リセの創立五十周年記念式典が行われ、卒業生たちも招かれていた。記念事業として大規模な施設改修工事の計画が公表され、体育館の解体工事は週明けにも始まるという。式典の同夜、同窓会が催されるらしい。「同窓生の集まりなんて、最もきみが嫌悪するものでしかないだろう」と新聞記者のステファンに皮肉られるようなトマが、なぜわざわざ現在暮らしているニューヨークから戻って来たのか？　その理由は、二十五年前に点火された怨念の猛火が噴き出すのは今晩をおいてないと覚悟したからだ。その猛火はすべてを焼き尽くすだろうと悟ったからだ。二十五年前のあの一夜を共有してしまったトマたちが恐れるのは、まさにその点だった。

ほぼ全篇で（ほかの登場人物が一人称で語ることもあるが）、執筆時のミュッソと同じ四十二歳の小説家トマが語り手となって二十五年前の事件を辿り、いまだに忘れられずにいるヴィンカとの再会をかすかに期待しながら、新たな破局への道を進む。というのも、恐れていた脅威は、帰国した彼に届く脅迫状という形で現実となったからだ。すべての鍵があの雪嵐の一夜にあることは明白であり、もはやそこに戻っていくしかなかった。トマは、大人（フランスでは十八歳で成人）になったばかりのかつての自分、一人前に恋をすることはできても、愛されなくなったことが納得できずに苦しんだ記憶をなぞる。あの晩、突如、弱肉強食の大人の愛憎世界に投げ込まれてしまった。ヴィンカを正真正銘の大人に奪われる自分がいた。愛するヴィンカが大人との性愛に溺れるのを傍観するしかない地獄の苦しみ。その残酷さ、理不尽さが、避けようのない運命へとトマを駆り立てることになり……。

以上が、南仏で随一とされるエリート校の閉ざされた空間におけるドラマを描いたミュッソ初のキャンパスノベル、刑事のいない警察小説《ポラール》、『夜と少女』の概略である。ミュッソが地元アンティーブを舞台にするのも初めての試みだった。本書発表時の「レクスプレス」誌でのインタビューでミュッソは次のように述懐している。「以前なら、おそらくハーバード大学、カリフォルニア大学バークレー校、メイン大学あたりを舞台に選んだのでしょうが、それは上手くいかなかった。わたしがそれを書くことにどんな正当性があるのか？　何をもたらすことができるのか？　それで今回は、自分が経済学の教師をしていたソフィア・アンティポリスのリセを舞台にすべきだと思ったのです」

これまで何度かスタイルを大幅に変えてきたミュッソだが、そのつど従来の読者を引き止めておくだけでなく、新たな読者層を開拓することにも成功している。その理由はやはり、前述した二つの無敵の武器、全作品に共通するサスペンスとスピード感にだれもが魅了されるからだろう。今日もまた、新たな読者がミュッソ・ワールドの虜《とりこ》になってしまう。

ところで、ミュッソが本書で示した前記以外のあからさまな変化を訳者のわたしは驚きをもって受けとめている。どういうことかと言うと、本書発表のほんの二年前には「元来わたしは一夫一婦制主義であり、独占的かつ完全な愛を信じます」と宣言していた彼が、本書では純愛や夫婦愛路線から思いきり舵を切り、不倫容認の夫婦愛を既成事実として肯定しているのである。人々の意識が時代と共に変わるのは当然で、わたしたちも絶えず順応を続けていくということか。もう一点、誤解から殺人を犯してしまうとか、第三者に罪を着せて平然とするとかいう、そうした登場人物の道徳観念の欠如はこれまでのミュッソの作品では見られなかったのだが、これはどういうことか。先のインタビューで、要約するとミュッソは次のように述べている。「わたしはデイヴィッド・ロッジやドナ・タートの描く世界が好きなので、もう十年ほどまえからキャンパスノベルを書くつもりでいました。フランス版のミニチュア・シリコンバレーとして知られるソフィア・アンティポリスでリセの教師をしていた体験から、その発想を得たのです。（……）各人が秘密を抱えるその共同体内部では、だれもが完全に潔白ではないし、だれもが完全な悪者ではないわけで。しかも、その小説には、地中海の色合いがなければならない、古代円形闘技場のようにすべての危険がそこに凝縮されるような。要するに、南仏版ツイン・ピークスのような話にしようと思ったのです」。したがって、先の翻意がただの思いつきなどでないことは明らかである。

　ただ、地中海の色合い云々と、すべての危険が凝縮する古代円形闘技場については補足が必要だろう。この地域には北イタリアからの、あるいは地中海対岸に位置するマグリブ（アフリカ北西部のモロッコ、アルジェリア、チュニジア）からの移民が多い。アナベルとフランシスは共にイタリアはピエモンテ州の出身だった。アナベルは今でこそ名門リセの元学監だが、イタリア移民の左官であった養父は安価で頑丈な〝左官の別荘《ヴィラ・ド・マソン》〟と呼ばれる住宅を建てては売り、財を成した。フランシスはマフィアとの繋がりすら疑われる建築プロモーターに成りあがる。両者とも一代で階段を上りつめた元経済移民の勇気と努力を体現すると同時に、現在では失われつつある剝き出しの生活臭を放ってもいる。ファニーもまた、両親がマグリブからの移民であり、リセ在学中の彼女は日々の食事にも事欠いていたが、現在は心臓